Mon amie Rosy

Gerald Durrell

Mon amie Rosy

Traduction française de Léo Lack

feuilles d'herbe

Éditions Héros-Limite

Les éditions Héros-Limite bénéficient de l'appui de la Ville de Genève.

En couverture : saltimbanque avec un éléphant, détail d'un placard de publicité du Cirque Olympique, Neuruppin, (Allemagne), 1824 ; vignette de Marfa Indoukaeva.

Titre original : *Rosy Is My Relative* (1968).

Isbn : 978-2-940358-98-4

Table

Pour Noël Coward
qui a la passion des pachydermes

Note de l'auteur

Bien des gens ne me croiront-ils peut-être pas, mais je tiens à certifier que cette histoire est presque vraie. J'entends par là que Rosy et Adrian Rookwhistle ont réellement existé. J'ai moi-même eu le privilège de rencontrer Rosy. Presque toutes les aventures relatées dans ce livre sont véritablement arrivées. Je n'ai fait que les enjoliver par-ci par-là.

Je dois beaucoup à Miss Eileen Molony, car c'est elle qui, la première, à attiré mon attention sur Rosy et Adrian Rookwhistle et m'a ainsi procuré le sujet de ce conte de fées.

Je voudrais également remercier Lord Coutanche, Sir Robert Le Masurier, Shérif de Jersey, et M. Cutland, Secrétaire du Shérif, de m'avoir autorisé à assister à des séances de la Cour Royale de Justice à St. Helier pour me permettre de saisir ce que les auteurs – assez pompeusement – qualifient d'atmosphère. Je suis également reconnaissant à M. John Langui d'avoir lu les parties du livre qui se rapportent à ces séances et de m'avoir ainsi maintenu dans le droit chemin de la procédure. Je me hâte cependant d'ajouter que mon interprétation de la loi ne ressemble en rien à la façon dont la justice est dispensée à Jersey.

Mes remerciements vont aussi à M. Swanson, qui m'a donné le libre accès aux coulisses de l'Opéra Royal et m'a fourni maints détails passionnants sur l'histoire de ce théâtre.

M. Douglas Matthews, de la London Library, a pris beaucoup de peine pour me trouver des livres traitant de ce domaine. Là encore, je tiens à déclarer que si j'ai commis quelque erreur, la faute doit m'en être imputée et non à lui.

En dernier lieu, mais non le moindre, je voudrais remercier ma secrétaire, Miss Doreerz Evans, qui, fort à propos, avait été, avant sa venue chez moi, secrétaire d'un coroner et d'un greffier et m'a donné d'utiles indications pendant que j'écrivais ce livre.

Gerald Durrell

Chapitre I

L'abominable action d'un oncle

Sans se douter que le destin allait s'abattre sur lui, Adrian Rookwhistle, en bras de chemise, était occupé à se faire des grimaces dans le miroir. Tous les matins à sept heures, dans la mansarde où il couchait, Adrian conversait ainsi avec son reflet. C'était un grand miroir bordé d'un large cadre doré, à la surface grise et piquée comme celle d'un étang gelé et parsemé d'empreintes à la fin d'un rigoureux hiver. Il réfléchissait Adrian et sa chambre dans une sorte de brume grisâtre, comme si toute la scène était vue à travers une vaste toile d'araignée. Adrian contemplait son image avec une certaine animosité.

«Trente ans!» dit-il d'un ton accusateur. «Trente ans... la moitié de ta vie s'est écoulée! Et qu'as-tu vu? Et qu'as-tu fait? Rien!»

Il se regarda dans la glace avec irritation, détestant ses cheveux bruns rebelles que nulle quantité d'eau ne parvenait à aplatir, ses grands yeux bruns expressifs et sa large bouche. C'était là, conclut-il, un visage absolument dépourvu d'attrait. Il abaissa lentement les paupières, tenta d'amener sa bouche à former, dans la mesure où elle en était capable, ce qui se rapprochait le plus d'un ricanement et aspira profondément l'air par le nez, de sorte que ses narines se dilatèrent en frémissant de la façon la plus martiale.

«Sir», grommela-t-il à travers ses dents serrées, «lâchez cette dame ou vous aurez affaire à moi. Si inculte que vous soyez, vous ne pouvez ignorer que je suis la plus fine lame hors de France.»

Il se tut et regarda fixement son image. Il lui fallait avouer que, même en faisant la part de sa prévention naturelle, il n'avait rien de la plus fine lame hors de France. L'aventure, avait-il conclu quelque temps auparavant, était-ce à quoi il aspirait, mais, lui semblait-il, l'aventure s'offrait rarement à des gens qui avaient une tête comme la sienne. Il y avait bien eu une occasion (il rougissait maintenant lorsqu'il lui arrivait d'y penser) où il avait saisi ce qu'il croyait être sa grande chance et arrêté ce qu'il avait pris pour un omnibus tiré par des chevaux emballés. L'omnibus s'était révélé être en réalité un véhicule hippomobile transportant une pompe à incendie qui se rendait sur les lieux d'un sinistre. Sa jambe cassée n'avait été qu'une bagatelle comparée au blâme que le juge lui avait infligé et au fait que le magasin en feu avait été brûlé de fond en comble.

Adrian était le produit d'une union entre le Révérend Sebastian Rookwhistle et Rowena Rookwhistle. Ses parents l'avaient conçu dans un moment d'aberration mentale, au cours d'une longue vie conjugale extrêmement terne et entièrement consacrée à appliquer les commandements de Dieu. Adrian conserva pendant longtemps l'impression que son père était le seul homme du pays qui eût directement accès au Tout-Puissant. La venue au monde d'Adrian avait été accueillie par son père avec un certain embarras et par sa mère avec un air d'agréable surprise.

Son éducation dans le village de Meadowsweet avait été si tranquille, si irréprochable et si morne qu'il était difficile à Adrian de s'en rappeler quoi que ce fût. Meadowsweet était l'un de ces hameaux éloignés où la conversation était confinée aux sujets météorologiques et agricoles traités en une série de grognements inarticulés et où le moment le plus palpitant de la journée était le fracassant souvenir du fait que, dix ans auparavant, la vache du fermier Raddle avait donné naissance à des veaux jumeaux. C'est là qu'Adrian avait grandi et ses seuls divertissements avaient été les sonneries de cloches, les goûters hebdomadaires au presbytère et les visites aux paysans malades qui n'avaient pas la force de repousser le pesant patronage du Révérend Rookwhistle.

Quand Adrian entra dans sa vingtième année, son père et sa mère disparurent ensemble de ce monde, le Tout-Puissant, dans l'un de ses plus grands moments d'absence, ayant oublié d'informer le Révérend Rookwhistle que le pont entre les villages de Meadowsweet et de Hellebore avait été emporté par les eaux. C'est ainsi qu'Adrian avait été privé de mère, de père et de presbytère. Les économies de son père se révélèrent si modestes qu'elles étaient presque inexistantes et il devint évident qu'Adrian devait gagner sa vie. C'est ainsi qu'en ce bel été de 1890, pourvu d'une lettre d'introduction pour un ami de son père, il prit le chemin de la vaste et bruyante

Cité enveloppée de fumée pour y devenir employé dans la respectable firme Bindweed, Cornelius et Chunter, pourvoyeurs de légumes pour les gens de qualité. Il avait passé là dix années de dur labeur, mais sans histoire, avec un salaire princier de 15 shillings par semaine. Mais Adrian sentait qu'il y avait autre chose dans la vie que d'être confiné pour toujours dans les entrepôts de Bindweed, Cornelius et Chunter. Depuis un certain temps, ce problème lui occupait presque constamment l'esprit et il en parlait à son reflet dans son miroir.

«D'autres», marmonna-t-il, parcourant la pièce de long en large et jetant parfois un regard oblique dans le miroir pour s'assurer qu'il était toujours là, «d'autres mènent une vie passionnante, intéressante. Il leur arrive des choses extraordinaires, ils ont des aventures. Pourquoi ne m'arrivent-elles pas, à moi?»

Il carra les épaules et revint au miroir.

«Je vous ai averti, Sir,» dit-il, sa voix tremblant d'une colère mal dissimulée, «lâchez cette dame ou vous vous en repentirez».

Il fit vaguement le geste de trancher quelque chose et heurta sa brosse à cheveux qui tomba à terre.

Il était si absorbé dans ses pensées qu'il n'avait pas entendu un bruit étrange et lent de pas pesants qui eût dû l'avertir que sa poussive logeuse montait jusqu'à sa mansarde, où elle venait d'ailleurs rarement. Des coups retentissants frappés à sa porte le firent si bien sursauter qu'il laissa tomber son épée imaginaire.

– Êtes-vous là, M. Rookwhistle? s'enquit Mrs. Lavinia Dredge de sa coupante voix de baryton, comme si c'était le dernier endroit au monde où elle se fût attendue à le trouver.

– Oh, oui, Mrs. Dredge, dit vivement Adrian, jetant dans la pièce un rapide regard circulaire pour s'assurer de l'approbation de sa logeuse. Entrez, je vous en prie.

Mrs. Dredge poussa la porte et s'appuya contre son montant, haletant avec toute la vigueur d'un Léviathan qui vient de monter en chandelle de plusieurs centaines de brasses. Elle était fortement charpentée, comme l'une des meilleures variétés de chevaux de gros trait, et, sur cette robuste charpente, pendaient, voluptueux et mous, de gros bourrelets de chair. Un corset, ouvrage compliqué de toile et de caoutchouc, était nécessaire pour étayer cette masse, de sorte que le corps de Mrs. Dredge craquait et gémissait d'alarmante façon chaque fois qu'elle respirait. Ses cheveux noirs, ramenés sur le sommet du crâne, étaient retenus par une forêt d'épingles et, autour de son cou massif, un vaste étalage de colliers et de pendentifs tintait et cliquetait quand se soulevait sa lourde poitrine.

Cette matinale apparition de Mrs. Dredge jeta Adrian dans une peur panique. Quel crime affreux, se demandait-il, avait-il encore commis ? Il se rappelait parfaitement s'être essuyé les pieds la veille en rentrant ; ce ne pouvait donc être ça. Avait-il oublié de mettre le chat dehors ? Ce n'était pas ça non plus. Avait-il nettoyé la baignoire ?

– Vous… euh… vous désirez me voir ? demanda Adrian. Tout en posant cette question, il la trouva idiote. Mrs. Dredge n'eût guère traîné son corps adipeux jusqu'au troisième étage si elle n'avait désiré le voir. Cependant (tel est l'art de la conversation en

Angleterre), Mrs. Dredge convint que oui, elle désirait le voir. Elle se mit alors à froncer le nez, à retrousser sa lèvre supérieure et à renifler si fort et si férocement que son opulente moustache frémit.

J'espère, M. Rookwhistle, que vous n'avez pas fumé ici ? demanda-t-elle d'un ton sinistre.

– Non, non, grand Dieu non, dit Adrian, se demandant s'il avait bien caché sa pipe de façon qu'elle échappât à ces yeux fureteurs aussi noirs que le jais.

– J'en suis heureuse, dit Mrs. Dredge avec un grand soupir qui produisit un craquement dans son échafaudage. M. Dredge ne fume jamais dans la maison.

Peu de temps après sa venue chez Mrs. Dredge, Adrian avait appris que son mari était mort (sans doute étouffé, imaginait Adrian). Mais Mrs. Dredge, qui croyait fermement à la vie future, en parlait toujours comme s'il était encore là. C'était troublant et l'un des cauchemars secrets d'Adrian était de se trouver un jour face à face avec M. Dredge – peut-être bourré de crin et avec des yeux de verre – se livrant à quelque besogne dans le vestibule ou sur le palier.

– Je suis montée vous voir, poursuivit Mrs. Dredge pour le cas où vous ne vous seriez pas réveillé à l'heure.

– Oh, merci beaucoup, dit Adrian.

Cette brusque sollicitude sans précédent intriguait grandement Adrian.

– Et, reprit Mrs. Dredge en attachant sur lui d'un air accusateur ses petits yeux noirs, il y a une lettre pour vous.

De toutes les choses qu'Adrian eût pu s'attendre à voir sortir de la bouche de Mrs. Dredge, celle-ci était la moins probable. Depuis la mort de ses parents, il n'avait jamais reçu de lettre de quiconque. Les quelques amis qu'il avait vivaient si près de lui que des communications postales étaient inutiles.

Une lettre? En êtes-vous bien sûre, Mrs. Dredge? demanda Adrian, stupéfait.

– Oui, dit Mrs. Dredge d'un ton ferme, une lettre qui vous est adressée.

Et, pour ne laisser subsister aucun doute, elle ajouta :

– Dans une enveloppe.

Adrian la dévisagea. Mrs. Dredge rougit et regimba sous son regard.

– M. Dredge, dit-elle avec hauteur, reçoit quantité de lettres, de sorte que je sais à quoi ressemble une lettre, j'espère.

– Oh, oui, oui, j'en suis sûr, dit vivement Adrian, mais que c'est extraordinaire! Je me demande qui peut m'écrire. Merci beaucoup, Mrs. Dredge, d'être montée me le dire. Vous n'auriez pas dû prendre cette peine.

– Ce n'est rien, dit royalement Mrs. Dredge, faisant pivoter son corps volumineux dans la direction de l'escalier de façon à lui faire plus ou moins face.

– M. Dredge dit toujours qu'il faut faire à autrui ce que vous voudriez qu'on vous fît à vous-même, mais c'est à vous que l'occasion en est donnée et probablement pas à autrui.

Sur ces mots, elle descendit lourdement l'escalier avec force craquements. Adrian ferma la porte et se remit à parcourir la pièce. Qui diable, se demandait-il, pouvait bien lui écrire? Tout en mettant son col et sa cravate et s'introduisant dans son veston, il en vint à la conclusion que les seules personnes qui eussent pu dépenser un timbre pour lui étaient Bindweed, Cornelius et Chunter pour l'informer qu'ils n'avaient plus besoin de ses services. Plein d'appréhension, il descendit bruyamment l'escalier et entra dans la cuisine. Mrs. Dredge se livrait à son combat quotidien en lutte libre avec des casseroles, des poêles à frire et autres divers ustensiles que la plupart des femmes semblent considérer comme des amis, mais que Mrs. Dredge regardait comme les rangs serrés d'un ennemi implacable. Adrian s'assit et là, près de son assiette, il y avait une lettre portant son nom et son adresse clairement écrits avec de jolis caractères moulés et fermes. Mrs. Dredge, en se dandinant, quitta le fourneau, étreignant d'une large main une poêle qui contenait les restes incinérés d'un morceau de boudin noir, qu'elle transféra dans l'assiette d'Adrian. Tous deux toussèrent discrètement au-dessus de la fumée d'un bleu pâle qui s'en dégagea.

– M. Dredge aime le boudin noir, dit Mrs. Dredge d'un air légèrement défensif.

– Il aimait le boudin noir? Il l'aime? veux-je dire, répondit Adrian, remuant avec sa fourchette les restes carbonisés. Je crois que c'est très bon pour la santé.

– Oui, dit Mrs. Dredge avec satisfaction, c'est ce qui le conservait.

Adrian inséra dans sa bouche une pleine fourchette de cette substance brûlante, insipide, pareille à du cuir, et essaya de composer ses traits en une expression de ravissement.

– C'est bon, hein? dit Mrs. Dredge, qui l'observait comme un aigle.

– Délicieux, répondit Adrian qui s'était affreusement brûlé la langue.

Mrs. Dredge s'assit lourdement et appuya sa massive poitrine sur le dessus de la table.

– Eh bien, demanda-t-elle, ses petits yeux noirs attachés sur la lettre, n'allez-vous pas l'ouvrir?

– Oh, si, dans une minute, dit Adrian, pris de répulsion à l'idée d'ouvrir la lettre. Ce boudin est vraiment excellent, Mrs. Dredge.

Mais Mrs. Dredge n'allait pas se laisser détourner par des échanges gastronomiques.

– C'est peut-être important, dit-elle.

Adrian soupira et saisit l'enveloppe. Il n'obtiendrait de paix de Mrs. Dredge que lorsqu'il aurait lu la lettre et lui en aurait divulgué le contenu. Sentant le regard de sa logeuse rivé sur lui, il déchira l'enveloppe et déplia les deux feuilles de papier qu'elle contenait.

Les tout premiers mots captèrent son attention, car la lettre commençait ainsi: «Mon cher neveu.»

Il se souvenait confusément que, lorsqu'il avait près de dix ans, son oncle Amos était arrivé à l'improviste au presbytère, accompagné de trois chiens de berger écossais à l'air morose et d'un perroquet vert dont la connaissance des mots les plus courts et les plus virulents de la langue était complète.

Il se rappelait son oncle comme un homme exubérant et bienveillant dont la venue inopinée et les capacités linguistiques de son perroquet avaient éprouvé jusqu'à l'extrême limite la charité chrétienne du Révérend Sebastian elle-même. Au bout de deux jours, l'oncle Amos avait disparu aussi mystérieusement qu'il était arrivé. Son père lui avait dit plus tard que l'oncle Amos était la brebis galeuse de la famille et «dépourvu de sens moral», et comme le sujet, de toute évidence, était pénible, Adrian n'avait jamais plus parlé de son oncle.

Maintenant, les yeux exorbités, il lisait la lettre de cet oncle et, à la sensation de défaillance qu'il éprouvait, il eût pu croire que tout son estomac, le boudin y compris, avait été soudain et habilement extirpé.

Mon cher neveu,
Sans doute auras-tu oublié le jour où, il y a un certain nombre d'années, j'ai fait ta connaissance dans le presbytère assez repoussant que ton père et ta mère s'obstinaient à habiter. Depuis lors, j'ai appris leur décès, sans grand chagrin, je l'avoue, puisque, dans les conversations que j'ai eues avec tes parents en diverses occasions, ils m'ont toujours donné à entendre que leur seul désir dans la vie était de la quitter pour reposer dans le sein du Seigneur. Il semble donc ressortir de ces circonstances que tu es mon seul parent vivant. Du souvenir que je garde de toi, tu paraissais être à l'époque un assez gentil garçon, bien que je n'aie aucun moyen de savoir si, dans l'intervalle, tes parents n'ont pas réussi à t'emplir la tête d'un tas de balivernes et de niaiseries.

Quoi qu'il en soit, je ne suis pas, à ce moment critique, en mesure d'argumenter avec le destin. Le toubib local m'a appris que je n'ai plus longtemps à vivre. Cette idée ne m'émeut pas particulièrement, car j'ai mené une vie bien remplie et commis presque tous les plus attrayants des péchés. Mais ce qui me tourmente est le sort de ma coassociée. Elle vit avec moi depuis ces dix-huit dernières années et nous avons passé ensemble les bons et les mauvais jours. Par conséquent, je n'aimerais pas qu'après mon décès elle fût jetée sans amis dans le monde, sans un homme pour s'occuper d'elle. C'est à bon escient que je dis «un homme», car elle ne s'entend pas avec les membres de son propre sexe.

Ayant longuement réfléchi à ce problème, j'ai décidé que, étant mon seul parent vivant, tu serais celui qui se chargerait de cette tâche. Cela ne grèvera pas ton budget, car si tu vas chez Ammassor & Twist, banque commerciale, 110 Cottonwall Street, dans la Cité, tu y trouveras, déposée à ton nom, la somme de cinq cents livres. Je te demande de l'utiliser pour entretenir Rosy de la façon à laquelle elle est habituée.

Comme les scènes au lit de mort sont toujours désagréables, j'envoie Rosy te rejoindre immédiatement pour qu'elle n'ait pas à rester près de moi et subir l'épreuve de me voir exhaler mon dernier souffle. De fait, elle devrait arriver presque en même temps que cette lettre.

Quoi que ton père ait pu dire de moi (et c'est probablement vrai), c'est là, au moins, une bonne action que j'accomplis dans une existence par ailleurs passablement corrompue. Ton père, un peu à sa façon de faible d'esprit, a toujours été le champion de ces malheureux laissés au monde sans amis, et je ne puis qu'espérer que tu as hérité ce trait de caractère. Je te demande donc de faire ce que tu pourras pour Rosy. Tout cela a été pour elle un grand choc et je compte sur toi pour la consoler dans sa peine.

Ton oncle très affectionné,
Amos Rookwhistle

Post-scriptum : *Rosy, malheureusement – et j'ai le sentiment que, dans une certaine mesure, le blâme m'en revient – a un certain penchant pour ce que ton père (jamais en peine d'un lieu commun) qualifiait souvent de « Démon de la boisson ». Je te recommande de surveiller sa consommation d'alcool, car une trop forte dose la rend intraitable. Mais elle n'est pas, hélas, la seule en ce cas.*

A. R.

Chapitre II

L'interminable attente

Il semblait à Adrian que le monde entier s'était assombri. Un filet d'eau glacée montait et descendait le long de son épine dorsale, défiant les lois de la pesanteur. A travers le sourd bourdonnement de ses oreilles, il entendit vaguement la voix de Mrs. Dredge.

– Eh bien, demanda-t-elle, qu'y a-t-il donc?

Grand Dieu, pensa Adrian, je ne puis le lui dire.

– C'est... c'est une lettre... hum... de... euh... d'un ami de mon père, répondit-il, mentant au hasard. Il pensait que j'aimerais savoir ce qui se passe dans le village.

– Après dix ans? s'écria Mrs. Dredge avec un reniflement de mépris. Il y a mis le temps!

– Oui, oui, dit Adrian, repliant la lettre et la mettant dans sa poche.

Mais Mrs. Dredge n'était pas de ceux que l'on peut contenter avec un résumé. Sa propre description déchirante de la mort de M. Dredge prenait généralement une heure et demie et cette vague explication du contenu de la lettre ne la satisfaisait guère.

– Eh bien, comment vont-ils tous? demanda-t-elle.

– Oh, dit Adrian, ils semblent se bien porter.

Mrs. Dredge attendit, ses yeux noirs implacablement attachés sur lui.

– Plusieurs de ceux que j'ai connus se sont mariés, poursuivit désespérément Adrian, et… et… plusieurs ont des bébés.

Une lueur d'espoir passa dans les yeux de Mrs. Dredge.

– Est-ce ceux qui se sont mariés qui ont eu des bébés ou les autres ?

– Les deux, dit Adrian sans réfléchir. Non, non, ceux qui se sont mariés, bien entendu. En tout cas, ils sont tous pleins… euh… pleins d'entrain et je dois… euh… leur écrire pour les féliciter.

– Vous voulez féliciter ceux qui se sont mariés ? demanda Mrs. Dredge, qui aimait les choses claires.

– Oui, dit Adrian, et ceux qui ont eu des bébés, évidemment.

Mrs. Dredge soupira. Ce n'était pas son idée de la façon de raconter une histoire. Si la lettre avait été sienne, elle en eût ménagé le contenu avec un soin jaloux et régalé Adrian pendant une semaine de bribes d'informations et de spéculations.

– Eh bien, dit-elle avec philosophie, soulevant sa masse houleuse, cela vous donnera quelque chose à faire le soir.

La tête lui tournant encore sous le choc de la lettre de son oncle, Adrian avala aussi vite qu'il le pouvait le reste peu engageant du boudin, l'arrosa d'un peu de thé et se leva de table.

– Vous partez déjà ? demanda Mrs. Dredge, surprise.

– Oui, je crois que je passerai chez M. Pucklehammer en allant travailler, dit Adrian.

– Ne passez pas trop de temps avec lui, dit Mrs. Dredge d'un ton sévère. Cet homme pourrait avoir une influence maléfique sur un jeune homme honnête et droit comme vous.

– Oui, je crois que vous avez raison, répondit Adrian avec douceur.

Il comptait M. Pucklehammer parmi ses amis les plus intimes, mais il n'était pas disposé à argumenter là-dessus pour le moment.

– Ne soyez pas en retard pour le dîner, dit Mrs. Dredge. J'ai acheté un beau morceau de haddock.

Comme encouragement à la ponctualité, pensa Adrian, cela laissait beaucoup à désirer.

– Non, je ne serai pas en retard, promit-il.

Puis il s'échappa de la maison avant que Mrs. Dredge eût pu trouver un nouveau sujet de conversation pour le retenir.

M. Pucklehammer était menuisier de son état et fabricant de cercueils. Il possédait une grande cour à quatre cents mètres de la maison de Mrs. Dredge. Quelques années auparavant, Adrian était allé chez lui faire faire de menues réparations à sa grande malle de bois. Pucklehammer et lui s'étaient pris tout de suite d'une sympathie mutuelle et étaient devenus depuis des amis éprouvés. Adrian, qui ne se liait pas facilement à cause de sa timidité, en était venu à considérer M. Pucklehammer comme son directeur de conscience. Il n'avait plus maintenant qu'une idée : aller chez son ami aussi vite que possible et discuter avec lui le contenu de cette lettre qui menaçait de saper les fondations de son monde tranquille et ordonné. M. Pucklehammer, il en avait la conviction, saurait ce qu'il convenait de faire.

Tout en longeant la route d'un pas rapide, il commençait à se rallier à l'avis de son père sur la conduite de l'oncle Amos. Comment pouvait-on faire une chose pareille? L'argent mis à part (le legs, admettait-il, était généreux), comment pouvait-on imposer tout à coup à un neveu innocent une femme d'un âge indéterminé avec un penchant pour la bouteille? C'était absolument inhumain. Une autre idée affreuse le frappa alors et il s'arrêta si brusquement que son chapeau melon tomba. Il se rappela confusément son père disant que l'oncle Amos avait travaillé dans des cirques et dans des foires. Et si Rosy se trouvait être une acrobate ou, pis encore, l'une de ces femmes dissolues, dépravées, qui, en maillot pailleté, se tiennent debout sur le dos d'un cheval? Voir entrer soudain dans sa vie une acrobate était déjà assez cuisant, mais voir entrer soudain une acrobate ivrognesse était plus que l'on n'en pouvait supporter. Comment son oncle avait-il pu lui faire une chose pareille? Recouvrant son chapeau melon, il gagna la cour de M. Pucklehammer presque au pas de course.

Assis sur un cercueil qu'il venait d'achever, M. Pucklehammer finissait son petit-déjeuner, qui se composait d'une pinte de bière et d'un sandwich au fromage de dimensions monstrueuses. Gros et court, il avait la tête d'un aimable bouledogue. Dans son jeune temps, il avait été, entre autres choses, champion de lutte et haltérophile. Les excès de cette carrière l'avait laissé complètement ankylosé, de sorte que, bien que chaque muscle, chaque tendon, saillît en caroncules comme une bougie qui coule, il ne se mouvait qu'avec difficulté.

– Hello, boy! cria-t-il à Adrian, agitant amicalement le sandwich vers lui. Voulez-vous manger quelque chose? Un peu de bière?

– Non, non, dit Adrian, hors d'haleine et pâle d'émotion. J'ai besoin de votre avis.

– Oh! dit M. Pucklehammer, haussant ses sourcils broussailleux. Que se passe-t-il? On dirait que vous avez vu un fantôme.

– C'est bien pis, bien pis, dit dramatiquement Adrian. Je suis perdu… lisez ceci.

Il tendit la lettre à M. Pucklehammer, qui la considéra avec intérêt.

– Je ne sais pas lire, dit M. Pucklehammer avec simplicité. Je n'ai jamais eu le temps d'apprendre, avec toutes ces choses à faire. Lisez-la moi, mon garçon.

D'une voix tremblante d'émotion, Adrian lui lut la lettre de l'oncle Amos. Lorsqu'il arriva à la fin, il y eut un silence tandis que M. Pucklehammer insérait dans sa bouche un gros morceau de son sandwich et le mâchait d'un air méditatif.

– Eh bien, demanda enfin Adrian, que dois-je faire?

– Que faire? dit M. Pucklehammer, avalant, dans sa surprise, le reste de son sandwich. Mais… faire exactement ce que votre oncle vous demande.

Adrian, étonné, dévisagea son ami, se demandant si Pucklehammer avait mal compris la lettre ou avait perdu la raison.

– Mais comment est-ce possible? dit-il, haussant la voix. Comment puis-je prendre une femme étrangère… une ivrognesse! Mrs. Dredge ne l'acceptera jamais dans sa maison… et puis il y a mon emploi. Grand Dieu, si l'on apprend la chose, on me congédiera. Et imaginez que ce soit une acrobate, que ferai-je alors?

– Je ne vois pas quel mal il y a là-dedans, dit M. Pucklehammer avec impartialité. Un jour, j'en ai vu une. Elle était bien en chair et couverte de sequins. Un joli brin de fille.

– Oh, mon Dieu, dit Adrian, angoissé, j'espère qu'elle n'arrivera pas ici couverte de sequins.

– On ne saurait nier, dit M. Pucklehammer d'un air rêveur, que cinq cents livres est une somme très généreuse. Mais… avec une somme pareille, vous pourriez quitter votre emploi… vous avez dit souvent que vous en aviez envie.

– Et cette ivrognesse? demanda Adrian d'un ton sarcastique.

– Eh bien, vous pourriez vivre tous deux très confortablement avec cent vingt livres par an et, en quatre ans, installer une petite affaire, dit M. Pucklehammer. Si elle est de ces gens de foire, ce qu'il vous faut, c'est un théâtre de Guignol. J'en ai un très joli que je pourrais vous céder à bon compte.

– Je n'ai pas l'intention de passer les quatre années à venir à jouer au guignol avec une grosse ivrognesse couverte de sequins, déclara Adrian d'une voix forte et claire. Je voudrais vous voir plus inventif.

– Je ne vois pas pourquoi toutes ces billevesées, mon garçon, dit sévèrement M. Pucklehammer. Il vous tombe un coquet héritage, avec une femme par-dessus le marché. Beaucoup de jeunes gens donneraient n'importe quoi pour être à votre place.

– Je voudrais bien les voir à la mienne, dit Adrian, désespéré. S'ils ont envie de passer le reste de leur vie avec une acrobate ivrognesse, grand bien leur fasse!

– Votre oncle ne dit pas qu'elle est toujours ivre, reprit loyalement M. Pucklehammer. Elle est peut-être très gentille. Pourquoi ne pas attendre simplement sa venue pour voir comment elle est?

– Ce qu'elle est, je peux très bien l'imaginer et cette idée m'épouvante. Quoi! Je ne connais même pas son nom de famille.

– Bah! puisque vous connaissez son prénom, c'est le principal, répondit M. Pucklehammer avec philosophie. Cela vous met tout de suite sur un plus grand pied d'intimité.

– Je n'ai aucune envie d'être sur un pied d'intimité avec elle! hurla Adrian.

Puis, frappé d'une horrible pensée

– Mon Dieu! Qu'arriverait-il si elle apparaissait pendant que je suis au bureau pour être reçue par Mrs. Dredge?

– Ah, oui, dit M. Pucklehammer d'un ton rêveur, c'est à considérer. Il faut éviter cela si possible.

Adrian se mit à marcher de long en large, réfléchissant désespérément, tandis que M. Pucklehammer finissait sa bière et s'essuyait la bouche.

– J'ai trouvé! dit enfin Adrian. Aujourd'hui, c'est le jour de sortie de Mrs. Dredge… voyez-vous, elle va rendre visite à M. Dredge au cimetière, où elle passe toute la journée. Elle ne rentre généralement que dans la soirée. Si je pouvais envoyer un message à mon bureau pour dire que je suis malade, ou quelque chose d'autre, je resterais aux aguets pour attendre cette Rosy.

– C'est une bonne idée, admit M. Pucklehammer. Écoutez, je vais envoyer le jeune Davey au magasin dire que vous n'êtes pas bien. Ne vous tourmentez pas là-dessus. Ce que vous avez de mieux à faire est de filer vivement et d'avoir l'œil sur la maison. Si vous avez besoin de moi, je serai là.

C'est ainsi qu'Adrian, maudissant le jour où il avait souhaité une aventure, rebroussa chemin jusqu'à la maison de Mrs. Dredge et se dissimula dans un angle. Bientôt, à son soulagement, Mrs. Dredge parut, vêtue d'une robe flottante de bombasin noir et coiffée d'un grand chapeau violet, étreignant un énorme bouquet de roses qui était son tribut hebdomadaire à la tombe de M. Dredge. Elle descendit la route comme un grand et sinistre galion toutes voiles dehors et disparut hors de vue.

Adrian parcourait la rue, l'esprit plein de solutions extravagantes et impraticables de ce problème. Il se ferait marin. Mais il rejeta cette idée presque aussitôt, car voyager sur l'impériale d'un omnibus tiré par des chevaux et allant à très lente allure lui donnait la nausée ; il savait donc qu'il n'était pas – ou plutôt son estomac – fait pour une carrière nautique. Se ferait-il passer pour M. Dredge et dirait-il que lui, Rookwhistle, venait malheureusement de mourir ? Bien que cette solution fût piquante, il lui fallait bien convenir qu'elle réclamait quelqu'un de plus habile que lui dans l'art de la duplicité.

Il n'y a rien à faire, pensa-t-il avec désespoir, essuyant avec son mouchoir ses mains moites ; il me faudra seulement être ferme avec elle. Je lui ferai observer que je suis un jeune homme qui fait son chemin dans le monde et qu'il m'est actuellement impossible d'accepter la responsabilité d'une étrangère. Je lui laisserai les cinq cents livres et elle devra s'en aller. Mais si elle éclatait en larmes, avait une crise de nerfs ou, pis encore, si elle était ivre et devenait belliqueuse ? A cette pensée, la sueur perla à son front. Non, il lui faudrait rester ferme, bienveillant, mais ferme. Espérant qu'il aurait le courage d'être bienveillant, mais ferme quand viendrait le moment, Adrian se remit à marcher de long en large.

Vers midi, il était dans un tel état de tension nerveuse qu'une feuille tombée d'un arbre le fit sursauter. Il venait de conclure que la mort serait préférable au supplice de l'attente lorsque le fardier tourna le coin de la route. C'était un énorme camion tiré par huit chevaux de gros trait harassés et conduit par un vigoureux petit homme à l'air irascible coiffé d'un chapeau melon jaune vif et portant un gilet à carreaux rouges et jaunes. Adrian se demanda distraitement ce que pouvait contenir un aussi énorme camion. De toute évidence, l'homme au chapeau jaune approchait de sa destination, car il avait tiré un morceau de papier de la poche de son gilet et le comparait aux numéros des maisons qu'il dépassait. Puis, au grand étonnement d'Adrian, il arrêta son attelage devant ta maison de Mrs. Dredge. Que diable, songeait Adrian, sa logeuse économe avait-elle acheté? Le camion était assez spacieux pour contenir les objets les plus volumineux. Il descendit la route jusqu'à l'endroit où le conducteur s'essuyait la figure avec un grand mouchoir.

– Bonjour, dit Adrian, plein de curiosité.

L'homme assujettit son chapeau plus fermement sur sa tête et jeta à Adrian un regard foudroyant.

– Bonjour, dit-il d'un ton brusque, si ce peut être là un bon jour, ce dont je doute.

– Êtes-vous… heu…, avez-vous quelque chose à livrer dans cette maison? s'enquit Adrian.

– Oui, répondit l'homme, consultant le papier qu'il avait à la main. En tout cas, j'ai quelque chose pour un certain M. Rookwhistle.

Adrian sursauta, inondé d'une sueur froide.

– Rookwhistle… en êtes-vous sûr? demanda-t-il d'une voix éteinte.

– Oui, dit l'homme, Rookwhistle, M. A. Rookwhistle.

– Je suis M. A. Rookwhistle, dit Adrian d'un ton mal assuré. Que…?

– Ah! s'exclama l'homme, le regardant d'un air mauvais, ainsi, vous êtes M. Rookwhistle. Eh bien, plus tôt vous prendrez livraison de votre bien, mieux cela vaudra.

D'un pas pesant, il alla à l'arrière du camion et, l'y suivant, Adrian le vit se démener avec les portes massives.

– Mais qu'apportez-vous donc? demanda Adrian, désespéré.

Pour toute réponse, l'homme repoussa les grandes et lourdes portes et révéla aux yeux d'Adrian, incrédule et horrifié, un gros éléphant ridé à l'expression exceptionnellement débonnaire.

Chapitre III

L'atterrante arrivée

– Voilà, dit le charretier avec satisfaction, elle est à vous.

– C'est impossible, dit faiblement Adrian, elle ne peut être à moi… je n'ai pas besoin d'un éléphant.

– Écoutez, dit le charretier sans aménité, j'ai voyagé toute la nuit pour vous amener ce sacré animal. Vous êtes M. A. Rookwhistle. Par conséquent, l'animal est à vous.

Adrian commençait à se demander si les chocs qu'il avait déjà reçus ce matin-là ne lui avaient pas détraqué l'esprit. Il était déjà assez déplaisant d'avoir à s'accommoder d'une acrobate sans se trouver tout à coup affligé d'un éléphant. Et, soudain, il eut un affreux soupçon.

– Quel est son nom? demanda-t-il d'une voix rauque.

– Rosy, dit le charretier, c'est du moins ce qu'on m'a dit.

Comme il prononçait son nom, l'éléphante oscilla doucement de côté et d'autre et émit un petit cri aigu. Elle était attachée à l'intérieur du fardier par deux chaînes cadenassées passées autour de ses pieds de devant et, lorsqu'elle bougeait, les chaînes faisaient un cliquetis musical. Elle allongea sa trompe de séduisante façon vers Adrian et souffla à son adresse une petite bouffée d'air. Oh, Dieu, pensa Adrian, je préférerais de beaucoup une acrobate ivrognesse.

– Mais, dit-il au charretier, que dois-je en faire?

– Ça, mon vieux, dit le charretier avec une satisfaction non dissimulée, c'est votre affaire. J'ai été seulement engagé pour vous la livrer, et je l'ai livrée. Et maintenant, je n'ai pas pris mon petit-déjeuner. Si vous voulez bien la sortir de mon fourgon, je me remettrai en route.

– Mais vous ne pouvez me laisser ainsi dans la rue avec un éléphant! protesta Adrian.

– Pourquoi pas? demanda le charretier avec simplicité.

– Mais je ne puis la faire entrer ici, dit Adrian, affolé, indiquant avec force gestes le jardin de devant de six pieds carrés de Mrs. Dredge. D'abord, à cause de sa taille, ensuite parce qu'elle piétinerait toutes les plantes.

– Ah, vous auriez dû y penser avant de la commander, dit le charretier.

– Mais je ne l'ai pas commandée, elle m'a été laissée par mon oncle, dit Adrian, songeant, tout en prononçant ces mots, que tout cela paraissait bien invraisemblable.

– Il ne devait pas vous aimer beaucoup, dit le charretier.

– Allons, soyez raisonnable, implora Adrian. Vous ne pouvez planter un éléphant devant moi et me laisser ainsi!

– Écouter, dit le charretier d'une voix tremblant d'irritation et le visage empourpré, j'ai été engagé pour transporter un éléphant. C'était idiot de ma part, je le sais, mais nous voilà rendus. Nous avons été en route toute la nuit. A chaque bistro devant lequel nous sommes passés, elle a failli renverser le fourgon. C'est le plus sacré voyage que j'aie jamais fait depuis vingt-cinq ans que je suis charretier. Et maintenant, je veux me débarrasser d'elle le plus vite possible. Donc, si vous voulez être assez aimable pour libérer mon camion, je pourrai m'en aller.

Même s'il réussissait à faire entrer Rosy dans le jardin de devant de Mrs. Dredge ou dans celui de derrière, pensait Adrian, comment expliquerait-il la soudaine arrivée d'un éléphant? Comment espérer que Mrs. Dredge ne s'en apercevrait pas? Mais il fallait faire quelque chose, car le charretier était intransigeant. De minute en minute, il devenait de plus en plus rouge et rétif. Adrian eut alors une idée. Pucklehammer, la cour de Pucklehammer. C'était là qu'il fallait l'emmener.

– Écoutez, dit désespérément Adrian au charretier, pouvez-vous l'emmener un peu plus loin sur la route? J'ai un ami qui a une cour. Nous pourrons l'y laisser.

Le charretier poussa un profond soupir.

– Écoutez, dit-il, je vous ai livré votre éléphant. On ne m'a pas demandé de le livrer ailleurs qu'ici.

– Mais ce n'est qu'un peu plus loin et il y aura un souverain pour vous, dit Adrian.

– Ah, c'est différent, dit le charretier en claquant les portes du fourgon et dérobant à la vue Rosy qui avait saisi dans sa trompe un petit bouchon de paille pour s'en éventer délicatement. Le charretier fit démarrer ses chevaux à grands cris. Le fourgon massif s'ébranla lourdement tandis qu'Adrian allait fébrilement à côté du véhicule, s'efforçant de se persuader que rien ne ferait plus de plaisir à M. Pucklehammer que d'avoir un éléphant dans sa cour. M. Pucklehammer était encore assis sur le cercueil, consommant une autre pinte de bière.

– Hello, boy, dit-il d'un ton jovial, vous l'avez, votre acrobate ?

– M. Pucklehammer, dit Adrian d'une voix basse et contenue, il faut que vous m'aidiez. Vous êtes vraiment la seule personne vers qui je puisse me tourner dans cette histoire qui deviendra bientôt un cauchemar.

– Mais que se passe-t-il, mon garçon ?

– Elle… est… elle est arrivée, dit Adrian.

– Comment est-elle ? demanda M. Pucklehammer avec intérêt.

– Elle… Rosy, dit Adrian, est une éléphante.

– Une éléphante ? s'écria M. Pucklehammer avec un sifflement. C'est pour vous un problème.

– C'est le moins qu'on en puisse dire, répondit froidement Adrian.

– Une éléphante, répéta pensivement M. Pucklehammer. Eh bien, c'est assez embarrassant.

– Je serais plutôt d'accord avec vous, dit Adrian. Ce que je vais en faire, je n'en sais rien pour le moment, mais tout ce que je sais, c'est que le pauvre diable qui l'a amenée voudrait – et c'est naturel – s'en débarrasser. Elle ne peut entrer dans le jardin de Mrs. Dredge ; il m'a donc fallu l'amener ici. Me permettez-vous de la laisser dans votre cour pour peu de temps, jusqu'à ce que j'aie pris une décision ?

– Mais oui, bien sûr, mon garçon, dit avec empressement M. Pucklehammer, ce n'est pas la place qui manque. A la réflexion, il n'y a jamais eu d'éléphant ici. Ce sera un petit changement.

– Dieu merci, dit Adrian avec ferveur, je vous suis très reconnaissant.

Il retourna sur la route où le charretier paraissait fondre à vue d'œil dans son mouchoir.

– Ça va, dit Adrian, elle peut entrer ici.

Le charretier ouvrit toutes grandes les portes du fourgon et Rosy émit un petit cri de plaisir à la vue de ses amis.

– Voici les clés, dit le charretier, les tendant à Adrian. Une pour chaque cadenas.

– Est-elle apprivoisée ? demanda nerveusement Adrian, se rendant compte qu'il n'avait aucune expérience des éléphants.

– Je crois, répondit le charretier. Mais vous le saurez bientôt.

– Peut-être devrais-je lui donner quelque chose à manger pour l'occuper ? dit Adrian. Que mangent les éléphants ?

– Des petits pains au lait, dit M. Pucklehammer, qui examinait Rosy avec intérêt.

– Soyez raisonnable, dit Adrian, irrité. Où trouverai-je des petits pains au lait à cette heure-ci ?

– Et si vous lui donniez de l'avoine, suggéra le charretier.

– Non, non, ils mangent des petits pains au lait, dit M. Pucklehammer.

– Oh, cessez de vous éterniser sur les petits pains au lait, s'écria Adrian, exaspéré. Nous n'avons pas de petits pains au lait.

– Et un sandwich au fromage? dit M. Pucklehammer. Je vais aller en chercher un.

Il revint au bout d'un instant avec un grand sandwich au fromage qu'il tendit à Adrian. Très prudemment, tenant le sandwich devant lui comme si c'était une arme, Adrian s'approcha de l'énorme masse grise.

– Tiens, Rosy, dit-il d'une voix rauque. Un bon sandwich au fromage… tu es gentille.

Rosy cessa d'osciller et, les yeux pétillants de malice, observa l'approche d'Adrian. Quand il fut à sa portée, elle allongea sa trompe et, avec toute la rapidité et la délicatesse possibles, elle cueillit le chapeau melon d'Adrian et le plaça sur sa propre tête qui formait un dôme massif. Effrayé, Adrian fit un saut en arrière, laissa tomber le sandwich et marcha lourdement sur le pied du charretier, ce qui n'améliora guère l'humeur déjà grincheuse de ce dernier. Ramassant le sandwich, Adrian, de nouveau, s'approcha de Rosy.

– Tiens, Rosy, dit-il d'une voix mal assurée, voilà un bon sandwich.

Nonchalamment, Rosy allongea de nouveau sa trompe, prit le sandwich des mains tremblantes d'Adrian et l'inséra dans sa bouche qui, aux yeux consternés d'Adrian, paraissait avoir les dimensions d'un grand tonneau. De faibles bruits de broyage et de déglutition indiquaient que l'éléphante mangeait des sandwiches au fromage. En hâte et tandis qu'elle avait la bouche pleine, Adrian s'agenouilla, ouvrit les cadenas et libéra de leurs entraves les pieds de l'animal.

– Voilà, dit-il, s'éloignant à reculons. Allons, viens… tu es gentille.

Rosy poussa un profond soupir, ôta le chapeau melon de sa tête et s'éventa avec la coiffure d'Adrian, ne donnant aucun signe de son intention de quitter le camion.

– Je suis généralement patient, dit mensongèrement le charretier, mais je voudrais vous faire remarquer que tandis que vous me marchez sur les pieds et bourrez cet éléphant de sandwiches, je n'ai pas mangé une bouchée de toute la matinée.

– Mais j'essaie de la faire sortir, dit Adrian, offensé, on ne peut pas contraindre une bête de cette taille.

– Aimeriez-vous un sandwich et une pinte de bière? demanda M. Pucklehammer au charretier.

– Vous êtes bien obligeant, dit le charretier, qui se déridait perceptiblement, bien obligeant.

Tandis que le charretier et Adrian restaient immobiles, contemplant Rosy qui oscillait maintenant de côté et d'autre et émettait des soupirs à fendre l'âme, M. Pucklehammer entra dans la maison et reparut bientôt avec un sandwich et une pinte de bière pleine jusqu'au bord. Le plaisir du charretier à la vue de ces victuailles n'était rien comparé à l'enthousiasme de Rosy lorsqu'elle vit le pot de bière. Elle émit un barrissement prolongé et retentissant qui fit sursauter Adrian et descendit pesamment du fourgon sur la route. M. Pucklehammer resta cloué sur place, tandis que Rosy, toujours barrissant, saisit le pot de bière avec sa trompe et se mit à en verser le contenu dans sa bouche caverneuse.

Eh bien, voilà qui résout le problème, dit le charretier. Et ma bière à moi?

– Nous savons au moins qu'elle mange des sandwiches et boit de la bière, dit Adrian, bien que je ne pense pas qu'elle se nourrisse toujours de cette façon.

– Je ne voudrais pas que vous me croyiez insensible, dit le charretier, soufflant fortement, mais mon propre estomac m'importe plus que le sien.

Rosy tendit le pot vide à M. Pucklehammer et le suivit avec espoir comme il s'éloignait dans la cour. Ayant trouvé un être humain intelligent qui semblait connaître ses besoins, elle n'allait pas le perdre de vue. Malgré un léger état d'ébriété, sa démarche était lente et majestueuse et ses oreilles battaient et claquaient de chaque côté de sa tête lorsqu'elle se mouvait. Elle poussait de petits cris de plaisir et, comme elle entrait dans la cour, marchant sur les talons de M. Pucklehammer, Adrian ferma bruyamment derrière elle les grandes portes à deux battants, s'appuya contre elles et s'essuya la figure. Le premier pas était fait.

Bien que Rosy fût intriguée par les copeaux blancs bouclés, les tas de bois et les rangs serrés de cercueils neufs, elle gardait un œil sur M. Pucklehammer, car, de toute évidence, il était le sourcier qui allait la conduire vers la source de bière principale. Mais ils réussirent enfin à se glisser dans la maison sans qu'elle s'en aperçût. Une fois à l'intérieur, M. Pucklehammer produisit d'autre bière et des sandwiches au fromage et, sous l'apaisante influence de la nourriture et de la boisson, le charretier lui-même s'adoucit.

– Quelle drôle de chose votre oncle vous a laissée, dit-il à Adrian.

– Je ne la trouve pas drôle, dit amèrement Adrian. Ce que je dois faire d'elle, Dieu seul le sait.

– Vendez-la, conseilla le charretier, se versant encore de la bière, vendez-la à un cirque. C'est ce que je ferais à votre place.

– Impossible, expliqua Adrian, c'est là le plus terrible. On m'a laissé cinq cents livres pour m'occuper d'elle.

Je me demande combien de petits pains au lait cette somme représente, dit le charretier avec intérêt.

– Ils doivent manger autre chose que des petits pains au lait, dit Adrian d'un ton plaintif. En tout cas, nous verrons cela plus tard.

– Ne vous faites pas de bile, mon garçon, dit M. Pucklehammer. Elle peut rester ici deux ou trois jours jusqu'à ce que vous ayez décidé de ce qu'il y a de mieux à faire. Je m'occuperai d'elle.

C'est à ce moment que Rosy conclut que les cercueils, bien que passionnants en soi, manquaient de sustentation. Elle approcha de la maison et risqua un coup d'œil à travers la fenêtre. A son ravissement, elle découvrit ses amis assemblés dans la pièce en train de consommer son breuvage favori. Il y avait dans le groupe un air de jovialité pleine de détente que Rosy trouva irrésistible et qui la stimula. Ils souhaiteraient sûrement la voir se joindre à eux. Elle frappa donc délicatement à la vitre avec le bout de sa trompe. Elle indiquait ainsi discrètement, en personne bien élevée, qu'elle aimerait, elle aussi, prendre part à la célébration, quel qu'en fût l'objet. Mais ses amis étaient si absorbés dans leur conversation qu'ils n'entendirent pas. Rosy trouva cela injuste. Après tout, elle avait fait un long et fatigant voyage avec une seule pinte de bière pour la soutenir, et voici qu'ils s'empiffraient dans la pièce sans l'inviter. En temps normal, Rosy était extrêmement patiente, mais la vue du charretier se versant une autre pinte de bière en était trop pour elle. Elle passa sa trompe sous le châssis de la fenêtre et tira. Toute la fenêtre céda dans un grand bruit de craquements et de tintements et Rosy, enchantée du succès de son entreprise, passa sa trompe à travers la fenêtre en barrissant avec force.

– Pour l'amour du ciel, s'exclama Adrian, à bout de nerfs, donnez-lui encore de la bière, M. Pucklehammer, et faites-la taire.

– A ce régime, dit le charretier pour arranger les choses, vous dépenserez la plus grande partie de vos cinq cents livres en bière et en réparations.

M. Pucklehammer alla dans la cuisine et trouva une grande jatte d'étain qu'il emplit de bière jusqu'au bord. Il l'emporta dans la cour et les cris perçants que poussait Rosy pour exprimer son plaisir étaient presque assourdissants. Elle trempa sa trompe dans l'alléchant liquide brun, l'aspira, puis le projeta dans sa bouche avec le bruit d'une cascade en miniature. La jatte fut bientôt vide et Rosy, émettant pour elle-même de petits rots de satisfaction, gagna le côté ombragé de la cour et s'étendit pour se reposer.

– Eh bien, il faut que je m'en aille, dit le charretier. Merci beaucoup de votre hospitalité.

– Il n'y a pas de quoi, dit M. Pucklehammer.

– Et vous, Sir, ajouta le charretier, se tournant vers Adrian, je vous souhaite toute la chance possible. J'ai l'impression qu'avec ce cadeau réjouissant, vous allez en avoir besoin.

Chapitre IV

La grand-route

Ayant accompagné le charretier jusqu'à la route, M. Pucklehammer rentra dans la maison, où il trouva Adrian, la tête dans les mains, contemplant d'un air sombre une chope de bière vide.

– Je n'arrive pas à penser clairement, dit Adrian, misérable. Je ne sais vraiment que faire.

– Buvez encore un peu de bière, suggéra M. Pucklehammer, dont la philosophie était simple et directe. Cessez de vous tracasser... nous trouverons bien quelque chose.

– C'est très joli d'essayer de me calmer, dit Adrian avec irritation, mais c'est à moi que l'éléphante est échue. Nous ignorons encore ce qu'elle mange.

– Des petits pains au lait, dit M. Pucklehammer, qui tenait à son idée première. Croyez-moi, elle s'accommodera très bien de petits pains au lait.

– Je me demande si le charretier n'aurait pas raison, dit pensivement Adrian. Si je pouvais trouver un cirque où elle serait heureuse et si je donnais à son propriétaire les cinq cents livres pour s'occuper d'elle, est-ce que ce serait légal?

– Je ne sais si ce serait légal, dit M. Pucklehammer, pinçant les lèvres d'un air méditatif, mais c'est une solution.

– Mais où trouver un cirque? demanda Adrian. Je n'en ai pas vu un seul depuis mes sept ou huit ans.

– Au bord de la mer, dit vivement M. Pucklehammer. Il y a toujours des cirques et des foires au bord de la mer.

– Mais nous sommes à 80 kilomètres de la mer, dit Adrian. Comment y parviendrai-je ?

– Vous irez à pied avec elle. L'exercice lui fera probablement un bien immense. Ce qui est certain, c'est que vous ne pouvez la garder ici indéfiniment. Ça m'est égal de l'héberger, mais un éléphant n'est pas une chose qu'on peut garder dans sa cour sans faire jaser les voisins. Ce sont des fouinards, par ici.

– Eh bien, le sort en est jeté. Il me faudra dire à Mrs. Dredge et au magasin que mon oncle est mourant et que je dois m'absenter pour un certain temps. Au magasin, je crois que ça leur sera égal ; de toute façon, on me doit des vacances. Combien de temps pensez-vous qu'il me faille pour arriver à la côte ?

– Ça dépend, dit M. Pucklehammer.

– Ça dépend de quoi ? demanda Adrian. Combien de kilomètres un éléphant peut-il faire par jour ?

– Non, ce n'est pas à ça que je pensais, dit M. Pucklehammer, je pensais au nombre de bistrots devant lesquels vous pourriez avoir à passer.

– Oui, gémit Adrian, je l'avais oublié.

– Écoutez, suggéra M. Pucklehammer, vous connaissez ce vieux tonneau qui était traîné par un poney ? Cette petite charrette que j'ai là-bas dans le hangar ? Eh bien, si nous la réparions et faisions une sorte de harnais, Rosy pourrait la tirer. Vous mettriez tous vos vêtements, un peu de bière et des provisions à l'arrière…

– Pas de bière, dit vivement Adrian. Je ne veux pas de bière à côté de cette créature.

– Eh bien, des vivres, et, quand vous aurez tout chargé, vous vous mettrez en route.

En dépit de ses craintes, Adrian sentit en son cœur un petit élan d'enthousiasme. N'avait-il pas toujours aspiré à l'aventure? Et qu'y avait-il de plus aventureux que de partir en voyage accompagné d'un éléphant? Pour la première fois depuis qu'il avait reçu la lettre de son oncle, il commençait à avoir l'impression que les choses n'allaient pas aussi mal qu'il le croyait. La perspective d'aller à pied avec Rosy jusqu'à la côte l'emballait presque.

– Si je puis atteindre la côte en trois jours, dit-il, réfléchissant, il me faudra, je crois, deux jours de plus pour trouver un cirque. Eh bien, disons de dix à quinze jours par mesure de précaution.

– Oui, dit M. Pucklehammer, vous devriez être à même d'en finir dans une quinzaine, si tout va bien.

– Bon! dit Adrian, se mettant sur pied d'un bond et devenant de nouveau (pour un bref instant) la plus fine lame hors de France. J'y arriverai!

– Brave garçon! dit M. Pucklehammer. Je vous accompagnerais si je pouvais quitter la cour. Vous passerez, j'en suis sûr, d'agréables journées. Et maintenant, organisons-nous. Je vais sortir le tonneau, le laver, lui donner un coup de peinture et il sera tout prêt pour vous demain.

Adrian alla jeter un coup d'œil par la fenêtre. Rosy dormait paisiblement. Ses oreilles remuaient de temps à autre et son estomac gargouillait avec le bruit d'un tonnerre lointain.

– La pauvre créature aura besoin de manger quelque chose, dit-il, l'air préoccupé, écoutez son estomac.

– Cessez de vous tracasser, dit M. Pucklehammer, c'est moi qui m'en occuperai.

Adrian et lui sortirent dans la cour et, prenant soin de ne pas éveiller Rosy, tirèrent du hangar la charrette quelque peu délabrée.

Voilà, dit M. Pucklehammer, la contemplant avec admiration. Avec un coup de peinture, elle sera comme neuve. Maintenant, lavez-la à grande eau pendant que je vais chercher à Rosy de quoi manger.

Adrian alla prendre deux seaux d'eau chaude et une brosse de chiendent et se mit bientôt à laver la charrette en sifflant doucement pour lui-même. Il était si absorbé dans sa tâche qu'il éprouva un choc lorsqu'une trompe tiède et grise qui sentait fortement la bière lui fut soudain passée autour du cou avec affection. Il n'était pas encore habitué au fait que les éléphants, malgré leur volume, peuvent, quand ils le veulent, se mouvoir avec beaucoup moins de bruit qu'une souris. Rosy se tenait derrière lui, le regardant d'un air bénin. Elle lui souffla pensivement dans l'oreille une haleine chargée de bière et poussa un petit cri en guise de salut.

– Écoute, dit vivement Adrian, déroulant la trompe de son cou, il faut que tu cesses de faire des sottises. Tu m'as déjà causé assez d'ennuis. Allons, retourne dormir là-bas. Sois gentille.

Pour toute réponse, Rosy trempa sa trompe dans l'un des seaux et aspira bruyamment une bonne partie de son contenu. Puis, visant avec soin, elle projeta l'eau sur les parois du tonneau. Elle emplit de nouveau sa trompe et recommença l'opération tandis qu'Adrian l'observait stupéfait.

– Ah, dit-il enfin, si tu tiens à m'aider, c'est différent.

Il découvrit bientôt que s'il désignait la partie du tonneau qu'il voulait nettoyer, Rosy l'aspergeait jusqu'à ce qu'on lui donnât un nouvel ordre. Il n'avait qu'à changer l'eau des seaux. La force avec laquelle elle pouvait expulser l'eau de sa trompe facilitait grandement la besogne et, en un rien de temps, la crasse et les toiles d'araignée disparaissaient et le tonneau commençait à avoir un autre air. C'est à ce moment que revint M. Pucklehammer portant sur son dos un gros sac.

– Je n'ai pu trouver de petits pains au lait, dit-il, visiblement déçu de n'être pas à même de justifier son point de vue, mais j'ai réussi à trouver du pain rassis.

Ils ouvrirent le sac et en tirèrent deux grands pains bis. Adrian les tendit à Rosy, doutant qu'elle acceptât cette largesse rebattue, mais Rosy poussa un petit cri de plaisir, engloutit les deux pains et les dévora avec un enthousiasme qu'il fallait voir pour le croire.

– Voilà le problème de la nourriture résolu, dit Adrian.

Il vida du sac le reste de pain et Rosy se jeta dessus avec gloutonnerie.

– Ma parole, dit M. Pucklehammer avec admiration, vous avez transformé ce tonneau.

– C'est surtout grâce au travail de Rosy, dit Adrian.

– Rosy ? Que voulez-vous dire ?

– Eh bien, elle m'a aidé. Elle a aspergé le tonneau, qui s'est trouvé nettoyé en moitié moins de temps.

– C'est à peine croyable ! s'écria M. Pucklehammer. Je me demande si elle connaît d'autres tours.

– Ce n'est pas le moment de lui faire faire de nouveaux tours, dit vivement Adrian. Mieux vaut que j'aille d'abord à la banque pour régler la question d'argent.

– Vous avez raison. Laissez-nous ici, Rosy et moi. Tout ira bien. Je peindrai le tonneau pendant que vous serez parti.

Lorsque Adrian regagna la cour quelques heures plus tard, il fut accueilli par la voix de M. Pucklehammer en train de chanter, accompagné par un petit cri périodique et amical de Rosy. Il trouva celle-ci couchée et M. Pucklehammer appuyé contre son épaule, lui chantant une sérénade dans l'oreille gauche. Tous deux étaient barbouillés de taches de peinture. Une jatte vide avec des traces de mousse au fond et un pot d'une pinte montrèrent à Adrian que M. Pucklehammer et Rosy avaient cimenté leur amitié d'une manière qui ne laissait pas de doute. Cependant, à sa surprise, étant donné l'état des deux travailleurs, le tonneau avait l'air magnifique. M. Pucklehammer avait visiblement déployé là tout son génie artistique latent. Le corps du tonneau était d'un jaune jonquille franc et vif et les brancards d'un rouge hardi. Les rayons des roues avaient été habilement réchampis en bleu et or et tout l'ensemble brillait comme un joyau.

– Hi, mon garçon! dit M. Pucklehammer, se redressant de façon assez incertaine. J'étais en train de chanter un peu avec Rosy… elle aime une bonne chanson. Comment trouvez-vous le tonneau?

– Il est merveilleux, dit Adrian avec enthousiasme. Vous avez fait un beau travail.

– J'ai toujours pensé que j'aurais dû m'adonner à l'art, dit sombrement M. Pucklehammer, mais, de nos jours, il n'y a pas beaucoup de débouchés dans l'art. Avez-vous eu l'argent?

– Oui, dit Adrian. Il y a eu des tas de papiers à signer… c'est pourquoi il m'a fallu tout ce temps.

– Eh bien, si j'étais à votre place, dit M. Pucklehammer, tirant sa montre et la consultant, les yeux troubles, je filerais à la maison annoncer la nouvelle à cette Mrs. Dredge.

– Oui, je crois que cela vaut mieux, soupira Adrian. Pendant ce temps, ne donnez pas trop à boire à Rosy, n'est-ce pas? Vous savez ce que mon oncle a dit dans sa lettre.

– Une goutte de bière n'a jamais fait de mal à personne, répondit M. Pucklehammer d'un ton sévère.

Adrian se dirigea vers sa protégée ensommeillée et caressa sa tête en dôme.

– Bonne nuit, ma vieille Rosy, dit-il.

Rosy ouvrit un petit œil malicieux et le dévisagea. On eût presque dit qu'elle souriait, pensa Adrian, comme si elle connaissait les plans pour le lendemain et les approuvait sans réserve. Elle poussa un petit cri, ferma les yeux et retomba dans son sommeil, tandis qu'Adrian quittait la cour et descendait péniblement la route vers la maison de Mrs. Dredge.

Comme il l'avait escompté, elle ne lui facilita guère les choses. Adrian lui dit qu'il avait un oncle mourant, mais, loin de se satisfaire de cette excuse et dans ses efforts pour aller au fond de l'histoire, elle s'embrouilla si bien elle-même ainsi qu'Adrian qu'en fin de compte chacun d'eux ne savait vraiment de quoi l'autre parlait. Finalement, admettant sa défaite, Mrs. Dredge abandonna son assaut de questions et laissa Adrian (qui avait un mal de tête fou) aller se coucher.

Le lendemain matin, avec son sac de voyage où il avait rangé ses effets avec soin, il se dirigea vers la cour de son ami. Il avait passé une nuit agitée, assailli par des rêves où d'immenses troupeaux de pachydermes ivres écrasaient sous leurs pieds des tonneaux multicolores et il fut quelque peu soulagé, en entrant dans la cour, d'être salué par un cri de plaisir de Rosy, qui s'avança à pas traînants et lui entoura affectueusement le cou de sa trompe. La bonhomie naturelle de Rosy inspirait étrangement la sympathie, pensa Adrian, qui commençait à s'attacher à son encombrante pupille.

Avec l'aide de M. Pucklehammer, il chargea l'arrière du tonneau avec les objets dont, pensaient-ils, il aurait besoin pour le voyage. Il y avait un assortiment de conserves en boîtes et en bouteilles pour Adrian, trois sacs de pain rassis pour Rosy, des couvertures, une hachette, une trousse de premiers secours pleine de potions mystérieuses et à l'air efficace qui appartenait à M. Pucklehammer, un rouleau de corde solide, de la toile goudronnée qui, ainsi que le fit observer ce dernier, suffirait à couvrir Adrian et Rosy s'il venait à pleuvoir, les chaînes de Rosy pour le cas où il deviendrait nécessaire de l'entraver, un tonnelet d'ale, bien dissimulé pour que Rosy ignorât son existence et, en dernier lieu mais non le moindre, le banjo d'Adrian. Il avait acheté cet instrument quelques mois auparavant, mais ses progrès avaient été lents, car il ne pouvait s'exercer que lorsque Mrs. Dredge allait voir M. Dredge au cimetière. Mais M. Pucklehammer avait trouvé splendide l'idée de faire emporter à Adrian son banjo. Pour marcher, expliqua-t-il à Adrian, il n'y a rien de tel que la musique. Avec de la musique et de la bière, affirma-t-il, on peut aller partout.

Le tonneau fut enfin chargé et, non sans difficulté, ils réussirent à l'attacher à Rosy qui, fascinée par ce nouveau jeu, prêtait volontiers son concours. Puis, avec Adrian lui tenant le bout de l'oreille comme un guide, ils firent plusieurs fois le tour de la cour pour habituer Rosy à cette idée.

– Bon, dit enfin Adrian, nous ferions mieux de partir. Je ne puis assez vous remercier de toute votre aide, M. Pucklehammer.

– Il n'y a pas de quoi, mon garçon. Je souhaiterais seulement partir aussi. Je suis sûr que vous ferez un voyage merveilleux. N'oubliez pas de m'écrire et de me faire savoir comment vous allez.

– Non, je n'oublierai pas, dit Adrian, et merci encore.

M. Pucklehammer tapota affectueusement Rosy sur le flanc et ouvrit toutes grandes les portes de la cour. Guidée par Adrian, Rosy avança lourdement sur la route, le tonneau roulant avec fracas derrière eux, et M. Pucklehammer les regarda partir jusqu'à ce qu'ils fussent hors de vue.

Bien qu'ils empruntassent de petites rues écartées chaque fois que c'était possible, il leur fallut cependant traverser une section de la ville avant d'atteindre la campagne et c'est dans la ville qu'Adrian augmenta de façon considérable sa connaissance des éléphants et de leur effet sur la vie courante. Il découvrit bientôt, par exemple, que les chevaux étaient sujets à des crises de nerfs collectives lorsqu'ils se trouvaient soudain face à face avec l'un d'eux. Peu importait, semblait-il, qu'ils fussent en train de traîner un omnibus ou un fiacre, le résultat, dans la mesure où pouvait le voir Adrian, était identique. Ils poussaient un hennissement aigu, se cabraient, puis se mettaient à galoper à toute vitesse tandis que leurs conducteurs terrifiés s'accrochaient désespérément aux rênes. Rosy en était très intriguée ; étant habituée aux chevaux de cirque plébéiens et sensés qu'elle considérait comme ses amis, ce manque d'enthousiasme de la part des chevaux citadins la rendait perplexe et l'offensait, pour n'en pas dire plus.

Un autre détail qu'Adrian apprit sur les éléphants (au prix d'un souverain) est qu'ils mangent des fruits et des légumes. Ils venaient de tourner un coin lorsqu'ils se trouvèrent devant un homme d'un certain âge qui poussait une brouette où s'entassaient des produits destinés au marché. A cette vue, Rosy avait barri joyeusement et hâté le pas. Elle ne prêta aucune attention au fait qu'Adrian s'accrochait à son oreille et lui hurlait des ordres. Ses pensées étaient concentrées sur la brouettée de nourriture que le destin lui procurait avec tant de sollicitude. Le propriétaire de la brouette, se trouvant brusquement face à face avec un éléphant qui traînait une charrette multicolore et fonçait sur lui à une vitesse considérable, visiblement résolu à le détruire, tourna les talons et détala avec une agilité surprenante chez un homme de cet âge. Rosy, émettant ce bruit particulier de mugissements et de petits cris aigus qu'elle faisait lorsqu'elle était surexcitée, demeura près de la brouette abandonnée et, en dépit des protestations d'Adrian, fourra dans sa bouche les fruits et les légumes et les mâcha avec une immense satisfaction. Pendant qu'elle était ainsi occupée, Adrian dut poursuivre le propriétaire de la brouette, calmer ses nerfs ébranlés et payer le dommage. En tout cas, pensait-il, cela signifiait que Rosy avait eu un bon repas et il espérait que cela aurait sur elle un effet apaisant pour le reste du voyage. En ceci il avait raison, car, après son repas, Rosy alla à pas mesurés, son estomac gargouillant musicalement dans une passive atmosphère de bonne volonté.

Finalement, les maisons se raréfièrent, puis disparurent tout à fait et ils atteignirent le sommet d'une colline. La ville s'étendait, scintillante, derrière eux et, devant eux, brillant dans le soleil du printemps, se déroulait la pleine campagne : un tapis magique de bois et de champs, de sinueuses rivières et de brumeuses collines, l'air résonnant du chant de l'alouette et de l'appel ensommeillé des coucous. Adrian aspira à pleins poumons l'air qu'embaumait la saine odeur du trèfle.

– Eh bien, Rosy, dit-il, nous voici dans la campagne. Je crois, ma fille, que nous avons passé le pire.

Il ne comprit que plus tard que c'était là l'affirmation la plus stupide qu'il eût pu faire.

Chapitre V

L'holocauste de Monkspepper

Le soleil était chaud, le ciel bleu clair et, tout autour d'eux, les taillis et les haies, revêtus d'une crinoline de verts ruchers de feuilles de printemps, débordaient, comme une boîte à musique, de chants d'oiseaux. Il était merveilleux, pensait Adrian, de pouvoir longer les étroits sentiers feuillus dont les hauts talus étaient couverts de cascades de primevères jaune pâle, avec Rosy à son côté, traînant les pieds dans la poussière, et d'écouter le bruit et le frottement des roues du tonneau, ainsi que l'agréable grincement et le cliquetis du harnais. Au bout d'un certain temps, il ôta son veston et le jeta à l'arrière de la charrette. Une demi-heure plus tard, son gilet, son col de celluloïd et son nœud noir allaient rejoindre le veston et, dans un accès de folle témérité, il retroussa les manches de sa chemise. Maintenant, avec son pantalon noir, ses bretelles rayées et son chapeau melon perché avec désinvolture sur sa tête, il offrait un singulier spectacle, mais il ne s'en souciait guère. Il était grisé par les aspects et les sonorités de la campagne et la route de l'aventure s'ouvrait devant lui.

M. Pucklehammer avait eu tout à fait raison, découvrit Adrian : Rosy aimait à entendre chanter. Donc, tandis qu'ils marchaient amicalement côte à côte, Adrian la régala de refrains de music-hall. Les voyant appréciés, Adrian prit son banjo pour s'accompagner. Si son jeu laissait un peu à désirer, Rosy était une auditrice trop bien élevée pour y faire allusion et le temps passait de plaisante façon.

A midi, ils se trouvaient en pleine campagne. Après avoir consulté la carte, Adrian avait étudié l'itinéraire de façon à suivre de petits chemins de traverse, car il n'avait aucun désir d'attirer l'attention. En conséquence, ils n'avaient vu âme qui vive depuis qu'ils avaient quitté la ville. Ils eussent pu être deux voyageurs dans un continent inhabité. Maintenant, avec l'air vif inaccoutumé, Adrian commençait à avoir faim. Pour Rosy, c'était parfait, pensait-il ; elle se bornait, au passage, à arracher des touffes aux haies. Mais il éprouvait le besoin de quelque chose de plus substantiel que les feuilles. Il repéra bientôt ce qu'il désirait : une vaste prairie de velours vert émaillée de pâquerettes qui descendait en pente jusqu'au bord d'une rivière. La prairie était parsemée de bouquets d'énormes chênes recouverts d'un chatoyant cumulus de feuilles qui évoquait de géantes perruques vertes à la Pompadour et jetait sur l'herbe luxuriante de jolies ombres bleues et noires.

– Voilà, Rosy, ma fille, dit Adrian. Nous allons nous arrêter ici pour manger un morceau.

Il conduisit Rosy à travers une brèche commode jusqu'à un tapis uni de vert gazon sous les chênes. A quelques pas de là une rivière courait, scintillant et murmurant entre les rives couvertes de roseaux. Adrian détela Rosy et déballa les provisions. Il emplit avec soin deux grands pots de bière tirés du tonnelet et Rosy, à cette vue, poussa un barrissement prolongé et excité.

Assis sur l'herbe, Adrian eut tôt fait d'expédier un pâté, un grand morceau de fromage et la moitié d'une miche de pain. Après avoir absorbé depuis plusieurs années la cuisine de Mrs. Dredge, ces simples aliments lui parurent délicieusement exotiques. Rosy, ayant examiné les chênes, en ayant arraché et mangé les branches les plus accessibles, se mit à se gratter vigoureusement contre les troncs, au grand effroi d'un couple de pies qui avaient un nid dans les branches supérieures. Couché sur le dos, les yeux mi-clos, Adrian contemplait le ciel bleu à travers le filigrane des feuilles et une grande paix s'insinuait en lui. Mais, songeait-il, les choses ne vont pas aussi mal que je le craignais. De fait, que pouvait-il y avoir de plus agréable? Il bâilla voluptueusement, ferma les yeux et s'abandonna au sommeil.

Au bout d'un certain temps, il s'éveilla en sursaut et resta un moment étendu, prêtant l'oreille, se demandant quelle pouvait être la cause du bruit qui l'avait tiré de son sommeil. Il entendait les pies criailler au loin et une alouette grisoller dans le ciel très haut au-dessus de lui, mais ce qui l'avait frappé était un bruit extraordinaire de gargouillis et d'éclaboussement. Il se mit sur son séant et, angoissé, regarda autour de lui. Rosy n'était visible nulle part. Les plus affreuses pensées assaillirent aussitôt l'esprit d'Adrian. Où était-elle allée? Était-elle en train de terroriser un malheureux paysan? Ou bien – et il blêmit à cette idée – avait-elle trouvé une auberge? Il se mit sur pied d'un bond et regarda éperdument autour de lui.

Des fraîches profondeurs de la rivière s'éleva soudain une gerbe de poussière d'eau et Rosy parut à la surface.

Elle était couchée sur le flanc dans l'eau profonde et sa peau, normalement grise, était maintenant noire et luisante. Elle se baignait avec bonheur, mettant de temps à autre sa trompe sous l'eau et soufflant une série de bulles qui réfléchissaient la lumière. Soulagé de l'avoir découverte, Adrian alla jusqu'au bord de la rivière et, à sa vue, Rosy poussa un petit cri de plaisir.

– Quelle fille intelligente tu es, dit Adrian. Es-tu contente de prendre un bon bain?

En guise de réponse, Rosy se retourna sur l'autre flanc, produisant un raz de marée et disparaissant presque sous la surface de l'eau.

– Sais-tu, ma vieille, dit Adrian, j'ai envie de te rejoindre. Ça paraît merveilleux.

Il regarda autour de lui à la dérobée pour s'assurer que personne ne l'observait et ôta vivement ses vêtements, ne gardant que son caleçon par bienséance. Il poussa un cri perçant, traversa l'herbe en courant et s'élança dans la rivière. L'eau était glacée, mais délassante. Il se redressa en crachant de l'eau, se dirigea vers Rosy avec de grands éclaboussements et grimpa sur son épaule. Rosy poussa un cri de ravissement et, allongeant sa trompe, toucha doucement son visage et ses cheveux mouillés.

– C'est magnifique, dit Adrian, tapotant l'oreille de Rosy, tout simplement magnifique. Quelle fameuse idée tu as eue, Rosy! Quelle créature intelligente et avisée tu es!

De façon incertaine, il se dressa et exécuta une danse sur la forme étendue de Rosy en hurlant à plusieurs reprises «Magnifique! Tout simplement magnifique!» jusqu'à ce qu'il perdît pied et tombât dans la rivière en faisant rejaillir l'eau. Comme il reparaissait, riant et suffoquant, à la surface, Rosy, le regardant avec affection de ses petits yeux brillants, l'aspergea d'une pleine trompe d'eau. C'est ainsi que, pendant la demi-heure qui suivit, ils se livrèrent à des ébats dans le courant, à la grande alarme des foulques noires et des poules d'eau qui nichaient près de là dans le talus.

– Dans le prochain village où nous arriverons, dit Adrian, tandis qu'ils se hissaient, ruisselants, hors de l'eau et s'étendaient sur la rive, dans le tout premier village, j'achèterai une grande brosse de chiendent. Et puis je te brosserai, Rosy, ma fille, jusqu'à ce que tu sois une belle et propre éléphante.

Fatigués par l'exercice, ils restèrent à sommeiller sur la rive pendant que le soleil les séchait. Ils reposaient là si tranquilles que le renard avait traversé toute la prairie et était tout près d'eux lorsqu'ils l'aperçurent.

– Hello! dit Adrian, se mettant sur son séant. Quel beau renard tu es!

Le renard s'arrêta, une patte levée, les oreilles dressées. Rosy agita alors ses oreilles et allongea sa trompe avec curiosité. D'effroi, poussant un jappement aigu, le renard fit un bond en arrière et, se détournant vivement, descendit le talus en courant, plongea dans l'eau et nagea rapidement jusqu'à la rive opposée. Il se hissa alors hors de l'eau, se secoua vigoureusement et, avec un regard douloureusement offensé dans la direction d'Adrian et de Rosy, disparut dans la haie.

– Il n'était pas très cordial, hein, Rosy ? dit Adrian. Il manquait vraiment de bonhomie.

Il était sur le point de faire à Rosy un cours bref, mais substantiel, sur les renards lorsqu'ils entendirent la chasse.

– Oh, Seigneur ! s'écria en sursautant Adrian, qui avait oublié qu'il était en caleçon. Ici ! Vite… il faut que je me rhabille.

Se levant d'un bond, il se mit à courir vers l'endroit où il avait laissé ses vêtements, posés avec soin sur les brancards du tonneau, mais il était trop tard. La chasse franchit l'unique brèche dans la grande haie qui entourait le pré : une cascade blanche et marron de chiens courants poussant des cris et des geignements d'excitation, suivie de près par une masse de chasseurs vêtus de vestes rouges et de femmes montant de beaux chevaux fringants aussi luisants que des châtaignes. Comme impasse, cela ne laisse pour ainsi dire rien à désirer, conclut Adrian. Être ainsi surpris par ce qui, probablement, représentait l'aristocratie de la région, dans une grande prairie, accompagné d'un éléphant et d'un tonneau multicolore, était déjà assez excentrique, mais le fait de se trouver en caleçon compliquait encore les choses.

Pour aggraver la situation, Rosy, revigorée par son bain, devint très animée à la vue de la chasse. Peut-être prit-elle les sons aigus du cor de chasse pour les cris d'un autre éléphant, peut-être la grande vague de chiens courants, les tuniques rouges et l'aspect général de fête et d'affairement lui rappelèrent-ils les heureux jours qu'elle avait passés avec le cirque. Poussant un barrissement de joie retentissant et prolongé, elle se redressa pesamment et s'avança à pas traînants à travers le pré à la rencontre de la chasse.

De surprise, les chiens, sans exception, s'arrêtèrent en patinant. A leur expression, on pouvait voir qu'ils trouvaient cela déraisonnable. On leur avait demandé de poursuivre et d'attraper un petit animal roux et voici que se matérialisait tout à coup sur leur chemin un monstrueux animal gris comme on n'en voit que dans les cauchemars que l'on fait lorsqu'on est un chiot tout jeune. Simultanément, tous les chevaux luisants aperçurent Rosy. Elle eut sur eux à peu près le même effet que sur les chevaux de trait qui tiraient des fiacres et, en un instant, la prairie évoqua un champ de bataille exceptionnellement sanglant. Les chasseurs tombaient comme des feuilles d'automne et gisaient sur l'herbe dans leurs vestes rouges tandis que les chevaux sans cavalier, pris de panique, galopaient, affolés, de tous côtés, cherchant, pour fuir, une issue à travers l'épaisse haie qui encerclait la prairie.

Rosy était enchantée. Elle était maintenant fermement convaincue que c'était là une sorte de cirque et que tout ce pandémonium faisait partie du spectacle. Barrissant avec excitation, elle pourchassa la meute de chiens terrifiée tout autour du pré, s'arrêtant de temps à autre pour tapoter avec sa trompe la croupe d'un cheval apeuré. En caleçon mouillé, Adrian, blotti derrière un tronc d'arbre, souhaitait être mort. C'était bien pis que tout ce qui était arrivé jusque-là et ce qui n'arrangeait rien était le fait que Rosy s'amusait visiblement et se joignait à la scène avec une exubérance qui était divertissante, pour n'en pas dire plus.

Du temps où Rosy était au cirque, elle avait été accoutumée à finir sa scène par une attaque simulée sur le chef de piste, car une partie de cette scène était une prétendue animosité entre elle et ce personnage haut placé. Comme les chiens avaient maintenant disparu à travers la haie et que tous les chevaux se trouvaient rassemblés dans le coin le plus éloigné du pré en une masse inquiète et tremblante, Rosy en vint à la conclusion assez naturelle que la scène était terminée. Regardant autour d'elle, elle aperçut le maître d'équipage. Il se roulait dans l'herbe, couvert de boue et s'efforçant d'arracher son chapeau haut de forme qui, dans sa chute, avait été solidement coincé au-dessus de son nez. Ce devait être là le chef de piste, pensa Rosy. C'était une erreur pardonnable, car le maître d'équipage était un bel et corpulent échantillon d'humanité qui portait, souillés de boue, les restes d'une veste rouge vif et un haut-de-forme. Rosy se dirigea vers lui à pas traînants, s'arrêta pour émettre un barrissement aigu, enroula tendrement sa trompe autour de son corps et le souleva très haut dans l'air. Elle s'immobilisa un moment, quelque peu surprise que son geste ne provoquât point les applaudissements qu'il déclenchait généralement.

L'un des membres féminins de la chasse, l'Honorable Petunia Magglebrood, venait juste de se mettre sur pied en chancelant lorsqu'elle fut régalée par la vue du maître d'équipage agité avec prévenance de côté et d'autre par un éléphant. La sensation d'horreur et de sacrilège qui l'envahit était écrasante. Elle éprouvait le sentiment d'un Croisé qui eût vu quelqu'un allumer du feu avec un morceau de la Vraie Croix.

– Laisse-le, grosse brute! hurla-t-elle.

Puis, avec un cri perçant, elle s'évanouit.

Rosy, balançant toujours le maître d'équipage de côté et d'autre, comme un chat géant ferait d'une souris, regardait pensivement autour d'elle. Le cri de l'Honorable Petunia n'était pas grand-chose en matière d'applaudissements, songeait-elle, mais c'était visiblement tout ce qu'elle obtiendrait. Jetant un regard autour d'elle, elle aperçut le visage blême d'Adrian aux aguets derrière un chêne. Elle se dirigea vers lui à pas traînants et déposa à ses pieds le maître d'équipage avec l'air bon enfant d'un retriever rapportant le premier tétras de la saison. La secousse avec laquelle elle déposa dans l'herbe le maître d'équipage délogea le haut-de-forme, qui tomba et roula dans le pré. Cela révéla que son propriétaire possédait une magnifique moustache et des favoris noirs et que son visage, congestionné au point d'être pourpre, donnait l'impression qu'il était ou sur le point de mourir d'apoplexie ou de disparaître en un grand jet de fumée noire. Il restait là assis, regardant fixement Adrian et émettant un bruit qui ne pouvait être dépeint, même par ses plus fervents admirateurs, que comme un glouglou inarticulé.

– Euh… bonjour, dit Adrian faute d'une meilleure remarque.

Il ne fut pas trop surpris de voir le visage du maître d'équipage devenir noir. Celui-ci lutta désespérément avec son système respiratoire et réussit enfin à reprendre quelque maîtrise sur ses cordes vocales paralysées.

– Comment ? dit-il en un rugissement étouffé. Qu'entendez-vous par bonjour ? Est-il à vous, ce dégoûtant, ce pouilleux, cet informe animal ?

Il pointait un doigt tremblant vers Rosy, qui avait cueilli une touffe d'herbe longue mêlée de pâquerettes et s'en éventait pour chasser les mouches.

– Oh, ça, dit Adrian, comme si la présence d'un éléphant avait jusque-là échappé à son attention… ça… eh bien, oui, en un sens, on pourrait dire que c'est à moi.

– Quelle idée, hurla le maître d'équipage, de venir piétiner la prairie avec ce sacré éléphant, cette bête informe, dans ce costume obscène… et d'effrayer les chiens… de terrifier les femmes… d'apeurer même les chevaux… qu'est-ce qui vous a pris ?

– Je regrette beaucoup, dit Adrian d'un ton contrit. Voyez-vous, nous venions de nous baigner tranquillement et nous ne savions pas que vous veniez tous par ici.

– Avez-vous l'habitude, demanda le maître d'équipage avec un calme impressionnant, de voyager à travers champs, de nager dans les rivières des autres et d'effrayer les saumons, accompagné d'un informe éléphant ?

– Non, généralement non, convint Adrian, mais je crains que ce ne soit trop long à expliquer.

– Je peux l'expliquer, moi, hurla le maître d'équipage, se mettant sur pied. Vous êtes fou, sir, un fou criminel, voilà ce que vous êtes. Quelle idée de galoper par la campagne, de troubler la chasse, d'effrayer le poisson, et probablement les oiseaux… un fou. Je vous ferai mettre sous les verrous, sir, vous et cette bête informe, vous verrez si ce n'est pas vrai. Je vous poursuivrai et en dommages-intérêts et pour vous être introduit ici. Je vous ferai condamner à cinq ans de travaux forcés. L'accusation pourrait même aller jusqu'à la tentative de meurtre, qu'en pensez-vous, sir? Dès mon retour au village, je vous poursuivrai en justice, retenez bien mes paroles.

– Écoutez, dit Adrian, pris de peur, je suis vraiment au regret, mais laissez-moi vous expliquer. Voyez-vous, vos chevaux et vos chiens…

– Mes chiens? siffla le maître d'équipage, sa figure s'empourprant de nouveau, mes chiens? Ma meute, sir, ma meute.

– Eh bien, votre meute, dit Adrian, n'est pas habituée aux éléphants.

Le maître d'équipage respira profondément et, frémissant, jeta un regard furibond de l'autre côté du pré, où les chasseurs, à divers stades du désarroi, se remettaient sur pied de façon mal assurée et s'efforçaient d'attraper leurs chevaux terrifiés.

– Oui, je puis voir qu'ils ne sont pas habitués aux éléphants, dit le maître d'équipage. Et vous confierai-je un secret, misérable paysan? ILS NE SONT PAS CENSÉS ÊTRE HABITUÉS AUX ÉLÉPHANTS.

Adrian dut convenir que c'était là un argument. Le maître d'équipage ramassa les restes de son haut-de-forme et le mit sur sa tête.

– Dès que je rentrerai au village, je vous ferai arrêter, vous et votre maudit éléphant, retenez bien mes paroles, dit-il.

Puis il s'éloigna à grands pas vers les autres chasseurs souillés et clopinants. Comme le dernier d'entre eux se mettait en selle et trottait hors du pré, Adrian se tourna vers Rosy.

– Vois ce que tu as fait, dit-il amèrement, et juste quand je pensais que tout allait bien. Tu as de nouveau tout gâché... et maintenant, on va nous arrêter. Tu récolteras, je crois, cinq cents ans de travaux forcés.

Il s'habilla en hâte et attela Rosy au tonneau.

– Le mieux à faire est de s'éloigner le plus possible du village dit-il, lorsqu'ils se mirent en route.

Après avoir marché pendant un certain temps, ils arrivèrent à un carrefour où un poteau indicateur les informa que s'ils tournaient à gauche, ils atteindraient le village de Fennel et s'ils tournaient à droite, ils arriveraient à celui de Monkspepper. Adrian était indécis. Il ignorait de quel village la chasse était venue et il savait que s'il pouvait échapper, ainsi que le tonneau, aux poursuites de la justice, il n'en était pas de même pour Rosy. Jetant un coup d'œil sur la route qui menait à Fennel, il aperçut l'orée d'un grand bois et cela le décida. Il pourrait au moins tenter de cacher un éléphant dans un bois. Prenant donc l'oreille de Rosy pour lui faire presser le pas, ils s'engagèrent sur la route de Fennel.

Chapitre VI

Empêtrés dans l'aristocratie

Le bois de hêtres était vaste, les arbres hauts et les troncs verts émergeaient d'une brume de jacinthes. Les arbres croissaient en rangs si serrés que même un animal de la taille de Rosy était complètement invisible à trente mètres de la route. Mais Adrian ne voulait pas courir de risques. Plus ils s'éloigneraient de la chasse, mieux cela vaudrait. Ils découvrirent bientôt une petite allée cavalière qui serpentait à angle droit de la route et s'enfonçait profondément dans la forêt et ils la longèrent sur une distance d'environ quinze cents mètres. Au sommet des arbres, des ramiers roucoulaient d'une voix rauque, des lapins surgissaient et détalaient tout autour d'eux et, d'effroi, les écureuils grimpaient le long des troncs, leur queue pareille à une houppe de fumée rousse, et leur jetaient des protestations indignées. Adrian commençait à reprendre confiance. Personne ne pourrait, pensait-il, les trouver dans cette fraîche et vaste forêt.

Au bout d'un certain temps, l'allée les conduisit à un grand champ au milieu des bois. Il y avait là, quelque peu délabrée, une meule de foin de l'an passé. Mais elle était tiède et sèche et Adrian décida que l'endroit serait parfait pour y dormir. Il détacha le tonneau et, avec l'aide de Rosy, le poussa profondément dans le sous-bois, où il serait bien caché. Puis il déballa les provisions et les couvertures et se dirigea vers la meule. Rosy le suivit d'un air préoccupé, mais retourna bientôt à la charrette et reparut, portant prudemment avec sa trompe le tonnelet d'ale. C'est ainsi que, chaudement enveloppé dans des couvertures sur un lit de foin embaumé, Adrian mangea son dîner, tandis que Rosy montait la garde auprès de lui, oscillant doucement. La lune parut dans le ciel et abaissa sur eux son regard, argentant la prairie, et, dans les profondeurs de la forêt, les hiboux, d'une voix chevrotante, échangeaient des hululements.

Adrian fut éveillé à l'aube par un grand chœur de chants d'oiseaux qui faisait résonner le bois. La prairie était blanche de rosée et l'air du matin était frais. Ils prirent un repas rapide qu'ils arrosèrent d'une pinte d'ale pour chacun d'eux et Adrian pensa qu'il était en train de tomber dans la mauvaise habitude de M. Pucklehammer de boire de l'ale au petit-déjeuner. Puis, Rosy attelée de nouveau à la charrette, ils continuèrent leur route dans la scintillante lumière du matin, Rosy laissant de grandes empreintes circulaires sur l'herbe humide de rosée. Ils avaient traversé trois champs sans rien voir de plus alarmant qu'un faisan briller dans le soleil lorsqu'ils arrivèrent à une brèche dans la haie qui les conduisit une fois de plus en bordure de la route.

Ils étaient sur le point de se mettre en chemin lorsque Adrian entendit trotter des chevaux. Imposant aussitôt silence à Rosy (qui faisait beaucoup moins de bruit que lui), il regarda avec circonspection autour de la haie, s'attendant à voir toute une armée de police montée galopant à leur poursuite. Mais il aperçut, au contraire, un très élégant landau noir avec des roues dorées et, sur les portes, d'impressionnantes armoiries, tiré à vive allure par une paire de chevaux gris magnifiques. Un homme était appuyé au siège arrière du landau. Il était vêtu d'une veste bleu lavande et d'un pantalon blanc et coiffé d'un chapeau haut-de-forme aussi luisant qu'un scarabée et rabattu sur ses yeux.

Adrian était si occupé à observer l'approche du landau qu'il avait stupidement lâché l'oreille de Rosy qui, supposant que la grand-route était accessible à tous les voyageurs, y compris les éléphants, s'avança à pas traînants, tirant le tonneau derrière elle. L'effet que Rosy produisait sur les chevaux avait maintenant cessé de surprendre Adrian. Les deux chevaux gris s'arrêtèrent en patinant, se cabrèrent et firent des efforts désespérés pour franchir la haie, entraînant le landau avec eux, tandis que le cocher, le visage blême, faisait de son mieux pour les maîtriser.

– Qu'essayez-vous de faire, Jenkins? demanda languissamment l'homme en veste lavande.

– Excusez-moi, my lord, dit le cocher, mais c'est cet animal!

L'homme à la veste lavande repoussa en arrière son luisant haut-de-forme, révélant d'élégants favoris et des cheveux frisés du plus brillant auburn. Il avait un visage long, pâle et plutôt délicat, illuminé par des yeux immenses du violet le plus vif. Il restait absolument impassible au fait que le landeau courait le danger imminent de verser. Il fouilla pensivement dans la poche de son gilet, en sortit un monocle et se mit à le visser avec soin dans son œil droit. Les chevaux avaient alors réussi à passer la tête à travers la haie et le landau oscillait et bondissait comme un bateau sur une mer démontée.

– Sapristi ! dit l'homme en veste lavande, examinant Rosy, un éléphant… un vrai éléphant ! Ma parole, quelle chose extraordinaire !

Adrian poussait la tête de Rosy en un effort désespéré pour lui faire rebrousser chemin, mais elle était singulièrement têtue.

– Vous, là-bas, dit l'homme à la veste lavande, est-ce votre éléphant ?

– Oui, j'en ai bien peur… en un sens, dit Adrian, toujours repoussant Rosy.

– Quelle chose extraordinaire, répéta l'homme d'un air rêveur. Ne seriez-vous pas, par hasard, la personne qui a désorganisé la chasse de Monkspepper ? Oui, je suppose. Il ne saurait y avoir plus d'un éléphant dans la région…

– J'en ai bien peur, dit Adrian, mais c'est une erreur regrettable. Nous n'avions pas de mauvaise intention, mais vous pouvez voir l'effet qu'elle a sur les chevaux.

– Oui, dit l'homme, elle semble avoir sur eux un effet désastreux, je l'admets. Serait-ce trop vous demander, mon ami, que l'éloigner un peu pour que nous puissions passer ?

– Non, non, dit Adrian, je vais faire de mon mieux. Mais Rosy, ayant gagné la route, ne voyait aucune raison valable de retourner dans le champ. La lutte dura un certain temps, puis Adrian eut une idée. Il courut à l'arrière du tonneau et emplit de bière le pot de Rosy. Il réussit ainsi à l'attirer derrière la haie. Maintenant qu'elle était hors de vue, le cocher put reprendre quelque autorité sur les chevaux. L'homme en veste lavande avait observé toute la scène avec une attention profonde et lorsque Adrian reparut, il assujettit plus fermement son monocle dans son œil et se pencha en avant.

– Dites-moi, mon ami, demanda-t-il, boit-elle de la bière ou ne s'en sert-elle que pour se laver?

– Elle la boit, dit amèrement Adrian.

– Tout à fait remarquable, dit l'homme, un éléphant qui boit de la bière.

– Je regrette vivement que nous ayons effrayé vos chevaux, dit Adrian. Rosy n'a vraiment pas l'intention de faire du mal.

– Mais non, mon cher ami, dit l'homme, levant une main étroite. N'en parlons plus, je vous en prie. C'est une aventure des plus divertissantes. Dites-moi, boit-elle quelque chose d'autre que la bière?

– Oui, dit succinctement Adrian, de tout.

– Passionnant! dit l'homme.

Puis, avec une lueur de malice dans ses yeux violets, il ajouta:

– Si c'est là l'effet qu'elle a produit sur mes chevaux, j'aurais aimé voir celui qu'elle a eu sur la chasse.

– C'était tout à fait spectaculaire, je dois l'avouer, dit Adrian avec un large sourire. Je n'ai jamais vu tant de chasseurs jetés en même temps à bas de leur cheval.

L'homme dans le landau partit d'un grand éclat de rire, puis, ôtant son haut-de-forme et tendant la main:

– A propos, je suis Lord Fenneltree et enchanté de vous connaître.

– Merci, sir, balbutia Adrian. Mon nom est Rookwhistle, Adrian Rookwhistle, et voici Rosy.

– Quels noms charmants, dit Sa Seigneurie d'un air vague, s'abandonnant à la rêverie et regardant fixement devant lui.

N'ayant jamais encore rencontré de lord, Adrian ne savait trop que faire. Il n'était pas tout à fait sûr de n'être pas congédié. Il allait lever son chapeau pour dire au revoir lorsque Sa Seigneurie sortit de son rêve avec un sursaut, vissa son monocle plus fermement encore dans son œil et le dévisagea longuement.

– Je réfléchissais, dit fièrement Lord Fenneltree, avec l'air de quelqu'un qui décrit un rare phénomène. Êtes-vous, par hasard, libre en ce moment?

– Eh bien…, oui, dit Adrian. Je me dirigeais vers la côte.

– Admirable! Admirable! s'écria Sa Seigneurie avec enthousiasme, cette rencontre est des plus heureuses.

– Vraiment? dit Adrian. Pourquoi?

– La soirée, dit Sa Seigneurie, surpris, la soirée, mon cher ami, la soirée qui, tout le mois dernier, a occupé mes pensées nuit et jour.

– Oh, je vois, dit Adrian, qui ne voyait pas du tout, mais voulait être poli.

– Ne pensez-vous pas, Jenkins, dit Sa Seigneurie au cocher, que l'éléphant serait merveilleux pour la soirée?

– Oui, my lord, dit Jenkins d'un air compassé, si vous le dites.

– Il est si agréable qu'on soit d'accord avec vous, dit Lord Fenneltree, regardant Adrian d'un air radieux.

– Excusez-moi, dit Adrian, mais que désirez-vous exactement que je fasse?

– Nous ne pouvons en discuter ici, dit Sa Seigneurie d'une voix ferme, il est trop fatigant de soutenir une conversation intellectuelle à l'arrière d'un landau. Si vous continuez à longer la route pendant quinze cents mètres environ, vous verrez ma maison sur le côté gauche. Venez-y, mon cher ami, et amenez votre éléphant. Nous parlerons plus avant de cette question en déjeunant, hein?

– C'est très aimable à vous, dit Adrian.

– Mais non, dit Sa Seigneurie. A la maison, Jenkins.

Le landau descendit le chemin avec fracas et, perplexe, Adrian retourna dans le champ pour recouvrer Rosy.

– Ce n'est pas ordinaire, Rosy, lui dit-il en la conduisant sur la route. D'abord, tu essaies de tuer un membre de l'aristocratie, ensuite, il nous invite à déjeuner. Du moins, il m'invite, moi, mais je suppose qu'il te donnera un chou ou autre chose. Je me demande quelle est cette soirée à laquelle il pense sans cesse. Je ne vois pas ce que nous pouvons faire pour lui. En tout cas, ma fille, n'oublie pas où tu es et conduis-toi bien. Je n'ai pas envie d'être poursuivi pour avoir tué un lord.

Ils arrivèrent devant une énorme grille de fer forgé à deux battants soutenue par deux grands piliers, chacun d'eux gardé par de hargneux griffons de pierre colorés de taches de mousse verte et de lichens jaunes. Au-delà, l'allée s'incurvait à travers de nobles terres boisées, parsemées de bouquets d'arbres magnifiques et, au loin, gigantesque et rosée par le soleil, avec ses fenêtres à meneaux qui étincelaient, se dressait la résidence de Lord Fenneltree. Un homme d'un certain âge sortit vivement de la loge, tirant sur son toupet, et ouvrit les portes toutes grandes.

– Bonjour, sir, dit-il, regardant Rosy avec une certaine appréhension. Sa Seigneurie a annoncé votre arrivée.

Adrian et Rosy, le tonneau roulant derrière eux, montèrent la longue allée incurvée. Au fur et à mesure qu'ils approchaient de la maison, l'herbe verte faisait place à des pelouses tondues avec soin, à des massifs de fleurs et à des haies d'ifs habilement taillés pour représenter des faisans, des licornes et autres animaux intéressants. Sa Seigneurie était debout au haut des marches qui menaient à la porte d'entrée, attendant leur arrivée avec impatience. Elle était entourée de plusieurs valets de pied et d'un maître d'hôtel presque circulaire, tous dans un état de surexcitation mal réprimé à la vue de Rosy.

– Vous voici, dit Lord Fenneltree. Parfait. Maintenant, mon cher ami, venez déjeuner. Et Rosy, qu'aime-t-elle, à part la bière?

– Eh bien, toutes sortes de fruits et de légumes, dit Adrian.

– Raymond, dit Sa Seigneurie au maître d'hôtel, montrez à M. Rookwhistle et à Rosy le chemin des écuries et dites aux jardiniers d'apporter à Rosy des fruits et des légumes.

Une fois Rosy attachée dans une stalle spacieuse de la cour des écuries, les jardiniers parurent avec une brouettée de légumes et de fruits succulents qui firent venir l'eau à la bouche d'Adrian et provoquèrent des barrissements enthousiastes de la part de Rosy. Il y avait là des pêches, du raisin, des carottes, des choux, des petits pois, des pommes, des poires et des abricots. Laissant Rosy engloutir ces friandises, Adrian fut raccompagné à la maison par le maître d'hôtel qui le fit entrer dans un vaste salon où Lord Fenneltree était étendu sur un divan, entouré d'une bande de chiens de toutes formes et de toutes dimensions.

– Venez vous asseoir, dit Sa Seigneurie. Nous aurons bientôt de quoi déjeuner. Rosy est en lieu sûr, je crois?

– Oui, dit Adrian, elle est en train de s'engraisser à ne rien faire. C'est très gentil à vous d'être si aimable quand elle aurait pu causer votre mort. Je vous suis vraiment très reconnaissant.

– Eh bien, dit Sa Seigneurie, si vous éprouvez une telle reconnaissance, vous pourriez être à même de me rendre un petit service.

– Je ferai tout mon possible, dit Adrian.

– C'est cette sacrée soirée, expliqua Sa Seigneurie, fermant les yeux comme si cette seule pensée lui était pénible. J'ai, voyez-vous, une fille qui – bien que ce soit moi qui le dise – n'est pas trop répugnante à voir. Dans très peu de temps, ce sera son dix-huitième anniversaire et, pour le célébrer, nous allons donner une soirée. Ma chère épouse, qui, je le crains, est une forte tête et une femme insatiable, insiste pour que cette soirée dépasse en extravagance et en originalité tout ce qui a été fait dans la région en matière de soirées. Or, si je puis pourvoir à la dépense, j'ai été jusqu'ici absolument incapable de penser à quelque chose d'original. Et puis, vous êtes venu.

– Je vois, dit Adrian avec circonspection.

– Il me vient maintenant à l'esprit, poursuivit Sa Seigneurie, que l'introduction dans une soirée de ce genre d'un grand éléphant apprivoisé qui boit de la bière serait une idée très originale, ne trouvez-vous pas?

– Si, dit Adrian.

– Mon cher ami, donnez-moi tort si vous croyez que l'idée manque d'originalité, dit Sa Seigneurie d'un ton sérieux.

– Non, à la réflexion, ce serait une idée très originale, dit Adrian. Je me suis si bien accoutumé à avoir Rosy près de moi que son originalité ne m'était pas apparue.

– C'est vrai, dit Sa Seigneurie. Voici l'idée que j'ai eue: je suggérerais de parer Rosy d'un costume convenant à ses origines orientales, puis j'entrerais sur son dos dans la salle de bal, costumé moi-même de façon assortie. J'ai pensé à m'habiller en maharajah. Quelle est votre impression?

– Oui, dit Adrian. Je crois qu'elle s'y prêtera très bien.

– Parfait! s'exclama, rayonnant, Lord Fenneltree. Nous avons une semaine pour arranger les détails. Ainsi, pendant ce temps, je serais heureux si Rosy et vous vouliez bien être mes invités. Heureusement, ma femme et ma fille sont allées à la ville acheter des fanfreluches, de sorte que nous pourrons facilement garder notre secret.

– Je suis certain que votre idée aura du succès, dit Adrian.

– Je l'espère, mon cher ami, dit Sa Seigneurie en se levant. Et maintenant, déjeunons.

Après ce que Lord Fenneltree appelait un repas léger (qui consistait en une soupe d'asperges, du carrelet cuit dans du vin blanc et de la crème, des cailles cuites avec du raisin, un quartier de venaison farci de marrons et un bol de framboises fraîches à la crème), ils se mirent à la besogne pour préparer la soirée. Sa Seigneurie, transportée de joie par l'originalité de son idée, était résolue à ne pas regarder à la dépense. Trois tailleurs de la localité furent employés à confectionner le riche caparaçon de Rosy et trois menuisiers pour faire le palanquin. C'est Adrian qui avait eu l'idée du palanquin. Il trouvait imprudent de laisser Lord Fenneltree monter Rosy et rester entièrement à sa merci, de sorte qu'il avait suggéré avec tact qu'un maharajah devait être à demi couché dans un palanquin, tandis que l'un de ses serviteurs (Adrian en personne) aurait pour tâche délicate de diriger Rosy. Cette idée avait enchanté Lord Fenneltree.

Enfin achevés, les atours de Rosy étaient vraiment splendides. Ils étaient de velours d'un bleu nuit somptueux, couverts de centaines de sequins et de verroterie et partout brodés de fil d'or figurant ce que Lord Fenneltree, naïvement, imaginait être de l'écriture hindoue. Il fallait quatre hommes pour soulever cette magnifique parure et, à dix pas de là dans une vive lumière, l'étincellement de la verroterie et des sequins était presque aveuglant. Le palanquin était également spectaculaire et habilement sculpté. Une frange en bordait tout le haut. Il était peint en rouge vif, en jaune et en bleu nuit, comme le tonneau, que Lord Fenneltree trouvait du meilleur goût. Des dessins orientaux faits de sequins l'ornaient également. Sa Seigneurie et Adrian étaient ravis de l'ensemble.

Puis il fallut préparer les costumes que porteraient Sa Seigneurie et Adrian et, pendant de longues séances, tous deux furent mesurés et couverts de traits de craie par des tailleurs ahuris. Les tailleurs étaient surtout ahuris parce qu'ils n'avaient jamais eu à faire de tels costumes et Lord Fenneltree ne cessait de changer d'idée. De fait, l'un d'eux avait dû passer au lit une journée entière après avoir essuyé la terrible colère de Lord Fenneltree lorsqu'il avait produit un turban écarlate au lieu d'un turban blanc.

Achevée, l'œuvre était vraiment somptueuse. Lord Fenneltree avait insisté pour dessiner lui-même son costume et comme il n'avait qu'une vague notion de ce que porte un maharajah, le résultat n'eût peut-être pas satisfait les yeux avertis d'un potentat oriental. Il consistait en un long pantalon écarlate et bouffant retenu à la cheville, des babouches perses pointues, lourdement décorées de sequins et brodées de fil d'or et un magnifique manteau trois-quarts vert jade et jaune. Tout l'ensemble était surmonté d'un turban blanc comme neige sur lequel frémissaient quatre plumes de paon. Ces plumes étaient l'idée d'Adrian et, pendant plusieurs jours, de jeunes jardiniers avaient passé tous leurs loisirs à traquer et à plumer les malheureux oiseaux dans les jardins. Adrian, en tant que conducteur, ne pouvait, bien entendu éclipser le maharajah et dut se contenter d'un petit gilet écarlate brodé d'or, d'un pantalon blanc bouffant et d'un turban blanc. Quand les costumes furent enfin prêts, ils les essayèrent en secret dans la chambre à coucher de Sa Seigneurie et Adrian dut admettre que tous deux paraissaient absolument remarquables. Toutefois, Lord Fenneltree ne semblait point satisfait. S'observant dans la glace, il avait l'air troublé et caressait pensivement ses favoris.

– Voyez-vous, mon vieux, dit-il enfin, il y a quelque chose qui ne va pas. J'ai l'air un peu pâle pour un maharajah, ne croyez-vous pas?

– Peut-être, dit Adrian.

– J'ai trouvé! s'écria Sa Seigneurie dans un éclair d'inspiration. Du bouchon brûlé!

Avant qu'Adrian ne pût protester, le maître d'hôtel avait été dépêché à la cave à vin, d'où il reparut bientôt, muni d'une variété de bouchons. Avec l'aide de deux valets et d'un candélabre, une quantité suffisante de bouchon brûlé fut obtenue et Lord Fenneltree se maquilla avec entrain.

– Voilà, dit-il enfin en se détournant triomphalement du miroir. Qu'en dites-vous?

Adrian le dévisagea. Le visage de Lord Fenneltree était maintenant noir comme du charbon, un noir sur lequel ses grands yeux violets et ses favoris auburn ressortaient de façon pour le moins saisissante.

– Magnifique, dit Adrian d'un air de doute.

– C'est cette touche finale qui fait toute la différence. Maintenant, laissez-moi vous maquiller.

Il venait de barbouiller la moitié de la figure d'Adrian lorsque le maître d'hôtel reparut dans la pièce.

– Pardon, my lord, dit-il.

– Qu'y a-t-il, Raymond, qu'y a-t-il? demanda-t-il avec humeur.

– J'ai pensé que mieux valait vous avertir, my lord, que Madame la comtesse vient d'arriver.

Lord Fenneltree sursauta violemment et laissa tomber le bouchon brûlé.

– Grand Dieu! s'écria-t-il, horrifié. Il ne faut pas qu'elle nous trouve ainsi! Vite, vite, Raymond, allez lui dire que nous sommes en train de prendre un bain, ou n'importe quoi. Ne la laissez pas monter ici... et, surtout, ne parlez pas de cet éléphant.

– Non, my lord, dit Raymond en quittant la pièce.

– Je me demande pourquoi elle est revenue, dit Sa Seigneurie, déroulant frénétiquement son turban. Elles ne devaient rentrer qu'après-demain. Écoutez, Rookwhistle, il ne faut en aucun cas qu'elle découvre ce que nous projetons. Elle n'a guère le sens de l'humour, ma femme, et elle mettrait probablement un terme à tout cela. Donc, mon cher ami, silencieux comme la tombe, hein? Silencieux comme la tombe.

Chapitre VII

Pêches et paons

C'est en étant présenté à Lady Fenneltree et à sa fille, Jonquil, que, pour la première fois, Adrian commença à avoir de sérieuses appréhensions sur l'introduction de Rosy dans la soirée.

Lady Fenneltree était une grande femme majestueuse avec une abondante chevelure encore blonde, un profil exquis et des yeux pareils à ceux d'un python particulièrement inadapté. Lorsqu'elle parlait, elle articulait clairement, pour que l'on ne doutât point de ses souhaits, avec cette sorte de voix avec laquelle on s'adresserait à plusieurs centaines d'officiers de la Garde. Elle se servait d'un grand face-à-main joliment façonné pour renforcer la malignité de ses yeux lorsqu'elle exprimait ses souhaits et son regard fixe était tel qu'il paralysa les cordes vocales d'Adrian. Jonquil, au contraire, tenait de son père. Elle avait sa minceur, à laquelle elle ajoutait une ou deux courbes à elle, d'immenses yeux violets et de longs cheveux auburn. Sa beauté était si délicate et si éthérée qu'elle eut sur les cordes vocales d'Adrian à peu près le même effet que le regard inquisiteur de Lady Fenneltree.

Lorsqu'ils entrèrent dans le salon, quelque peu échevelés et avec des traces de bouchon brûlé sur la figure, Lady Fenneltree, élevant son face-à-main, attacha sur eux un regard d'une telle férocité qu'Adrian blêmit.

– Mon trésor à moi, quel bonheur de te voir de retour, dit Lord Fenneltree d'une voix faible.

– On ne l'aurait pas cru, car tu n'étais pas là pour nous recevoir, dit Lady Fenneltree d'un ton glacial. Qui as-tu là ?

– Ah, oui, dit Sa Seigneurie. Mon amour, laisse-moi te présenter Adrian Rookwhistle, le fils d'un cher et vieil ami de collège. Il... passait justement par ici et je l'ai prié de rester pour la soirée. Adrian, voici ma femme et Jonquil, ma fille.

– Comment allez-vous ? s'enquit Lady Fenneltree d'un ton qui faisait supposer que l'annonce de la mort imminente d'Adrian la laisserait complètement froide.

– Eh bien, dit Sa Seigneurie en se frottant les mains, vous êtes-vous bien amusées à la ville ? Vous avez acheté des tas de jolies choses, hein ?

– Rupert, dit Lady Fenneltree, cesse, je t'en prie, de nous parler comme si nous étions deux enfants arriérés. De fait, nous avons passé en ville des journées fatigantes. Mais, ce qui est plus à propos, où en es-tu des préparatifs de la soirée ?

Sa Seigneurie eut un sursaut et sa gorge se serra. Le cœur d'Adrian lui manqua. Ce bref échange de paroles avec Lady Fenneltree suffisait à le convaincre qu'elle était la dernière femme au monde à accepter avec bienveillance qu'un éléphant, si bien harnaché fût-il, figurât dans sa réception. Mais les choses étaient maintenant allées trop loin et tout ce qu'il pouvait faire était d'attendre et de laisser les explications à Lord Fenneltree.

– Les préparatifs! s'exclama Lord Fenneltree, tirant sur les revers de son veston et s'efforçant d'avoir l'air malin. Les préparatifs... eh bien, pour le moment, il n'avancerait à rien de tout te dire, mon amour. Disons simplement que les préparatifs sont en cours, bien en cours. Ce sera une surprise, mon amour. Mais il m'est défendu de parler. Rien au monde ne pourrait m'arracher un mot.

En la circonstance, pensa Adrian, c'était probablement tout aussi bien.

– Hum! dit Lady Fenneltree, condensant en cette exclamation plus de soupçon et de mauvais augure qu'un juge qui condamne à la potence tous les accusés. Si tu veux faire l'enfant, bon. Il est au moins agréable de savoir que tu n'es pas resté entièrement inactif pendant notre absence.

– Non, non! protesta Sa Seigneurie avec sérieux. Sur mon âme, mon amour, nous avons travaillé comme des castors, de vrais castors. Le succès de la soirée est certain, je t'en donne ma parole.

Adrian passa les deux jours qui suivirent dans une torturante appréhension. Ses efforts pour amener Sa Seigneurie à tout dire à Lady Fenneltree restèrent infructueux. Étant tombé sur une idée originale pour la première fois de sa vie, Lord Fenneltree n'allait pas y renoncer et il savait que son épouse mettrait sûrement un terme à toute l'entreprise si elle en avait vent. Mais lorsqu'elle aurait été un succès triomphal, Lady Fenneltree elle-même ne pourrait s'en plaindre.

Les difficultés de dissimuler la présence d'un éléphant dans les écuries d'une personne aussi omnisciente que

Lady Fenneltree étaient énormes. La première chose qu'elle découvrit fut une pénurie de fruits à la table du dîner, ce qui fut expliqué par Lord Fenneltree (dans un éclair d'inspiration) comme étant dû à une forme nouvelle et virulente de scarabée, explication dont elle se satisfit, n'étant pas naturaliste. Elle se contenta de congédier le jardinier en chef. Puis elle s'aperçut que la moitié des paons du parc erraient mélancoliquement sans queue. L'explication de Lord Fenneltree qu'ils muaient fut accueillie avec mépris, car Lady Fenneltree elle-même savait quand muent les paons. Les gardes-chasse furent rassemblés, reçurent de Lady Fenneltree une harangue à la Boadicée et envoyés parcourir le périmètre du parc à la recherche des braconniers de queues de paon, avec ordre de faire feu à première vue.

Pendant ce temps, l'épuisement nerveux d'Adrian s'aggravait du fait qu'il lui fallait se lever à minuit pour faire prendre de l'exercice à Rosy dans l'allée, occupation rendue hasardeuse par le nombre des gardes-chasse armés qui surveillaient les alentours. Rosy elle-même ne facilitait pas les choses. Complètement gâtée par l'abondance de son régime, elle avait pris l'habitude de pousser des barrissements aigus et retentissants quand s'épuisait sa provision de pêches. Lord Fenneltree et Adrian étaient dans un constant état de panique, craignant que Lady Fenneltree n'entendît le bruit et ne décidât de se livrer à des investigations. L'après-midi qui précéda la réception, ils furent, de fait, à deux doigts d'être découverts. Ils jouaient tous tranquillement au croquet sur la pelouse verte unie, derrière la maison, lorsque, tout à coup, un bruit de barrissements aigus et indignés leur parvint des écuries. Lady Fenneltree, qui allait tout juste donner un coup de maillet, se raidit et regarda fixement Lord Fenneltree qui, en un effort désespéré pour noyer le bruit de Rosy, avait entonné d'une voix forte une chanson discordante.

– Quel est ce bruit ? avait demandé Lady Fenneltree d'un ton de mauvais augure.

– Ce bruit ? dit Sa Seigneurie, frappant une balle de croquet avec une violence inutile. Ce bruit ? Est-ce de ma chanson que tu parles, mon amour ?

– Non, dit Lady Fenneltree d'un air sinistre.

– Je n'ai rien entendu, dit Sa Seigneurie. Et vous, Adrian ?

– Non, dit Adrian, souhaitant être ailleurs. Pas un son.

– C'était, dit Lady Fenneltree, assez semblable au son d'une trompette ou d'un cornet à pistons, ou l'un de ces instruments vulgaires dont on joue dans les fanfares.

De nouveau, le cri aigu de déplaisir de Rosy leur fut apporté par la brise.

– Voilà, dit Lady Fenneltree, c'est ce bruit-là.

– Ah, ça, dit désespérément Adrian. Je crois que c'est la chasse locale.

Lady Fenneltree n'était pas convaincue. Elle demeurait à écouter, la tête de côté, tandis qu'Adrian et Lord Fenneltree retenaient leur souffle. Mais il y eut un bienheureux silence. La provision de pêches était probablement arrivée.

– A propos de chasse locale, dit soudain Lady Fenneltree, as-tu entendu parler, Rupert, de cet événement scandaleux? Un homme qui devait avoir l'esprit dérangé, a, par méchanceté, attaqué la chasse avec un gros éléphant furieux.

Adrian laissa tomber lourdement son maillet sur son pied.

– Oui, dit Lord Fenneltree, essayant d'avoir l'air sévère, c'est scandaleux.

– Et le pire, siffla Lady Fenneltree, frappant sa balle de croquet avec une telle vigueur qu'elle traversa trois arceaux sans effort, est que l'homme était nu comme un ver!

– Vraiment? dit Lord Fenneltree, dont l'attention était en éveil, jetant un coup d'œil à Adrian, qui lui avait caché cette partie de l'histoire.

– Absolument dégoûtant, dit Lady Fenneltree.

– Nu comme un ver? répéta Lord Fenneltree, visiblement charmé. Mais pourquoi était-il nu comme un ver avec un éléphant?

– Les basses classes, dit Lady Fenneltree, font parfois les choses les plus singulières, surtout quand elles sont sous l'influence de l'alcool.

Au cours de cette conversation, Jonquil avait regardé fixement devant elle. Elle contemplait maintenant Adrian avec une expression attendrie.

– Je n'ai jamais vu d'homme nu, dit-elle.

– Jonquil! dit Lord Fenneltree, profondément choqué, je l'espère bien. Tu en as bien le temps.

La conversation réussit à détourner l'attention de Lady Fenneltree des barrissements de Rosy, mais elle laissa Adrian fort embarrassé.

Il était maintenant convaincu que l'idée de Lord Fenneltree était vouée à l'échec. Indépendamment du reste, il était clair que Lady Fenneltree n'était pas femme à accueillir avec enthousiasme la révélation du fait que, depuis quelques jours, elle recevait chez elle le jeune homme qui, nu comme un ver, avait attaqué la chasse locale. Il s'efforça une fois de plus d'exposer son point de vue à Lord Fenneltree, mais celui-ci fut intransigeant.

– Laissez-moi partir tranquillement avec Rosy, implora Adrian. Je vous assure que lorsque votre femme découvrira tout cela, elle est capable d'exploser comme un volcan.

– Absurde! dit Sa Seigneurie avec insouciance. Quand elle verra notre splendide entrée dans la salle de bal, elle sera si charmée qu'elle restera muette de surprise.

Adrian ne pouvait concevoir aucun concours de circonstances qui pût rendre muette Lady Fenneltree.

– Mais lorsqu'elle découvrira qui je suis, protesta-t-il, et quand elle découvrira tout à propos de Rosy… et… et quand elle découvrira tout au sujet des fruits et des queues de paon…

Sa voix défaillit. Il était accablé par l'image qu'il se faisait de Lady Fenneltree découvrant simultanément toutes ces choses.

– Ne vous tourmentez pas, mon cher ami, dit Lord Fenneltree. Vous êtes tracassier par nature, je l'ai déjà remarqué. C'est terriblement épuisant pour les nerfs. Quand cet éléphant entrera dans la salle de bal, ma femme qui, vous l'aurez observé, est sensible au plus haut degré, se rendra compte instantanément qu'aucun autre bal de la région n'a jamais eu d'éléphant. Je vous le dis, mon garçon ce sera la réussite de sa soirée.

La soirée de Lady Fenneltree fut réussie, mais d'une façon quelque peu différente de celle que son époux avait envisagée.

Le grand jour se leva et toute la maison bourdonnait d'activité. La salle de bal dans laquelle Rosy devait faire son entrée avait cinquante mètres de long sur quinze mètres de large. A l'une des extrémités, il y avait deux portes sculptées de chêne massif qui ouvraient sur la terrasse dallée. C'est par là que Rosy devait faire son apparition. Au-dessus des portes, comme un nid d'hirondelle sur le mur, il y avait la galerie dans laquelle les musiciens devaient s'assembler. Toute la salle était illuminée par vingt-quatre lustres gigantesques suspendus en deux rangées sur la longueur de la salle, miroitant et étincelant comme des arbres de Noël renversés. Le parquet avait été ciré au point de luire comme un lac d'eau brunie et, au bout de la salle, du côté opposé aux grandes portes, il y avait de longues tables à tréteaux recouvertes de nappes d'un blanc neigeux. Elles étaient chargées de grandes jattes de fruits, de quartiers de venaison froide, de queues de homard en aspic qui brillaient comme d'écarlates mouches géantes prises dans de l'ambre, d'énormes pâtés froids dont la croûte évoquait les couleurs automnales et fourrés de tétras, de faisan et de caille ; il y avait aussi des anguilles fumées blotties sur des lits de persil et de cresson, de grands saumons fumés, chacun d'eux revêtu d'un manteau de mayonnaise habilement orné de dessins en relief et parsemé de perles de caviar noir et, au milieu, trônait la *pièce de résistance**: un cochon rôti tout entier joliment décoré, avec une pomme vermeille dans la bouche. Autour de ces victuailles, il y avait du punch dans de grandes coupes, des seaux d'argent pleins de bouteilles de champagne, d'imposantes rangées de bouteilles de bordeaux et de porto pour réjouir les messieurs et du jus frais d'orange, de citron et de pêche et des crèmes glacées blanches et roses pour ranimer les dames après les fatigues de la valse et de la veleta. Au fur et à mesure que la journée s'avançait, l'activité devenait de plus en plus fébrile et Adrian passait le temps dans l'écurie, faisant un cours à Rosy sur le rôle qu'elle allait jouer ou errant dans la salle de bal et contemplant la vaste étendue de parquet ciré avec un sentiment de crainte au creux de l'estomac.

Bientôt, dans l'allée éclairée par la lune, on entendit le bruit et le tintement de la première voiture amenant une bande de beaux messieurs à favoris et, multicolore et parfumée, toute une nuée de femmes. L'orchestre avait pris place dans la galerie des musiciens et jouait une douce et calme musique pour accueillir les invités. Adrian, buvant du punch d'un air morose, maudissait mentalement son oncle, Lord Fenneltree et Rosy pour l'avoir entraîné dans cette situation. Mais son second verre eut un effet stimulant et il en but un troisième. Il venait tout juste de décider d'aller inviter Jonquil à danser lorsqu'un gros individu à favoris s'avança à grands pas pour réclamer à

* En français dans le texte.

boire d'une voix forte. Pendant un moment, Adrian ne le reconnut point dans ses atours, puis, tout à coup, son sang se glaça dans ses veines. L'homme debout près de lui était le maître d'équipage de la chasse de Monkspepper… heureusement trop occupé à boire avidement du punch pour prêter attention à son entourage. Adrian, un mouchoir sur la figure, se glissa sans être aperçu hors de la salle de bal et se mit frénétiquement à la recherche de Lord Fenneltree. Il réussit enfin à le trouver et, non sans difficulté, à le soustraire à ses invités.

– Eh bien… que se passe-t-il? demanda Sa Seigneurie d'un ton irrité.

– Écoutez, souffla Adrian, affolé, il faut abandonner toute cette idée. Imaginez qui est ici!

– Qui donc? demanda Sa Seigneurie.

– Le maître d'équipage de la chasse de Monkspepper.

– Ça, je le savais, dit Lord Fenneltree, surpris, c'est moi qui l'ai invité.

– C'est vous qui l'avez invité? demanda Adrian, incrédule. Mais que pensez-vous qu'il dise quand il verra Rosy?

Ha, ha! c'est pour ça que je l'ai invité, mon cher ami, pour voir ce qu'il dira.

– Vous devez être fou, dit Adrian désespéré. Ne pouvez-vous vous rendre compte que Rosy l'a saisi dans sa trompe et l'a jeté à terre? Que pensez-vous qu'il dise quand il la verra ici?

– Ce sera très amusant, dit Sa Seigneurie.

– Mais il a menacé de me faire emprisonner, dit Adrian.

– Oh, ne vous inquiétez pas du vieux Darcey, dit Sa Seigneurie, j'aurai tôt fait de le calmer.

Ayant constaté la complète incapacité de Sa Seigneurie à calmer Lady Fenneltree, Adrian pouvait imaginer l'efficacité de son intervention auprès du maître d'équipage.

– Allons, allons, mon cher ami, voici que vous vous tourmentez encore. Cessez de vous tourmenter, je vous en supplie. Nous avons besoin de notre sang-froid pour la tâche qui nous attend. Je vous appellerai dans une demi-heure pour que nous nous changions. J'ai hâte de voir l'effet que nous produirons.

Il s'éloigna avant qu'Adrian, pris de panique, put l'arrêter.

La soirée battait son plein et la salle de bal avait l'air d'un grand massif de fleurs mouvant tandis que les couples dansaient sur sa luisante surface. Le vin et le punch coulaient généreusement, de sorte que nombre de messieurs qui étaient arrivés le teint pâle et sans intérêt avaient maintenant le visage empourpré et que ceux qui étaient arrivés le visage empourpré étaient maintenant congestionnés à un degré phénoménal. Épuisées, les dames se laissaient tomber dans des coins, s'éventant vigoureusement et réclamant plaintivement, comme des oisillons, des crèmes glacées et des citronnades. Adrian, maussade, envoya un valet de pied chercher du champagne et passa la demi-heure qui suivit à s'efforcer d'oublier ce qui allait avoir lieu. Mais le champagne lui restait sur l'estomac comme du plomb. Il était en train de se demander s'il devait essayer de reprendre du punch lorsque Lord Fenneltree se matérialisa brusquement à son côté.

– L'heure est venue, dit Sa Seigneurie. Maintenant, c'est notre grande minute de triomphe!

– Je voudrais être d'accord avec vous, dit amèrement Adrian en suivant Lord Fenneltree dans l'escalier.

Leurs costumes étaient étalés, resplendissants, sur le lit à quatre colonnes de Sa Seigneurie et le maître d'hôtel et un valet de pied tout en émoi étaient prêts à les aider à s'habiller. Une demi-heure plus tard, Lord Fenneltree, l'air aussi asiatique qu'il était possible avec des favoris et des yeux violets, se glissa dans l'escalier de service, suivi d'Adrian. Ils gagnèrent la cour de l'écurie où était préparé l'accoutrement de Rosy, brillant sous la lumière des lampes à huile.

– Maintenant, dit Lord Fenneltree, plein d'entrain, nous allons habiller notre étoile et faire notre entrée triomphale. Je suis impatient de voir la tête qu'ils feront.

Chapitre VIII

La soirée

Adrian alla jusqu'à la vaste écurie et en ouvrit les portes toutes grandes. Il observa alors qu'à l'odeur sucrée du foin s'en mêlait une autre plus âcre. Il fronça le nez et les sourcils : l'odeur lui était familière, mais il ne pouvait lui donner de nom.

– Rosy ! appela-t-il.

L'écurie plongée dans l'obscurité demeurait silencieuse. Il n'était pas accueilli par le petit cri de plaisir que Rosy faisait toujours entendre au son de sa voix.

– Rosy ? appela-t-il de nouveau, plein d'anxiété. Rosy, es-tu là ?

Le silence fut soudain rompu par un hoquet retentissant, mais d'une extrême dignité. Un terrible soupçon traversa l'esprit d'Adrian et, au même instant, il se rendit compte que l'odeur qu'il avait sentie était du rhum. Prenant une lanterne, il entra vivement dans l'écurie et là il trouva Rosy. Elle était élégamment appuyée contre le mur, hoquetant doucement pour elle-même et roulant pensivement du pied une petite bouteille vide. Adrian la regarda fixement, consterné. Comment avait-elle obtenu le rhum, il se le demandait, mais, tandis que la gaieté régnait dans la maison, Rosy, dans son écurie solitaire, s'était certainement consolée en cachette avec une petite goutte. Dire qu'elle n'était pas en état de paraître en public eût été une affirmation au-dessous de la vérité. Manifestement, elle était aussi ivre que peut l'être un être humain. Tandis qu'il l'observait, elle saisit une touffe de foin et, après une ou deux vaines tentatives, réussit à la fourrer dans sa bouche. Elle la mâcha d'un air méditatif et fit un petit rot de personne comme il faut. Tout à coup, un grand sentiment de soulagement envahit Adrian. Mais bien sûr! Là était la réponse! Chère et bonne Rosy! Inimitable Rosy! Elle l'avait sauvé à la dernière minute! Si cela lui était venu à l'esprit, pensa-t-il, il lui eût donné le rhum lui-même. Il sortit vivement de l'écurie pour rejoindre Lord Fenneltree.

– Maintenant, il faut que vous renonciez, dit triomphalement Adrian. Elle est soûle.

– Soûle? dit Sa Seigneurie, stupéfaite. Qu'entendez-vous par soûle?

– Soûle… ivre… grise… elle a pris une cuite, dit Adrian. Elle a trouvé une bouteille de rhum quelque part et elle a tout bu.

– Mon cher ami! s'écria Sa Seigneurie avec un sursaut. Quelle catastrophe! Vous croyez qu'elle ne peut paraître?

– Non, dit brutalement Adrian. Elle ne peut même pas se tenir debout.

– Quel malheur! Quel malheur après toute la peine que nous avons prise, gémit Sa Seigneurie. Ne pourrions-nous la soutenir un peu en plaçant les jardiniers à ses côtés?

– Non, dit Adrian. Je vous dis qu'elle ne peut même pas marcher.

A ce moment, Rosy, par hasard, se traîna pesamment hors de l'écurie, poussant du pied devant elle la bouteille vide.

– Sapristi ! dit Sa Seigneurie, elle est remise.

Rosy se trouvait dans cet étrange état momentané de demi-sobriété qui se produit chez les gens pris de boisson, mais il fut impossible à Adrian d'en persuader Lord Fenneltree. Pendant qu'ils argumentaient avec acrimonie, Rosy aperçut son costume et avec un petit cri de plaisir, qui manquait peut-être un peu de justesse, se dirigea lourdement vers lui et se coucha pour qu'on l'habillât.

– Voilà, dit Sa Seigneurie, avec un air de jubilation, que vous disais-je ? Elle va parfaitement bien. Je vous le disais, mon cher ami, vous vous tourmentez trop.

– Et moi, dit farouchement Adrian, je vous dis qu'elle est soûle comme une bourrique. Si vous l'emmenez dans cette salle de bal, je décline toute responsabilité.

Lord Fenneltree s'approcha de Rosy et lui tapota affectueusement la tête.

– Ma bonne vieille Rosy, tout ira bien, n'est-ce pas ? Rosy répondit par un hoquet. En dépit des protestations d'Adrian, le grand caparaçon orné de sequins fut drapé sur le dos de Rosy et le palanquin hissé et mis en place. Puis Sa Seigneurie grimpa à l'échelle et s'installa confortablement à l'intérieur.

– Venez, mon cher ami, ne musardez pas, dit-il à Adrian, voici le grand moment.

Avec l'impression de monter sur l'échafaud, Adrian prit place sur le cou de Rosy. Il y avait encore, pensait-il, une faible chance de conduire rapidement Rosy dans la salle de bal et de l'en faire sortir, donnant ainsi satisfaction à Sa Seigneurie et éloignant Rosy de la scène avec la plus grande diligence. Il était heureux que Rosy fût une ivrognesse accommodante. En réponse aux cris d'encouragement d'Adrian, elle se mit péniblement sur pied et resta un certain temps à osciller pensivement. Puis ils se mirent à descendre l'allée qui contournait la maison jusqu'à la terrasse devant la salle de bal. La tendance de Rosy à tituber fit des ravages dans plusieurs massifs de fleurs sur son passage, mais ils parvinrent enfin aux grandes portes où le maître d'hôtel et le valet de pied attendaient, la main sur les poignées.

– Maintenant, my lord? demanda le maître d'hôtel à voix basse.

– Maintenant, dit Lord Fenneltree, ajustant son turban et se renversant royalement dans le palanquin.

Le maître d'hôtel et le valet ouvrirent les portes et, à ce signal, l'orchestre cessa de jouer. Les couples, en train de valser gaiement, s'immobilisèrent. Regardant à l'extrémité de la grande salle, ils virent, encadré sur le seuil, en dépit d'une légère ébriété, un spectacle d'une pompe orientale. Avec des cris d'admiration, ils formèrent deux rangées le long des murs, applaudissant et bavardant avec excitation.

– Eh bien, avancez, souffla Lord Fenneltree. Faites-la entrer.

Après une brève prière, Adrian frappa vivement Rosy de ses talons et attendit le résultat. Il avait fallu à Rosy quelques instants pour habituer ses yeux à l'éclat des grands lustres, mais maintenant, à travers un brouillard de rhum, elle voyait une nombreuse assistance multicolore qui formait ce qu'elle croyait être un amphithéâtre dans lequel elle pouvait se produire. Rosy n'était pas pour rien une vieille comédienne. Elle poussa un cri de plaisir, rassembla son énergie et entra dans la salle de bal à un trot vif. C'est ce qui causa sa perte.

La surface de la salle de bal, polie comme un miroir, eût fait perdre pied à un éléphant en état de sobriété. Les pieds de derrière de Rosy, sur lesquels elle n'avait pas un empire absolu, glissèrent sous elle et elle s'assit brusquement sur son derrière avec un soubresaut. Mais, même à ce moment critique, tout ce fût bien passé sans la vitesse avec laquelle elle avait pénétré dans la salle, car elle se mit à filer comme un toboggan sur le parquet ciré, tandis qu'Adrian se cramponnait à ses oreilles et les tirait frénétiquement, mais en vain, pour essayer d'arrêter son impétueuse avance. Lord Fenneltree, presque la tête en bas dans son palanquin, hurlait des ordres inarticulés, mais il n'y avait rien à faire. Les perçantes clameurs des dames et les cris d'alarme des messieurs emplissaient la salle tandis que Rosy, étincelant comme un gros tas de diamants, traversait la pièce sur son derrière avec une vitesse accrue et venait heurter les longues tables à tréteaux à l'extrémité de la salle. Le parquet fut inondé de punch, de champagne et de huit crus de vin différents. Des quartiers de venaison, éclaboussés de crème glacée, furent dispersés sur le sol avec des fruits, des homards, des anguilles et des saumons. La collision brutale qui immobilisa Rosy ébranla la maison jusqu'en ses fondements. Puis il y eut un long silence atterré, seulement coupé par Rosy, qui hoquetait pour elle-même.

Lady Fenneltree était vraiment, pour la première fois de sa vie sans doute, privée de la parole. Son mari lui avait promis quelque chose d'original, mais un gros éléphant orné de joyaux et glissant sans retenue tout le long de la salle de bal accompagné de deux Asiatiques était une chose qu'elle n'avait jamais imaginée, même dans ses rêves les plus fantasques. Le choc de la collision avait rompu les attaches qui maintenaient le palanquin sur le dos de Rosy. Le palanquin était tombé à terre et Lord Fenneltree se débattait à l'intérieur, évoquant un brillant papillon qui émerge d'un cocon. Tout à coup, Lady Fenneltree le reconnut et le pouvoir de la parole lui revint aussitôt, débordant.

– Rupert! vociféra-t-elle, que signifie tout ceci?

Il était difficile de répondre à cette question, mais Lord Fenneltree fit de son mieux.

– C'est la surprise! dit-il en reprenant haleine, souriant nerveusement et agitant les mains vers le chaos de victuailles et de boisson qui l'entourait. C'est la surprise dont je t'ai parlé, mon amour.

La voix de Lady Fenneltree frémit comme une harpe trop tendue.

– La surprise? dit-elle d'une voix étranglée.

– Oui, mon amour. Après tout, il n'y a jamais eu d'éléphant dans aucun autre bal de la région.

– Et je comprends parfaitement la raison de cette omission, tonna furieusement Lady Fenneltree. Veux-tu faire sortir cet animal d'ici?

Jusqu'alors, Rosy était restée placidement assise sur son derrière. En ce qui la concernait, la légère contusion qu'elle avait subie était plus que compensée par le fait qu'elle avait apparemment glissé dans un paradis d'éléphants. Elle avait, de chaque côté, des mares de liquides délicieux et grisants entremêlés de divers articles comestibles tels que homard, crème glacée et pâté de gibier qui étaient pour elle une nouveauté. Avec bonheur, elle allongea sa trompe et goûta tout ce qui se trouvait à sa portée, ignorant Adrian qui, toujours perché sur son cou, s'efforçait désespérément de faire lever sa protégée. Mais Rosy se rappela bientôt les bonnes manières. Ces généreuses et braves personnes avaient arrangé pour elle ce repas délicieux et le moins qu'elle pût faire était de les divertir. Elle aspira, pour se soutenir, une pleine trompe de champagne et tenta de se rappeler tous les tours qui avaient enchanté les foules du temps où elle était au cirque. Après mûre réflexion, elle décida de se mettre sur son séant pour faire la belle.

C'était un choix malheureux. Pour son salut, Adrian eut la chance de sauter au moment crucial car, sous l'influence de l'alcool, le sens de l'équilibre de Rosy s'était encore affaibli et elle tomba en arrière avec un fracas si retentissant qu'il décrocha l'un des énormes lustres. Le lustre s'effondra et éclata en mille fragments scintillants et sonores qui se répandirent dans toute la salle. Comme le lustre ne contenait pas moins de trois cent cinquante grandes bougies, l'embrasement que cela produisit sur le parquet était des plus spectaculaires. Les invités, complètement ahuris, tournaient en rond et sans but en poussant des cris plaintifs. Les femmes s'évanouissaient, puis revenaient à elles pour s'évanouir de nouveau avec une monotone régularité, de sorte que les hommes étaient constamment occupés à les rattraper au fur et à mesure qu'elles tombaient.

Rosy était un peu surprise. Elle ne se souvenait pas avoir jamais déchaîné un tel enthousiasme en faisant la belle. Elle roula sur elle-même, se redressa et promena un regard rayonnant autour de la salle dévastée. Tout le monde, semblait-il, participait à sa scène. Adrian s'était emparé d'un grand seau d'argent plein d'eau glacée et l'avait déversée sur le tas de bougies qui flambaient gaiement. Cela réussit à éteindre le feu, mais des nuages d'âcre fumée commencèrent à voguer dans la salle. Lady Fenneltree, presque apoplectique de rage, avait saisi Sa Seigneurie par les revers de son élégante veste et la secouait de côté et d'autre, spectacle si divertissant que plusieurs des dames qui s'étaient évanouies revenaient à elles pour le voir.

Pour Rosy, c'était une soirée splendide, exactement comme devraient l'être les soirées : à boire et à manger en abondance et tout le monde se joignant aux amusements. Elle prit une gorgée à un filet de porto qui, par hasard, passait près d'elle et se demanda si elle devait encore essayer de faire la belle. A la réflexion, elle conclut qu'avec un si bon auditoire, il était dommage de forcer la note et elle tenta de se tenir sur la tête. Elle n'y réussit pas mieux qu'à faire la belle et tomba lourdement sur le côté. Elle resta ainsi un moment, hoquetant doucement et se demandant où elle avait fait un faux calcul.

Il fut sans doute malheureux que l'orchestre choisît ce moment précis pour attaquer un nouveau morceau. Les musiciens avaient été fortement secoués par le carnage qui s'était accompli au-dessous d'eux, mais si c'était la façon dont Sa Seigneurie voulait se conduire, qu'étaient-ils pour se plaindre? Mais, appartenant tous à de vieilles familles estimées de serviteurs, le spectacle de Lord et de Lady Fenneltree engagés corps à corps dans une lutte et prononçant des phrases à n'échanger que dans le secret de la chambre à coucher était plus qu'ils n'en pouvaient supporter. Il était clair qu'il fallait faire quelque chose pour sauver la situation et c'est ainsi qu'ils entamèrent une entraînante valse viennoise. Ils ne pouvaient savoir que, du temps où elle était au cirque, le clou de la scène de Rosy avait été la valse. Étreignant dans sa trompe une blonde quelque peu charnue, mais séduisante, Rosy avait été accoutumée à valser tout autour de l'arène avec beaucoup d'adresse et d'assurance. Les accords de la mélodie familière flottèrent jusqu'à elle et orientèrent ses pensées de ce côté. Elle se leva non sans difficulté et regarda autour d'elle avec des yeux troubles. Autre malchance, la première personne sur laquelle tomba son regard était Lady Fenneltree.

Au beau milieu d'une exploration dépréciative de l'arbre généalogique de Lord Fenneltree, où elle n'était encore remontée qu'au XVe siècle, elle se trouva soudain soulevée dans les airs pour tournoyer aux sons d'une valse que, naïvement, Rosy imaginait être une valse entraînante. Rosy prenait pour des cris d'approbation les hurlements de Lady Fenneltree appelant à l'aide, de sorte qu'elle continuait de valser gaiement. Elle était enchantée d'elle-même. Elle n'avait, pensait-elle, jamais si bien dansé. A vrai dire, elle tomba lourdement plusieurs fois, mais elle soulevait très haut Lady Fenneltree pour qu'aucun mal ne lui advînt. Elle venait d'accomplir un circuit assez sinueux dans la salle de bal, suivie par les regards horrifiés de l'assistance, lorsque les musiciens, comprenant soudain qu'ils encourageaient l'éléphante au lieu de la calmer, s'arrêtèrent de jouer. Rosy n'en fut pas fâchée. Elle n'était plus de la première jeunesse, la salle de bal était vaste et Lady Fenneltree était lourde. Elle décida qu'elle en avait fait assez pour divertir les invités et pouvait maintenant mettre fin à la scène. Elle déposa Lady Fenneltree, inconsciente, sur un quartier de venaison, quatorze bouteilles de champagne et les restes d'un saumon, leva fièrement sa trompe en l'air et poussa un impérieux et long barrissement, dont l'effet sur les assistants fut curieux et instantané. Ils conclurent que cette bête monstrueuse, ayant goûté le sang de Lady Fenneltree, allait maintenant attaquer pour de bon. Pendant quelques instants, terrifiés, ils restèrent figés sur place, puis se mirent à courir. Ils se dispersèrent dans la salle de bal comme des lièvres et, telle est la confusion qui afflige l'esprit humain dans les moments critiques, certains d'entre eux, au lieu de s'éloigner de Rosy, coururent positivement vers elle. Parmi eux, et filant à une vitesse enviable pour un homme de sa corpulence, se trouvait le maître d'équipage de la chasse de Monkspepper. Même dans son état, Rosy le reconnut. Elle rayonna de plaisir, car n'était-ce pas le brave homme qui l'avait aidée à exécuter sa scène dans la prairie? Avec un petit cri de ravissement, elle le cueillit adroitement au passage avec sa trompe et le souleva en l'air. Adrian, craignant que le maître d'équipage ne subît le même sort que Lady Fenneltree, décida d'intervenir.

– Rosy! rugit-il, surpassant le pandémonium. Lâche-le! Rosy était quelque peu surprise, car elle n'en avait pas tout à fait fini avec le maître d'équipage. Elle avait l'intention, pour couronner le tout, de le laisser tomber dans la galerie des musiciens. Mais elle commençait à se sentir fatiguée et si Adrian lui disait de lâcher le maître d'équipage, qu'était-elle pour désobéir? Elle déroula donc sa trompe et les cent kilos du maître d'équipage heurtèrent le parquet avec un bruit retentissant. Adrian ferma les yeux et souhaita mourir. Puis il les rouvrit. Lord Fenneltree, debout à son côté, le tirait par la manche.

– Mon cher ami, dit Sa Seigneurie, vous aviez raison, j'en ai peur. Tout cela a été une erreur.

Jetant un regard circulaire sur la salle dévastée, sur les invités qui criaient, en proie à une crise de nerfs, sur Lady Fenneltree, évanouie et la tête reposant sur un saumon, sur le maître d'équipage de la chasse de Monkspepper, qui gisait, inconscient – peut-être mort – sur le parquet, Adrian ne pouvait se résoudre à n'être pas d'accord.

Chapitre IX

La fuite

Adrian ne put jamais se souvenir avec précision comment il avait réussi à quitter Fenneltree Hall indemne. Il se rappelait confusément que Lord Fenneltree et lui étaient parvenus à sortir Rosy de la salle de bal dévastée pour la remettre à l'écurie. Il entendait encore Lord Fenneltree dire qu'à son avis mieux valait pour Rosy et Adrian «filer» avant que Lady Fenneltree ou le maître d'équipage, ou les deux, n'eussent repris conscience, et tout ce qu'il savait était que Rosy et lui longeaient maintenant la route éclairée par la lune, s'éloignant de Fenneltree Hall, le tonneau colorié roulant bruyamment derrière eux. Rosy, qui avait maintenant la gueule de bois et envie de dormir, ne cessait de soupirer longuement, car toute cette activité fâcheuse lui donnait mal à la tête, mais pour des raisons différentes. Il aurait des paroles bien senties à dire à Rosy le moment venu, mais il voulait mettre la plus grande distance possible entre eux et le courroux de Lady Fenneltree, de sorte qu'il faisait avancer Rosy à bons pas. Bien que la nuit fût belle, avec la pleine lune haut dans le ciel et la voûte céleste émaillée d'étoiles comme une toile d'araignée parsemée de gouttes de rosée, il faisait froid et cette vive allure les aidait à se réchauffer.

Après avoir marché pendant trois heures, Adrian pensa qu'ils étaient suffisamment en sûreté, du moins pour le reste de la nuit. Mais il voulait trouver un endroit où Rosy et lui pourraient se cacher le lendemain, car il savait que Lady Fenneltree avait une volonté de fer et était convaincu qu'elle n'aurait de repos que lorsque Rosy et lui auraient été poursuivis, rattrapés et ramenés à Fenneltree Hall. Et une entrevue avec Lady Fenneltree était la dernière chose qu'Adrian souhaitait affronter à ce moment critique.

La route avait serpenté à travers des champs à découvert et de petits halliers. Cette sorte de campagne n'offrait pas le genre de cachette que désirait Adrian. Alors, à sa consternation, il découvrit qu'ils grimpaient vers une vaste étendue de lande sauvage où il eût été difficile de dissimuler un petit chien et, à plus forte raison, un animal de la taille de Rosy. Espérant que la lande prendrait bientôt fin et qu'ils trouveraient un bois de l'autre côté, Adrian pressa le pas. Mais la lande semblait s'étendre de plus en plus, au point que, dans la froide lumière de l'aube, elle s'étirait de tous côtés aussi loin que la vue pouvait porter, violette, brune et verte, n'offrant aucun endroit où l'on pût se cacher.

Alors, comme se levait le soleil, toute la lande parut embrasée. D'abord, de petites spirales de brume commencèrent de s'élever au-dessus de la bruyère et des ajoncs, puis ces traînées de brume se fondirent en rideaux de gaze. En quelques minutes, les rideaux s'épaissirent et tout le paysage disparut dans la brume grise. Rosy devint absolument invisible à une distance de six mètres, mais Adrian était certain que dès que le soleil serait plus haut, le brouillard se dissiperait, de sorte que c'était le moment de se reposer et de manger quelque chose. Il conduisit Rosy hors de la route, jusqu'à un creux où il déballa sa bouilloire et, bientôt, l'eau se mit à bouillir au-dessus d'un petit feu. Il se fit du thé et mangea du pain et du fromage. Puis il offrit à Rosy plusieurs miches de pain rassis. Elle les considéra avec dédain, les retournant du pied et soupirant profondément. Puis elle alla vers l'arrière du tonneau et posa sa trompe sur le tonnelet d'ale, et Adrian, pour la première fois depuis son association avec Rosy, se fâcha. Il se mit sur pied d'un bond, courut jusqu'à Rosy et la frappa sur la trompe aussi fort qu'il le put. Et Rosy, étonnée de ce mauvais traitement de la part de son dieu, s'éloigna à reculons, poussant un cri perçant hors de proportion avec la douleur que le coup lui avait causée. Elle était étonnée et offensée. Tout ce qu'elle avait voulu était une petite goutte d'ale pour humecter sa bouche sèche et soulager son mal de tête, et voici qu'Adrian se mettait en fureur.

– Ne reste pas là, près de cette bière, toi… toi… toi, maudite éléphante, toi, cria Adrian. Tu ne penses qu'à te soûler, à te soûler, à te soûler !

Il couvrit le tonnelet d'une couverture et, maussade, s'accroupit près du feu, regardant Rosy d'un air furieux.

– Je crois que tu ne seras vraiment satisfaite que lorsque tu m'auras tué, poursuivit-il d'un ton sarcastique. Non contente d'envahir ma vie et de la bouleverser, tu effraies la moitié des chevaux de la ville, terrifies la chasse de Monkspepper, mets à mal le maître d'équipage, et tu continues en démolissant l'une des plus nobles demeures d'Angleterre, et tu danses avec Lady Fenneltree enlacée dans ta trompe comme si c'était une vulgaire artiste de cirque! Ils sont probablement en train d'offrir une énorme récompense pour ta capture. Et vois les dégâts: ce lustre à lui tout seul doit avoir coûté cent cinquante livres. Mais tout cela te tracasse-t-il? Éprouves-tu le plus petit brin de remords? Non, pas toi. Tu ne penses qu'à te soûler de nouveau.

Adrian se tut et attisa rageusement le feu. Rosy agitait sa trompe et ses oreilles. Bien qu'elle ne pût percevoir les points les plus subtils de la condamnation d'Adrian de sa conduite, c'était une éléphante perspicace et, au ton d'Adrian, elle comprenait que, pour quelque raison qui lui échappait, il était ennuyé. Elle avait beaucoup d'affection pour Adrian et eût aimé faire quelque chose pour le dérider. Si elle se tenait sur la tête, se demanda-t-elle, cela le distrairait peut-être de ses soucis. Elle était sur le point d'essayer lorsqu'Adrian se remit à parler, de sorte qu'elle s'arrêta poliment pour écouter.

– Ce que je vais faire de toi, maudit animal, est de t'emmener jusqu'à la côte d'une manière ou d'une autre et je te donnerai à la première personne qui sera assez idiote pour te vouloir. Et je me moque bien de ce que l'on fera de toi… on pourra faire de toi tout ce qu'on voudra…

Adrian fit une pause pour essayer de trouver pour Rosy le sort affreux qu'elle méritait.

– On pourra te mettre dans un chantier de bois, ça m'est bien égal. On pourra t'empailler et te mettre dans un musée, ce qui serait probablement pour toi la place la plus sûre. Peu m'importe ce qui pourra t'advenir pourvu que tu disparaisses de ma vie.

Adrian s'arrêta pour reprendre son souffle et Rosy, pour lui montrer qu'elle avait attentivement écouté toutes ses paroles, remua les oreilles et poussa un petit cri.

– Ce n'est pas la peine d'essayer de te défendre, dit sévèrement Adrian. Ma décision est prise. La seule chose que je ne veux pas dans ma vie est un éléphant, en particulier une éléphante qui a un grand penchant pour la boisson et titube à travers la campagne en laissant derrière elle un sillon de ruines. Dès que nous atteindrons la côte, notre association prendra fin. J'ai supporté plus de choses qu'un être humain n'en peut supporter et rester normal. Donc, pendant qu'il me reste un peu de raison, je me séparerai de toi. Et maintenant, la ferme et mange ton pain. Tu n'auras rien d'autre.

Là-dessus, Adrian ajouta au feu quelques rameaux, s'enveloppa dans une couverture et essaya de faire un somme d'une demi-heure avant que la brume ne se dissipât. Il était, mentalement et physiquement, si épuisé qu'il tomba presque aussitôt dans un profond sommeil et dormit bienheureusement pendant deux heures. Quand il s'éveilla en sursaut, le brouillard avait disparu et la lande était inondée de soleil. Il se mit sur son séant et regarda autour de lui et ce qu'il vit le fit se mettre sur pied d'un bond, alarmé. A une quinzaine de mètres de là, parquée au bord d'un petit ruisseau, il y avait une roulotte peinte de couleurs vives, bien qu'un peu délabrée, avec des rideaux à carreaux rouges et blancs bien tirés sur les fenêtres. Rosy était appuyée contre la roulotte et, avec un air d'extase, se grattait de telle façon que toute la roulotte était ébranlée et oscillait. De l'intérieur, une voix stridente essayait de se faire entendre et de surpasser le bruit de râpe que faisait Rosy en se grattant.

– Allez-vous en, je vous l'ordonne, criait la voix. Noirs démons de l'enfer, cessez! Au nom de Nabuchodonosor et des dix Sceaux de Salomon, arrière! Au nom d'Érasme et du Pentacle Sacré de Prométhée...

– Rosy! cria Adrian. Viens ici.

Rosy soupira profondément en quittant la roulotte. Il lui semblait que, depuis un certain temps, Adrian lui disait toujours de ne pas faire ce qu'elle aimait. Adrian s'approcha des marches qui menaient jusqu'à la porte de la roulotte.

– Dites-moi, appela-t-il. Vous, là-dedans... je suis vraiment désolé...

– Arrière! hurla la voix. Arrière, démon, au nom de...

– Je ne suis pas un démon, répliqua Adrian, irrité. Voulez vous sortir et me laisser vous expliquer?

– Non, non, cria la voix. Vous ne pouvez me prendre ainsi... Je ne suis qu'une pauvre vieille femme et vous essayez de me faire sortir pour m'arracher l'âme du corps... Arrière, vous dis-je.

– Oh, la ferme, dit Adrian, exaspéré. Je ne suis pas un démon et je n'ai que faire de votre âme. Pourquoi ne sortez-vous pas pour que je vous explique?

– Si vous n'êtes pas un démon, dit astucieusement la voix, pourquoi avez-vous secoué la roulotte?

– C'était mon éléphante, expliqua Adrian. Elle se grattait contre la paroi.

– Une histoire vraisemblable! dit la voix.

– Eh bien, si vous ouvrez la porte, vous la verrez, dit Adrian.

– Comment saurai-je que c'est une éléphante? demanda la voix. Je n'en ai jamais vu.

Adrian respira profondément et ferma les yeux.

– Madame, dit-il enfin, je voulais simplement vous prier de m'excuser pour les inconvénients que mon éléphante peut vous avoir causés en se grattant contre votre roulotte. Si vous ne pouvez accepter mes excuses dans l'esprit chrétien avec lequel elles sont offertes, je le regrette. Et maintenant, au revoir, je dois me mettre en route.

– Non, non, ne partez pas, je vais sortir, cria la voix. Je n'ai jamais vu d'éléphant.

Il y eut une longue pause pendant laquelle Adrian put entendre diverses incantations marmonnées à l'intérieur de la roulotte, puis la porte s'entrouvrit et une tête ridée comme une noix parut, auréolée de cheveux gris épars. La tête appartenait à l'une des vieilles femmes les plus minuscules qu'Adrian eût jamais vues. Elle avait, décida Adrian, exactement l'air d'une sorcière en miniature. Elle portait une jupe de velours noir fané, une blouse rouge en loques et avait autour des épaules un épais fichu de laine noire. Elle examina Adrian de haut en bas, grommelant entre ses gencives sans dents.

– Bonjour, dit Adrian.

– Eh bien, où est-elle? demanda la vieille dame.

Adrian agitait la main vers l'endroit où se trouvait Rosy, qui s'efforçait de déraciner des ajoncs sous la fausse impression qu'ils étaient comestibles.

– Oh! dit la vieille dame, la bouche ouverte d'étonnement. A-t-on jamais vu un animal de cette taille… a-t-on jamais vu!

– Elle est tout à fait apprivoisée, expliqua Adrian. Elle se grattait simplement contre votre roulotte.

– Je n'ai jamais rien vu de tel, dit la vieille dame. Une bête prodigieuse… vraiment prodigieuse.

– N'auriez-vous pas besoin d'un éléphant pour votre genre de… de… travail? demanda Adrian avec espoir.

– De travail? dit la vieille dame, hérissée d'indignation. Je ne travaille pas!

Elle alla en clopinant jusqu'à la roulotte et reparut, portant un écriteau qu'elle suspendit à un clou crochet, près de la porte.

– Ça, c'est moi, dit-elle fièrement, désignant du doigt l'écriteau. La sorcière la plus habile de la région.

Sur l'écriteau, en capitales un peu tremblées, figurait cette inscription:

NELL LA NOIRE LA SORCIÈRE BLANCHE
CHARMES. INCANTATIONS
PRÉDIT L'AVENIR ET LE PASSÉ
GUÉRIT LES VERRUES.

– Oh, dit Adrian, surpris que la vieille dame se trouvât, de fait, être une sorcière. Que c'est intéressant!

– Oui, dit la vieille dame, je suis en route pour la foire de Tuttlepenny. Est-ce là que vous allez?

– Non, je vais vers la côte. En réalité, je ne sais pas très bien où nous sommes. Pourriez-vous m'indiquer le meilleur chemin?

– Mangeriez-vous un morceau ? dit Nell la Noire. On ne peut marcher l'estomac vide.

– C'est très aimable à vous, dit Adrian, mais je viens de prendre mon petit-déjeuner.

– Du pâté de lapin ? demanda Nell la Noire. Une tranche de pâté de lapin, du pain fait à la maison et une tasse de thé, hein ?

L'idée du pâté de lapin mit l'eau à la bouche d'Adrian.

– Si vous êtes sûre d'en avoir assez pour vous, dit-il.

– Mais oui, dit Nell la Noire. Surveillez le feu sous la bouilloire et je vais chercher le pâté.

C'est ainsi qu'Adrian, Rosy et Nell la Noire prirent ensemble leur petit-déjeuner. Le pâté était délicieux, la croûte fondait dans la bouche ; les morceaux de lapin, roses comme du corail, étaient enchâssés dans de la gelée aussi brune que l'ambre et parfumée de fines herbes. Adrian pensait n'avoir jamais rien mangé d'aussi délicieux, pas même à Fenneltree Hall. Après sa troisième tranche de pâté, il commença même à considérer Rosy d'un œil plus favorable. Gavé de pâté et de thé chaud, il devint plus expansif et raconta à Nell la Noire toutes les épreuves et les tribulations qu'il avait subies depuis que Rosy était entrée dans sa vie. A sa surprise, Nell la Noire trouva que c'était là l'une des choses les plus drôles qu'elle eût jamais entendues et, à sa description du bal, elle rit aux larmes et Adrian, contre son gré, fut forcée de rire aussi.

– Oh, mon Dieu ! Oh, mon Dieu ! disait Nell la Noire d'une voix entrecoupée et se tenant les côtes, j'aurais voulu voir ça.

– Avec un certain recul du temps, je dois avouer que c'était assez drôle, mais je n'ai pas trouvé ça drôle sur le moment.

Nell la Noire s'essuya les yeux, poussant encore de petits rires aigus. Puis elle fouilla dans sa poche et en tira un jeu de cartes graisseuses et tâchées.

– Allons, allons, dit-elle, je vais vous dire la bonne aventure et vous faire savoir ce que l'avenir vous réserve.

– Je ne suis pas certain de vouloir le savoir, dit Adrian.

– C'est absurde, dit Nell la Noire d'un ton ferme, vous le voulez, bien sûr, comme tout le monde. Allons, coupez et choisissez de quoi faire six rangées de sept cartes.

Après avoir battu les cartes, Adrian coupa et en choisit le nombre voulu. Nell la Noire les retourna et les examina en marmonnant pour elle-même.

– Ha! ha! s'écria-t-elle si brusquement qu'Adrian sursauta et que les poils de sa nuque se hérissèrent.

– Qu'y a-t-il? demanda-t-il nerveusement?

– Rien, dit Nell la Noire. Votre avenir est très obscur, vraiment très obscur.

– Oh, alors ne vous dérangez pas, dit Adrian soulagé.

– Non, non, ça vient, dit Nell la Noire. Je vous vois partir pour un voyage en mer.

– Un voyage en mer? dit Adrian, incrédule. Quoi! Avec Rosy?

– Et je vois du danger, dit Nell la Noire, baissant la voix jusqu'à un rauque murmure, du danger et un homme gros et court. Il vous causera beaucoup d'ennuis.

– Ne pouvez-vous voir quelque chose d'heureux? demanda plaintivement Adrian. J'ai eu assez d'ennuis tous ces temps-ci.

– Oh, si, je vois quelque chose d'heureux. Mais c'est très obscur, dit Nell la Noire. Je suis contente que tous mes clients n'aient pas un jeu aussi obscur, sinon, nous n'en sortirions jamais.

Elle remit les cartes dans sa poche, en tira une courte pipe noire et l'alluma.

– Je vais vous dire ce qu'il faut faire, reprit-elle, soufflant des nuages de fumée grise qui vous prenait à la gorge, vous feriez bien de vous mettre en route, mon jeune ami. Vous avez un bon bout de lande à parcourir et, pour cacher un éléphant, elle est aussi chauve qu'un œuf. Maintenant, voilà ce que je vous suggère : longez cette route sur dix ou douze kilomètres et vous arriverez, sur la droite, à un tournant. Ce n'est, en réalité, qu'une sorte de sentier raboteux, mais il passe à travers les combes et vous avez plus de chance de vous y dissimuler. A une trentaine de kilomètres de là, le sentier traverse la voie du chemin de fer. Et, tout de suite après, il bifurque. Vous prenez la fourche de gauche et vous arrivez bientôt à un cabaret appelé *La Harpe et la Licorne*, tenu par des gens appelés Filigree. Ce sont les plus braves gens de ces parages et ils aiment beaucoup les animaux. Ils vous permettront sans doute d'habiter chez eux jusqu'à ce que les clameurs soient éteintes. Dites-leur que c'est Nell la Noire qui vous envoie.

– Vous êtes très aimable, dit chaleureusement Adrian. Je vous suis bien reconnaissant.

– Bah, dit Nell la Noire avec philosophie, si nous autres itinérants ne nous aidons pas les uns les autres, il est sûr et certain que personne d'autre ne le fera.

Adrian attela donc de nouveau Rosy au tonneau et dit adieu à Nell la Noire.

– Pas adieu, dit-elle d'un ton énigmatique. Je vous reverrai quand les perruques seront de saison.

– Comment? demanda Adrian, stupéfait.

– C'est une plaisanterie, dit-elle d'un air sardonique. A bientôt!

C'est ainsi qu'Adrian et Rosy se mirent en chemin à travers la lande ensoleillée et, vers midi, arrivèrent au tournant que Nell la Noire avait indiqué. Elle avait eu raison, car le sentier plongeait et serpentait, ondulant doucement et offrant bien plus de possibilités de se dissimuler si leurs poursuivants les rattrapaient. Ils prirent leur déjeuner au bord d'un petit étang, qui procura à Rosy le seul rafraîchissement liquide qui lui fût permis, à son grand dépit. Puis, à bonne allure, ils poursuivirent leur chemin.

Au bout d'un certain temps, le soleil descendit se nicher dans un grand banc de nuages plumeux, à l'ouest, qu'il se mit activement à changer en or, en vert et en rouge. Un crépuscule violacé tomba sur la lande et de petites chauves-souris parcouraient le sentier avec un menu bruit de métronome. Le sentier se mit à grimper jusqu'à une petite éminence et, lorsqu'ils atteignirent le sommet de la montée, Adrian put voir, au fond de la vallée, au-dessous, des rails luisants courant en travers du sentier.

– Voilà, Rosy, dit-il, nous sommes presque arrivés.

Craquant et cliquetant, le tonneau descendit dans la vallée et, lorsqu'ils atteignirent la voie ferrée, Rosy enjamba prudemment les rails. Sur les instructions d'Adrian, elle tira lentement le tonneau derrière elle jusqu'à ce que les roues fussent contre le rail. Puis Adrian mit son épaule sous le tonneau pour le hisser, disant en même temps à Rosy de tirer. Le tonneau se souleva, resta un instant suspendu sur le rail et retomba avec un choc. C'est alors qu'Adrian découvrit que celui qui avait conçu l'installation des rails l'avait fait visiblement dans l'intention malveillante d'empêtrer les tonneaux, car les roues de la charrette restaient coincées entre les deux rails et ne pouvaient ni avancer ni reculer. Si Rosy tirait, les brancards craquaient d'inquiétante façon et Adrian craignait de les briser. Regardant autour de lui, il aperçut, gisant plus loin, au bord du sentier, les restes d'une vieille pantoufle. Ce serait là, pensa-t-il, un levier idéal. Enjoignant à Rosy de rester tranquille, il alla chercher la pantoufle et c'est en revenant qu'il entendit le train.

Il avait été si absorbé dans ses efforts à dégager le tonneau des rails qu'il n'avait pas prêté attention aux bruits lointains. Mais, à en juger par le sifflement strident et le fracas, le train était presque sur eux. Trempé soudain de sueur froide, Adrian tituba sur la voie avec son fardeau, sentant le rail frémir et tinter à l'approche du convoi. Il fallait déplacer le tonneau. Le grondement et le fracas du train étaient effrayants tandis qu'Adrian allait en chancelant à l'arrière du tonneau et assujettissait la pantoufle sous une roue. Son épaule sous le tonneau, il tenta de le hisser.

– Tire, Rosy, tire ! hurla-t-il.

Et Rosy fit un pas en avant. Le tonneau commença de se soulever, oscilla un instant, puis, avec des cahots, franchit les rails tandis que le train tournait le coin en rugissant comme un dragon dévorant. Le tonneau était sauvé, pensa Adrian, triomphant. Il se détourna pour sauter, car il était entre les rails, mais le train l'attrapa dans son mouvement et le jeta brutalement de côté. Il atterrit dans la bruyère, couvert de sang et aussi inerte qu'une poupée de chiffon, tandis que le train, impassible, poursuivait sa course tonnante, projetant les lumières dorées de ses vitres et, comme un météore, faisant pleuvoir dans la campagne d'incandescentes étincelles. Le fracas du train s'éteignit peu à peu dans le lointain. Adrian, souillé de sang et privé de conscience, gisait dans la bruyère, le visage blême et paraissant regarder fixement le ciel parsemé d'étoiles.

Chapitre X

La Harpe et la Licorne

Lorsque Adrian ouvrit les yeux, sa première impression fut d'être couché sur un lit entièrement fait d'aiguilles à tricoter chauffées au rouge. Tout son corps était atrocement douloureux et son bras droit engourdi et meurtri. Au-dessus de lui, les étoiles se mouvaient dans le ciel par saccades de façon peu orthodoxe, ce qui l'intrigua un moment, jusqu'à ce qu'il se rendît soudain compte qu'il était étendu à l'arrière du tonneau qui avançait lentement sur la route assombrie.

Qui, se demandait-il, l'avait mis là-dedans? Il conclut enfin que ce devait être Rosy (l'avisée et fidèle Rosy) qui avait ramassé son corps inerte et meurtri et l'avait déposé à l'arrière du tonneau. Il tenta de se mettre sur son séant, mais une douleur fulgurante le transperça et il s'évanouit.

Lorsqu'il reprit ses sens, la charrette était arrêtée et, de façon miraculeuse, une grande enseigne était suspendue au-dessus de sa tête. Sous les mots *La Harpe et la Licorne*, il y avait une petite peinture représentant cette invraisemblable association. Que c'était intelligent à Rosy, pensa-t-il vaguement, d'avoir trouvé le lieu de leur destination. S'il avait été dans son état normal, il eût, bien entendu, compris que Rosy, ayant accompli son opération de sauvetage, s'était dirigée à toute vitesse vers l'endroit où, sa trompe le lui disait, se trouvait un vieux cabaret qui exhalait une suave odeur. Avec un terrible effort et grimaçant de douleur, Adrian réussit à descendre du tonneau. Son bras droit pendait, flasque, et il avait la conviction qu'il était cassé. Ses jambes étaient sans force et il titubait comme un homme ivre. Rosy poussa un petit cri de plaisir et agita les oreilles.

Adrian vit que *La Harpe et la Licorne* était une basse et longue maison de bois avec un toit de roseaux qui la recouvrait comme une grande croûte de pâté rugueuse. Une lumière dorée coulait des fenêtres à meneaux jusqu'à la route qu'Adrian traversa en chancelant pour venir s'appuyer contre la porte. Il commençait à se sentir très mal de nouveau et craignait de s'évanouir avant qu'il ne pût entrer dans cette lumière amicale. Il saisit le gros marteau de cuivre, donna des coups retentissants sur la porte de chêne et s'effondra contre le montant, essayant de vaincre la nausée qui, par vagues, menaçait de le submerger. Il entendit des pas approcher, des verrous tirés, et la porte s'ouvrit toute grande.

Dans la lumière, se dressait un des plus gros hommes qu'Adrian eût jamais vus. Il était en pantalon et en bras de chemise et chaussé d'immenses pantoufles en tapisserie richement brodées de tournesols, de soucis, de chrysanthèmes et autres fleurs de ce genre aux brillantes couleurs. Sa figure était aussi ronde et vermeille que celle d'un bébé et le sommet de son énorme tête était couvert d'un léger halo de cheveux blond doré. Sous le dernier de ses doubles mentons, son volumineux estomac se gonflait en une grande et noble courbe qui eût sûrement fait paraître décharné un pigeon boulant. Il considéra Adrian, en lambeaux et souillé de sang, sans le moindre changement d'expression.

– Bonsoir, dit-il d'une voix haut perchée, douce et flûtée. Désirez-vous quelque chose?

– J'ai eu un accident, dit Adrian d'une voix entrecoupée. J'ai été heurté par un train. Rosy est dehors.

Le cabaret et le gros homme disparurent dans le noir tandis qu'Adrian tombait lourdement en avant. Avec une dextérité remarquable, le gros homme le rattrapa dans sa chute, l'entoura de ses bras massifs et l'enleva sans effort comme s'il n'avait été qu'une plume. Puis, en se dandinant, il emporta Adrian dans le cabaret.

La porte d'entrée donnait directement dans une immense cuisine dallée. A l'une des extrémités, un feu de bûches rougeoyait et pétillait dans une vaste cheminée, se reflétant dans les surfaces polies de rangées et de rangées de casseroles de cuivre accrochées au mur. Le gros homme déposa Adrian sur un grand divan de crin, et, après lui avoir déboutonné le col, alla rapidement jusqu'au bar, à l'autre bout de la pièce. Il versa du cognac dans un gobelet, retourna au divan, souleva la tête d'Adrian et fit pénétrer de force entre ses lèvres un peu du liquide. Adrian toussa, cracha et ouvrit les yeux.

– Ah, dit de sa voix flûtée le gros homme, tout content, ça va mieux. Maintenant, restez tranquille pendant que je vais chercher quelque chose pour vous couvrir.

Adrian promena son regard myope autour de l'immense salle avec son bar à une extrémité et son énorme cheminée à l'autre. Le cognac qu'il avait avalé lui chauffait l'estomac et semblait alléger certaines des douleurs qui le torturaient. Le gros homme revint bientôt, portant un grand édredon chatoyant.

– J'ai pensé que ce serait chaud, dit-il d'une voix aiguë, enveloppant soigneusement Adrian de l'édredon. C'est du pur duvet d'oie. C'est ce qu'on peut trouver de plus chaud. J'en portais toujours un quand j'étais au Tibet.

Même dans le piteux état d'Adrian, l'image mentale du gros homme portant un édredon de duvet d'oie le fit sourire.

– Vous êtes très bon, dit-il. Je suis fâché de vous causer un tel dérangement.

– Pas du tout, dit le gros homme. C'est un plaisir, mon cher monsieur. Prenez encore un peu de cognac.

Il soutint la tête d'Adrian pendant qu'il avalait le reste du cognac.

– Le cognac est une chose merveilleuse, dit le gros homme avec onction. Les chalands en apportaient régulièrement de France quand j'étais en Égypte.

– Je regrette de vous déranger encore, dit Adrian, mais Rosy est dehors.

– Ah oui, dit l'homme. Je l'avais complètement oubliée. Vous aviez parlé d'elle avant de vous évanouir. C'est inexcusable. Pauvre petite.

Et, sur ces mots, il se détourna avec une extraordinaire agilité et se précipita vers la porte d'entrée.

– C'est… commença Adrian, mais le gros homme avait disparu.

Un long silence suivit, qui ne fut coupé que par un cri de Rosy. C'était un de ses cris de plaisir, mais émis dans un ton absolument différent du ton habituel.

Adrian ne pouvait qu'espérer que c'était de bon augure. Peut-être croirait-elle que le gros homme était un autre éléphant et se prendrait-elle d'amitié pour lui. Tout à coup, l'homme reparut, son visage rose et poupin tout rayonnant. Il arriva en dansant jusqu'au divan, les mains jointes comme un suppliant, les yeux brillants.

– Une éléphante! roucoula-t-il d'une voie aiguë. Mon cher ami, vous n'auriez pu m'apporter quelque chose qui me fasse plus de plaisir. Je n'ai pas eu d'éléphant depuis que j'étais à Nagarapore. Et elle m'aime aussi. Elle a passé sa trompe autour de mon cou.

– Oh, oui, elle est très sociable, dit Adrian.

Je me souviens, dit rêveusement le gros homme, que j'avais habituellement cent un éléphants. Ah, quel heureux temps! La chasse au tigre, les pompes, les cérémonies...

– Excusez-moi de vous interrompre, dit Adrian, mais serait-il possible que je voie un médecin? Je crois que j'ai le bras cassé.

– Mon cher ami, tout ce que vous voudrez, dit l'homme. Mais il vous faut rester immobile et nous vous amènerons le médecin. Sam sera de retour dans une minute et nous allons tous nous organiser. Pendant ce temps, puis-je avoir le privilège de mettre votre éléphante dans notre écurie?

– Bien sûr, dit Adrian, c'est très aimable à vous.

– Je vous assure, dit le gros homme avec empressement, que tout le plaisir est pour moi.

– Ses entraves sont à l'arrière du tonneau, dit Adrian, et pourriez-vous lui donner quelque chose à manger?

– Ne vous tourmentez en rien, dit le gros homme, levant un doigt potelé, je m'occuperai de tout.

Il disparut et Adrian entendit sa voix aiguë parler à Rosy. Il perçut bientôt le roulement du tonneau tournant le coin pour gagner la façade de derrière. Dix minutes plus tard, le gros homme revenait et, de sa démarche dansante, les pieds tournés en dedans, traversait la cuisine dallée, toute sa figure rose irradiant la bonne volonté.

– Encore du cognac? demanda-t-il. L'alcool endort la souffrance.

Avec abandon, il emplit rondement deux verres de cognac et en tendit un à Adrian.

– A votre bonne santé, Mister... euh... euh, dit Adrian. Le gros homme le regarda avec des yeux ronds, ressemblant ridiculement à un bébé géant à qui l'on vient de piquer les fesses avec une épingle de sûreté.

– Mon cher monsieur, s'écria-t-il, quelle négligence de ma part! J'ai oublié de me présenter, à cause de l'éléphante et de tout. Peregrine Filigree, pour vous servir.

Il salua aussi bas que son estomac le lui permettait.

– Adrian Rookwhistle, dit Adrian, qui ajouta, pour n'être pas en reste, pour vous servir.

– Splendide, dit M. Filigree. Maintenant, tout ce que nous avons à faire est d'attendre Sam. Auriez-vous faim, par hasard?

– Vraiment non. Je me sens trop mal pour manger quoi que ce soit.

Le gros homme alla jusqu'à un fauteuil de cuir de dimensions exceptionnelles et s'y enfonça profondément.

– Maintenant, dites-moi, mon cher monsieur, demanda-t-il d'un ton solennel, entrelaçant ses gros doigts, juste avant de vous évanouir, vous avez dit avoir été attaqué par un drain. Je sais que tout est possible en ce monde, mais je voudrais bien entendre les détails.

– Ce n'était pas un drain, mais un train, dit Adrian, qui raconta à M. Filigree ses aventures sur la voie ferrée. Il se sentait au chaud, ensommeillé, et les souffrances de son corps semblaient en quelque sorte ne pas lui appartenir. Il avait également l'impression d'être un peu gris, car les rations de cognac versées par M. Filigree avaient été généreuses, pour n'en pas dire plus.

– Extraordinaire, disait M. Filigree, les yeux ronds, en écoutant le récit d'Adrian. Tout à fait extraordinaire. Je me rappelle l'époque où j'ai eu à donner l'ordre de construire la ligne du Transsibérien. Nous avons eu de terribles ennuis avec les loups. Non seulement mangeaient-ils les ouvriers, comprenez-vous, mais ils restaient collés aux rails. Il y en avait d'énormes bandes, mon cher monsieur.

– Passionnant, dit Adrian, articulant avec difficulté.

– Ah! dit tout à coup d'une voix aiguë M. Filigree. Écoutez!

Adrian perçut confusément sur la route le bruit des sabots d'un cheval.

– C'est probablement Sam, dit M. Filigree, rayonnant.

Il se mit sur pied d'un bond et sortit de la cuisine en dansant comme un ballon errant. Il ouvrit la porte toute grande.

– Sam! Sam! cria-t-il dans la nuit. Viens vite, nous avons un éléphant!

Puis il revint en dansant vers Adrian et le regarda d'un air radieux.

– C'est si palpitant! dit-il.

Sans savoir pourquoi, Adrian avait imaginé Sam comme un individu de haute taille, mince et d'expression plutôt lugubre pour compenser les rondeurs et l'agrément de la figure poupine de M. Filigree. Il se demanda donc si le cognac était encore plus fort qu'il ne l'avait cru lorsqu'une mince jeune fille d'environ vingt-trois ans franchit la porte. Même sa longue jupe et l'épais fichu qu'elle avait attaché autour de ses épaules ne pouvaient dissimuler le svelte attrait de sa personne. Elle avait un visage cordiforme, un nez au charmant retroussé d'un nez de pékinois, des cheveux coupés court de la couleur des châtaignes satinées et de grands yeux qui, Adrian le découvrit plus tard, étaient d'un vert feuille moucheté d'or. Elle s'arrêta sur le seuil, regardant Adrian d'un air étonné, et Adrian, avec un gémissement de douleur, rejeta l'édredon et tenta de se lever.

– Non, non, non, dit M. Filigree, angoissé. Il ne faut pas bouger. Sam, ce pauvre homme a été heurté par un train et il nous a apporté le plus bel éléphant du monde.

La jeune fille ôta lentement ses gants et s'avança vers eux. Au regard embrumé d'Adrian, elle paraissait flotter plutôt que marcher, mais il attribuait cela au cognac.

– De quoi diable parlez-vous, père? demanda-t-elle. Il a un éléphant, dit triomphalement M. Filigree, comme si cela expliquait tout. Pense donc, Sam! Un vrai éléphant ici!

La jeune fille fit un bref soupir exaspéré, puis se tourna vers Adrian et lui tendit la main.

– Je suis Samantha Filigree, dit-elle en souriant d'une façon qui, sans raison apparente, fit rougir Adrian jusqu'à la racine des cheveux. Je crains que mon père n'excelle guère à expliquer les choses. Peut-être prendriez-vous la peine de combler les lacunes?

Une fois de plus, et son regard fermement attaché sur l'estomac de M. Filigree qui palpitait d'excitation, Adrian raconta son accident. Lorsqu'il eut fini, Samantha se tourna vers son père et le dévisagea d'inquiétante façon tandis qu'il agitait vaguement les mains et rougissait.

– Et qu'as-tu fait en guise de secours?

– Ce que j'ai fait? dit M. Filigree avec une innocence offensée. Mais tout, ma chérie. Je lui ai donné du cognac et j'ai mis l'éléphant dans l'écurie.

– Vraiment, dit Samantha, tu es incorrigible. Voilà ce pauvre garçon étendu là, peut-être blessé à mort, et tout ce que tu fais est de bavarder à propos d'éléphant.

– Eh bien, j'ai pensé que mieux valait attendre ton retour, ma chérie, dit M. Filigree pour l'apaiser, tu fais toujours ces choses tellement mieux

Samantha lui jeta un regard foudroyant et se tourna vers Adrian.

– Je vais tout de suite aller chercher un médecin, dit-elle. Mais, d'abord, laissez-moi voir s'il y a quelque chose de grave.

Elle enleva prestement l'édredon et examina Adrian aussi promptement et aussi impersonnellement que s'il avait été un quartier de viande. Adrian se mordit les lèvres pour ne pas crier tandis qu'elle lui manipulait doucement le bras droit.

– Oui, dit-elle enfin, allant jusqu'à un buffet de chêne et sortant d'un tiroir une énorme paire de ciseaux, vous avez un bras cassé, probablement une côte fêlée et un tas de petites contusions.

Elle revint au divan, faisant tourner les ciseaux dans ses mains expertes.

– Dites-moi, demanda Adrian, observant nerveusement les lames des ciseaux qui jetaient des éclats, ne pensez-vous pas que nous devrions attendre l'arrivée du docteur?

– Ne dites pas bêtises, dit froidement Samantha. Il faut que nous puissions enlever votre veston avant que votre bras n'enfle davantage. Il sera trop douloureux de l'ôter de la façon habituelle et je crains bien que vous n'ayez à le sacrifier.

Avec adresse et, à la surprise d'Adrian, sans lui causer la moindre souffrance, elle découpa nettement la manche du veston et en fit autant pour celle de la chemise.

– Voilà, dit-elle, satisfaite. Maintenant, restez tranquillement étendu pendant que je vais chercher le docteur.

– Encore un peu de cognac? suggéra M. Filigree, résolu à n'être pas surpassé par sa fille en matière d'efficacité médicale. Je me souviens qu'en Égypte, quand les esclaves tombaient des pyramides, parfois à raison de deux par jour, nous leur donnions toujours du cognac.

– Il peut en prendre, lui, dit Samantha d'un ton ferme, mais je veux que tu restes sobre. Je serai de retour dans une demi-heure.

Elle salua calmement Adrian d'un signe de tête et sortit dans la nuit.

– Je vous assure, dit M. Filigree, tendant à Adrian un verre de cognac, je vous assure positivement, mon cher monsieur, que je n'ai jamais été ivre.

Il jeta vers la porte un regard furtif, puis versa du cognac dans son propre verre.

– Les femmes, dit-il de sa voix flûtée, ont toujours, dans les moments critiques, tendance à perdre la tête et à dire des choses qu'elles ne pensent pas.

Il avala avidement le cognac.

– Cela est dû à la fragilité de leur nature, poursuivit-il avec sérieux. Samantha est une bonne enfant, mais elle est encline à avoir la langue acérée quand elle perd le contrôle de la situation. Vous me suivez?

Il paraissait à Adrian que Samantha avait bien plus que son père le contrôle de la situation, mais il ne voulut pas le dire et fit un signe approbatif. M. Filigree s'enfonça de nouveau dans son fauteuil, s'y renversa et considéra Adrian d'un air rayonnant et plein d'expansion.

– Je dis toujours à Sam, reprit-il, agitant vers Adrian un doigt avertisseur, que si l'on suit les préceptes des Écritures, on ne peut faire grand mal. «Prenez un peu de cognac pour vous remettre l'estomac en place après un accident de train.» Je crois que vous trouverez ça dans Nabuchodonosor, ou quelque part ailleurs, mais, hélas, les femmes sont si fragiles, comparées à nous autres hommes.

Il prit une lampée de cognac, jeta un rapide regard vers la porte, se pencha autant que le lui permettait son estomac et regarda Adrian d'un air mystérieux.

Avec un tel sérieux que sa voix s'amenuisa en une voix de fausset aussi aiguë que le cri d'une chauve-souris, il demanda

– Vous rendez-vous compte que les femmes ne peuvent se rappeler le passé?

Adrian était maintenant enveloppé dans les tièdes et agréables vapeurs du cognac et ne suivait pas les arguments de M. Filigree avec une grande attention.

– Comment? dit-il.

– Les femmes, répéta M. Filigree d'un air solennel, ne peuvent se rappeler le passé.

– Toutes les femmes que j'ai rencontrées le peuvent, dit Adrian avec amertume, et généralement dans les horribles détails.

– Ha! Ha! dit M. Filigree, agitant le doigt de nouveau, peut-être le passé immédiat, mais pas plus loin.

– Jusqu'où voulez-vous les voir remonter? demanda Adrian, se renversant en arrière et fermant les yeux.

– On peut remonter tout de suite dans le passé, dit M. Filigree, si l'on essaie assez fortement. Mais c'est le fait que les femmes ont une intelligence si limitée qui rend ma tâche plus dure.

– Vraiment? dit Adrian à demi endormi.

– Oui, dit fermement M. Filigree, se versant encore du cognac. Et même quand elles se souviennent, c'est d'un détail stupide, insignifiant : la couleur qui se portait à la cour, par exemple, ou qui était l'amant de qui.

Adrian médita là-dessus pendant une minute tandis que M. Filigree l'observait anxieusement.

– Savez-vous ? dit Adrian, ouvrant soudain les yeux, je n'ai pas la moindre idée de ce dont vous parlez.

M. Filigree poussa un soupir de remords qui eut pour répercussion de faire onduler son double menton et son volumineux estomac.

– Vous n'êtes pas vous-même, dit-il tristement. Demain, quand vous irez mieux, je vous expliquerai tout. Maintenant, dormez. Le médecin arrivera bientôt.

– Merci, dit Adrian qui, fermant les yeux, tomba tout aussitôt dans un profond et paisible sommeil.

Chapitre XI

Clameurs

Adrian, étendu, contemplait avec satisfaction le plafond à poutres inondé de soleil matinal. Il y avait une semaine qu'il se trouvait à *La Harpe et la Licorne* et c'était la première matinée où il s'était éveillé vraiment dispos. Le soir de sa venue, Samantha avait amené le Dr Hunchmould, un petit homme gros et court qui marchait comme un jouet mécanique et dont l'haleine sifflait entre ses narines avec un bruit de cornemuse. Avec l'aide de Samantha, calme et efficace, et M. Filigree dansant autour d'eux, inutile, le Dr Hunchmould avait déshabillé Adrian, posé trois agrafes à une longue plaie à la cuisse, bandé ses côtes fêlées et plâtré son bras cassé du poignet jusqu'au coude. Adrian avait beaucoup souffert et, lorsque le docteur avait terminé son travail, il était épuisé. M. Filigree, ravi d'être à même de faire quelque chose d'utile, avait monté Adrian dans l'étroit escalier jusqu'à une petite chambre à coucher blottie sous le chaume épais du toit et l'avait mis au lit. Des deux jours qui suivirent, Adrian ne se rappelait pas grand-chose, sinon que Samantha semblait toujours être là, tapotant son oreiller, lui tenant la tête lorsqu'il vomissait dans un grand pot de chambre de porcelaine décoré de boutons de rose et lui donnant des boissons calmantes et rafraîchissantes quand la fièvre montait. Il se demandait vaguement comment elle s'arrangeait pour dormir un peu car, chaque fois qu'il ouvrait les yeux, que ce fût le jour ou la nuit, elle paraissait toujours être patiemment assise dans un fauteuil près de son lit, penchée sur un ouvrage de tapisserie. Maintenant qu'il se sentait mieux, il était tout confus du dérangement qu'il avait dû lui causer. Il tortilla ses orteils dans une partie fraîche du lit, essaya de se détendre, puis souhaita ne pas l'avoir fait, car son corps était encore douloureux.

La porte s'ouvrit brusquement et Samantha entra, portant un plateau avec son petit-déjeuner.

– Bonjour, dit-elle en souriant. Comment vous sentez-vous?

– Beaucoup mieux, dit Adrian, rougissant comme il le faisait toujours lorsqu'elle attachait sur lui ses grands yeux verts. Je crois que je pourrais me lever. Je crains de vous avoir déjà donné bien trop de mal.

– C'est absurde! dit vivement Samantha, posant le plateau sur les genoux d'Adrian. Il faut manger ces œufs. Ils sont tout frais de ce matin. Père est allé les chercher au village.

– Comment va Rosy? demanda anxieusement Adrian.

– Merveilleusement bien, répondit Samantha, haussant les sourcils. Pourquoi n'irait-elle pas bien?

– Généralement, elle n'a pas beaucoup de sympathie pour les femmes, expliqua Adrian.

– Eh bien, elle en a pour moi, dit Samantha, et elle adore père. Je crois qu'elle le prend pour une sorte d'éléphant.

Elle s'assit tranquillement tandis qu'il mangeait ses œufs et buvait son thé. Puis elle reprit prestement le plateau et arrangea les oreillers.

– Le docteur viendra aujourd'hui ôter vos agrafes, dit-elle. Vous resterez donc là où vous êtes jusqu'à ce qu'il nous dise si vous pouvez vous lever.

– Écoutez, dit Adrian, il y a quelque chose que je dois vous dire. Pouvez-vous m'accorder cinq minutes?

– Vous avez l'air d'être un peu rouge, dit Samantha, l'observant d'un œil critique. Êtes-vous sûr de n'avoir pas de fièvre?

– Non, non, dit Adrian. Je suis simplement ennuyé. Samantha s'assit dans le fauteuil et croisa ses mains sur ses genoux.

– Eh bien? demanda-t-elle.

Hésitant d'abord, puis s'exprimant plus facilement puisque Samantha l'écoutait avec une profonde attention sans l'interrompre, Adrian lui raconta comment il avait hérité Rosy et tout le sillage de dévastations qu'ils avaient laissé en traversant la campagne. Au lieu du regard d'horreur qu'Adrian avait escompté, et qui, en vérité, eût été la réaction normale de la plupart des jeunes filles à un récit aussi inconvenant, le visage de Samantha, lorsqu'il eut fini, était rouge d'un rire contenu. Ses yeux brillaient de malice et ses lèvres frémissaient.

– Ainsi, voyez-vous, conclut Adrian, je suis probablement recherché par la police. Dieu sait ce qu'on me fera si l'on m'attrape, et je ne puis nier. Rosy est de ces sortes d'indices que même un policier ne saurait négliger. Il me faut donc gagner la côte et me débarrasser d'elle. Aussi longtemps que je serai chez vous, je serai un danger pour vous. Je crois qu'on appelle ça de la complicité.

Samantha fit un petit éclat de rire.

– Merveilleux, dit-elle, charmée. Non seulement un guerrier blessé, mais aussi un criminel recherché par la police.

– Ce n'est pas drôle, dit Adrian.

– Non, je ne crois pas que ce soit drôle pour vous, dit Samantha, s'efforçant de composer ses traits en une expression de commisération, mais, à votre place, je ne me tourmenterais guère. Personne ne sait que vous êtes ici et Rosy est en sécurité dans l'écurie. Cela signifie simplement que père et moi lui ferons prendre de l'exercice le soir dans la prairie, où personne ne pourra la voir. A vrai dire, père passe la plus grande partie de son temps dans l'écurie avec elle. En ce moment, il est en train de lui dorer les ongles des orteils. Non, restez tranquillement ici et ne vous tracassez pas. Nous verrons ce que dira le docteur.

Le Dr Hunchmould arriva et, poussivement, fit le tour du lit d'Adrian, tâtant et auscultant. Il lui enleva les agrafes de la cuisse, puis l'examina en frottant ses mains sèches.

– Bon, vous pouvez vous lever si vous voulez, mais ne faites pas d'efforts. Une nourriture légère et nourrissante et pas trop d'exercice.

– Quand pourrai-je me débarrasser de ce plâtre? demanda Adrian. Il pèse des tonnes.

– Pas avant quatre semaines, dit le Dr Hunchmould.

Après le départ du médecin, Adrian s'habilla laborieusement. Ses jambes tremblaient et tout son corps était raide, mais, avec précaution, il réussit à descendre les marches qui craquaient et entra dans la grande cuisine où Samantha, portant un tablier de couleur vive, surveillait plusieurs casseroles de cuivre d'où s'échappaient des odeurs à faire venir l'eau à la bouche.

Adrian, au pied de l'escalier, l'observa un moment. Non, il ne l'avait pas imaginé, elle flottait positivement. Elle avait toute la grâce et l'agilité de son père. Les lueurs du feu se reflétaient dans ses cheveux, leur donnant un éclat assorti aux ustensiles de cuivre.

– Hello ! dit Adrian.

Elle se retourna et lui sourit et il sentit son estomac se contracter et le sang lui monter au visage.

– Hello ! dit-elle. Comment vous sentez-vous ?

– Pas trop solide, avoua Adrian. Puis-je vous aider à quelque chose ?

– Non. Rappelez-vous ce qu'a dit le docteur. Si vous voulez, vous pouvez aller dans l'écurie et parler à père et à Rosy.

A contrecœur, parce qu'il ne voulait pas la quitter, Adrian gagna l'arrière du cabaret et traversa la cour pavée jusqu'à l'écurie. De l'intérieur montait la voix haut perchée de M. Filigree menant avec Rosy une conversation unilatérale.

– Et alors, ma chère, nous arrivâmes à cette vaste éclaircie dans la cannaie, et le tigre se trouvait au beau milieu. Or, l'éléphant que je montais était très beau et très brave. Bien entendu, moins beau et moins brave que toi de beaucoup, mais quelque chose d'approchant. Quand le tigre bondit, il éleva sa trompe et le saisit au milieu des airs, puis le jeta à terre et l'assomma.

Subjugué, Adrian entra dans l'écurie. Rosy était entravée dans un angle et, près d'elle, il y avait un grand lit de foin odorant. Devant elle, il y avait un énorme baquet de bois plein de carottes, de pommes, de betterave hachée et autres friandises qu'elle mangeait avec délicatesse. M. Filigree était accroupi à ses pieds, tenant un pot de peinture d'une main et un pinceau de l'autre. Les orteils de Rosy brillaient, dorés, dans la faible lumière. Elle accueillit l'apparition d'Adrian dans l'écurie par un barrissement de joie si aigu et si excité que M. Filigree, qui ne s'y attendait point, tomba en arrière, renversant la boîte de peinture dorée.

– Hello, M. Filigree, hello, Rosy ! dit Adrian.

– Mon cher ami, s'écria M. Filigree d'une voix flûtée, étalé sur le dos dans le tas de foin et réduit à l'impuissance. C'est merveilleux de vous voir debout. Voudriez-vous me prêter la main ? Certaines postures dans lesquelles je tombe me rendent difficile de me lever sans aide.

Adrian tendit une main, étreignit les doigts potelés de M. Filigree et tira. Avec force halètements, M. Filigree se mit sur pied.

– Comment la trouvez-vous ? demanda-t-il à Adrian. Ne pensez-vous pas que ces orteils lui donnent un certain prestige ?

– Il est certain, dit Adrian, que je ne l'ai pas vue si élégante depuis que nous avons quitté Fenneltree Hall.

– Dommage qu'elle n'ait pas de défenses, dit plaintivement M. Filigree. Ceux que je possédais avaient *tous* des défenses et nous les percions de trous (c'est, vous le savez, tout à fait indolore) pour y incruster des diamants, des rubis et autres choses du même genre. C'était là toute la différence.

– Elle fait assez de dégâts sans défenses, dit Adrian, tapotant la trompe de Rosy qu'elle avait passée affectueusement autour de son cou. Vous semblez vous entendre tous deux comme larrons en foire.

– Oui, dit avec excitation M. Filigree de sa voix flûtée. Nous avons un lien. Je ne serais pas surpris le moins du monde si c'était une réincarnation de Poo-Ting, mon éléphant favori. Je pourrais le dire tout de suite si nous avions un tigre.

– Je crois, dit Adrian, que la vie est assez compliquée sans avoir encore un tigre.

– Je suppose que vous avez raison, dit M. Filigree. Mais on aime à mettre les choses au point. Cela aurait pu faire un chapitre splendide.

Samantha avait expliqué à Adrian que M. Filigree était un adepte convaincu de la réincarnation et, de fait, pouvait se rappeler dans le détail la plupart de ses incarnations. Depuis ces vingt dernières années, il écrivait sur ses vies passées un ouvrage qui formait déjà quarante-huit gros volumes. Il avait fort peu de chances de le finir car, presque chaque jour, il se rappelait quelque fait nouveau qui nécessitait l'addition d'un autre chapitre.

– Il serait absolument passionnant, dit M. Filigree d'un air songeur, de pouvoir obtenir de Rosy un document attestant qu'elle est, de fait, une réincarnation de Poo-Ting.

– Je ne crois pas que ce soit possible, dit Adrian.

– Non, non, je suppose que non, dit M. Filigree. Mais, mon cher ami, quel égoïste je suis de vous parler ainsi quand vous devriez être assis. Venez, rentrons prendre un cognac.

Précédant Adrian, il regagna le cabaret, laissant derrière lui des empreintes dorées.

– Samantha, cria-t-il, entrant en trombe dans la cuisine, j'ai la conviction que Rosy est Poo-Ting.

Il s'arrêta, les mains levées en un geste dramatique, pour voir l'effet que cette nouvelle avait sur sa fille.

– C'est merveilleux, dit Samantha, lui souriant. Maintenant, tu n'as besoin que d'un tigre pour le prouver.

– C'est exactement ce que j'ai dit à Adrian, déclara, enchanté, M. Filigree. Ne vous l'ai-je pas dit, Adrian ? Je vous ai dit : «Nous n'avons besoin que d'un tigre».

– Et je vous ai répondu, dit Adrian, se laissant tomber bienheureusement dans un fauteuil, qu'il suffisait d'avoir Rosy sans avoir encore un tigre.

Samantha vint jusqu'au fauteuil et l'examina de ses yeux verts observateurs et pénétrants.

– Vous sentez-vous bien ? demanda-t-elle.

– Oui, répondit Adrian, mais je ne suis pas aussi solide que je le croyais.

Elle posa sur le front d'Adrian une main fraîche et il ferma les yeux, souhaitant avec ferveur qu'elle l'y laissât toujours.

– Père, dit-elle d'un ton sec, tu l'as fatigué. Va lui chercher un cognac.

– C'est exactement ce que j'allais faire, dit avec dignité M. Filigree. N'est-ce pas vrai, Adrian? Est-ce que je ne viens pas de vous dire: «Rentrons prendre un cognac»?

– Bon, cesse de parler et va en chercher un, dit Samantha. Le déjeuner sera prêt dans une minute.

M. Filigree emplit de cognac deux grands verres, en donna un à Adrian, s'enfonça dans son fauteuil favori et regarda autour de lui avec un air rayonnant d'innocente bonhomie.

– Savez-vous, dit-il à Adrian, je crois que je vais écrire un chapitre sur Rosy, ou plutôt Rosy réincarnée en Poo-Ting. Bien entendu, cela ne peut être prouvé, mais combien de faits scientifiques peuvent l'être? C'est aux savants qu'il appartient en réalité de faire la preuve de l'erreur, n'est-ce pas? Comme il est dit quelque part dans la Genèse: «Il y a d'autres choses au ciel et sur la terre, et certaines d'entre elles sont prouvées et certaines d'entre elles ne le sont point».

– Oui, dit poliment Adrian. Je crois que vous avez raison.

– Mais je le sais, dit M. Filigree avec conviction. Tenez, peut-être ne le croirait-on pas à me voir, mais j'ai été jadis fabricant de chandelles, au temps de Richard III, et j'avais une chatte appelée Tabitha, une grosse chatte pleine d'entrain et pareille à une boule de neige. Or, un jour, tout à fait par inadvertance, j'ai renversé du suif chaud sur sa queue. La pauvre et douce créature était mortifiée, et c'était bien naturel. Quand les poils ont repoussé, ils étaient complètement noirs. J'avais donc une chatte blanche avec une queue noire. Maintenant croiriez-vous que, il n'y a pas bien longtemps, j'étais dans le village, lorsqu'un gros chat arriva et se mit à me faire fête, et il était absolument évident que c'était Tabitha réincarnée.

– Vraiment? dit Adrian, son attention retenue pour la première fois.

– Oui, dit M. Filigree. C'était un beau et gros chat gris et son nom, je m'en suis assuré après enquête, était Henry.

– Mais... s'il était gris et s'il s'appelait Henry...? commença Adrian, perplexe.

– Oh! la couleur était probablement due à l'âge, dit M. Filigree, agitant les mains pour écarter une contradiction aussi insignifiante. Et vous savez de quels noms ridicules les gens affublent leurs bêtes. Mais c'était indubitablement ma Tabitha. C'est l'un des témoignages les plus remarquables qui m'aient été accordés. Le fait qu'elle m'a reconnu sur-le-champ est un argument sans réplique.

– Le fait qu'il portait alors un saumon et une bourriche d'huîtres n'a absolument rien à voir là-dedans! dit sèchement Samantha, dressant le ragoût fumant sur trois assiettes qu'elle plaça sur la longue table à tréteaux. Maintenant, pour l'amour du ciel, venez manger avant qu'il ne soit froid.

En s'asseyant, Adrian se rendit soudain compte qu'il était affamé. L'odeur du ragoût lui faisait venir l'eau à la bouche et, dans le tas de légumes multicolores sur son assiette, il apercevait d'onctueuses petites boulettes de pâte qui miroitaient et émergeaient de la sauce comme des perles. M. Filigree continuait à expliquer à Adrian comment, devant une réincarnation, on peut la déceler sans l'ombre d'un doute, et Adrian hochait la tête et disait: «Hum» à des intervalles réguliers tout en se gavant du délicieux ragoût.

Lorsque les derniers restes de sauce eurent disparu des assiettes à l'aide de croûtes de pain et qu'ils étaient renversés sur leur chaise, repus et heureux, des coups furent frappés à la porte.

Samantha se leva de table et alla à la fenêtre où elle risqua un œil dans l'entrebâillement du rideau.

– Adrian, dit-elle, montez vite. C'est la police.

Adrian se leva en trébuchant et la regarda, consterné.

– Vite! cria-t-elle, ses yeux jetant des éclairs, et emportez votre assiette.

Il saisit son assiette à l'aveuglette et monta précipitamment l'escalier, où il resta sur le palier, écoutant, retenant son souffle, le cœur battant. Le marteau retomba de nouveau sur la porte et fit à Adrian l'impression qu'on plantait à coups de marteau des clous dans son cercueil.

«Je viens tout de suite», entendit-il Samantha crier d'une voix insouciante et gaie. Puis il la vit ouvrir la porte et recula dans l'ombre pour écouter.

Chapitre XII

Le départ

– Bonjour, Miss Filigree ? dit une voix profonde et pleine d'inflexions lorsque Samantha ouvrit la porte.

– Oui, dit-elle.

– Brigadier Hitchbrisket, dit la voix, police de Moleshire. Puis-je entrer pour avoir un petit entretien avec vous ?

– Certainement, dit Samantha avec entrain. Nous venons de finir de déjeuner, mais puis-je vous offrir une tasse de thé ?

– C'est très aimable à vous, miss, dit le brigadier Hitchbrisket, la suivant dans la cuisine.

Il avait une face osseuse de furet et d'épais cheveux noirs méticuleusement séparés par une raie médiane. Il fit un signe de tête à M. Filigree encore assis à table, la bouche ouverte, s'efforçant de coordonner les événements qui se succédaient si rapidement.

– Bonjour, sir, dit le brigadier. Belle journée pour la saison, n'est-ce pas ?

– Très belle, dit M. Filigree, rayonnant.

– Asseyez-vous, brigadier, dit Samantha, posant une tasse de thé sur la table, et dites-nous ce que nous pouvons faire pour vous.

Le brigadier déboutonna la poche de son uniforme pour en retirer un grand carnet quelque peu délabré et un crayon. Il lécha le bout du crayon, puis son pouce, et tourna les pages du carnet pour se rafraîchir la mémoire, remuant les lèvres tandis qu'il lisait pour lui-même.

– Eh bien, voilà, miss, dit-il enfin. On nous a dit d'avoir l'œil au guet au sujet d'un criminel et il m'a semblé que vous pourriez peut-être nous aider dans nos investigations.

– J'en doute, dit suavement Samantha. Nous ne connaissons pas beaucoup de criminels.

– C'est-à-dire, reprit le brigadier Hitchbrisket en rougissant, que vous seriez peut-être en mesure de nous donner des informations qui nous permettraient de l'appréhender.

– Mais naturellement, dit Samantha, souriant affectueusement au brigadier. Nous sommes toujours prêts à aider la police. Père, veux-tu porter les assiettes sales à l'office pendant que je parle avec le brigadier.

– Mais oui, ma chérie, dit M. Filigree, quittant la salle à pas pesants et emportant les assiettes.

Mon père, dit Samantha à voix basse, est extrêmement sensible et je ne veux pas l'impressionner.

– Ah, oui, miss, en effet, dit le brigadier. Mais, de fait, c'est à cause de votre père que je suis venu.

– Oh, dit Samantha d'une voix faible, pourquoi? Qu'a-t-il fait?

– Oh, rien, rien, dit vivement le brigadier. Ce n'est pas ce qu'il a fait, c'est ce qu'il a raconté.

– Je crains de ne pas vous comprendre, dit Samantha, plissant vers lui ses yeux verts d'un air spéculatif.

– Eh bien, voilà, miss. Ce criminel, que j'appellerai pour le moment M. X..., a parcouru la campagne avec un éléphant.

– Un éléphant? dit Samantha, les yeux ronds.

– Oui, un éléphant.

Il jeta de nouveau un coup d'œil sur son carnet pour s'assurer de ses dires. On le recherche pour attaque et voies de faits sur la chasse de Monkspepper et dégâts et attaque délibérée sur la demeure de Lord Fenneltree.

– Grand Dieu! s'exclama Samantha. Mais pourquoi faire une chose pareille?

– Pourquoi? dit le brigadier d'un air lugubre. Les voies d'un esprit criminel sont très obscures, vraiment très obscures. Quand il a été vu pour la dernière fois, il se dirigeait par ici, voyez-vous, et, ce matin, votre père, qui était dans le village, a parlé à Bill Plungemusket, celui qui élève de la volaille, et il se trouve lui avoir dit comment il avait eu un éléphant. Or, il semble improbable, miss, qu'il puisse y avoir plus d'un éléphant dans les parages, et j'ai cru devoir venir jusqu'ici aux informations.

Bien que le cœur de Samantha se serrât, elle réussit à composer ses traits en une expression de surprise.

– Mon père, dit-elle, étonnée, a dit qu'il avait un éléphant?

– Oui, dit avec flegme le brigadier Hitchbrisket, c'est du moins ce qu'il a dit à Plungemusket.

Samantha fronça le sourcil.

– Je ne vois pas de quoi il a pu parler, dit-elle.

Et, tout à coup, son front s'éclaira.

– Ah, oui, dit-elle, je sais.

Avec un rire qu'elle espérait gai, elle se mit sur pied d'un bond et alla jusqu'à la porte de l'office

– Père, appela-t-elle, veux-tu venir ici une minute? Adrian, qui écoutait au haut de l'escalier, eut presque une crise cardiaque. Il avait été si heureux lorsque Samantha avait éloigné M. Filigree que le réintroduire dans la pièce pendant que le représentant de la loi était encore là lui parut de la plus grande témérité. M. Filigree, le visage rayonnant, entra dans la salle comme un chérubin dodu et débonnaire.

– Père, dit Samantha, le brigadier Hitchbrisket s'intéresse beaucoup aux éléphants.

– Vraiment? s'écria M. Filigree d'une voix aiguë et surexcitée. Mon cher ami, qu'il est agréable de rencontrer une âme sœur! J'ai moi-même une véritable passion pour eux. Comment appelez-vous le vôtre?

– Eh bien, en réalité, je n'en possède aucun, dit le brigadier. Voyez-vous, sir…

– Oh, pauvre garçon, interrompit M. Filigree. Quelle idée d'avoir une passion pour les éléphants et de n'en posséder aucun. Moi, j'en avais cent un.

– Cent un? dit faiblement le brigadier.

– Je vous assure, dit M. Filigree, cent un, et le meilleur d'entre eux était Poo-Ting. Mon cher ami, si vous aviez pu le voir tuer un tigre. C'était un régal, je vous assure, un vrai régal.

– Oui, sir, j'en suis certain, dit le brigadier, s'éclaircissant la gorge. Dites-moi, quand aviez-vous ces éléphants?

– Attendez, dit-il. Filigree, plissant le front et s'efforçant de concentrer ses pensées, je crois que c'était en 1470.

– En 1470? grogna le brigadier Hitchbrisket, son crayon en l'air au-dessus de son carnet.

– Ou c'était peut-être en 1471, dit M. Filigree. Je n'en suis pas tout à fait certain.

– C'est l'une des incarnations antérieures de mon père, dit Samantha avec douceur.

– Oh, ah, dit le brigadier. Des incarnations, hein? Oui, j'étais à Nagarapore, dit avec conviction M. Filigree. C'était, je vous assure, une vie des plus intéressantes. A part les éléphants et la chasse au tigre, il y avait la façon dont on me pesait chaque année avec de l'or et des pierres précieuses. Absolument passionnant.

Le brigadier Hitchbrisket ferma son carnet et le fourra dans sa poche avec son crayon.

– Très intéressant, sir, dit-il, en se levant, très intéressant. Eh bien, je ne vais pas vous déranger plus longtemps.

– Je vous promets, dit Samantha, que si nous apprenions quelque chose à ce sujet, nous nous mettrions immédiatement en rapport avec vous.

– Merci, miss, dit le brigadier en la lorgnant.

– Mais non, dit-elle gentiment. On doit toujours aider la police.

– Eh bien, au revoir, sir, au revoir, miss, dit le brigadier, gagnant la route à pas lourds.

Samantha referma la porte et s'appuya contre le montant en poussant un grand soupir de soulagement.

– C'était en 1471, dit M. Filigree. Je viens de m'en souvenir. Rappelle-le.

– Non, je suis sûre qu'il a toutes les informations qu'il désire, dit Samantha. Mais vraiment, père, il ne faut pas aller au village et répandre toutes ces histoires.

– Ce ne sont pas des histoires, dit M. Filigree, blessé. Non, je sais que non, dit Samantha, mais les villageois ne croient pas à la réincarnation de la même façon que toi et pensent que tout cela est un peu bizarre. Promets-moi que tu n'iras pas leur raconter d'autres histoires sur les éléphants et autres choses de ce genre.

– Bien, ma chérie, soupira M. Filigree, je suppose que tu as raison.

– Bien sûr que j'ai raison, dit Samantha. Sinon, tu t'attirerais des ennuis.

Elle alla au bas de l'escalier et leva les yeux.

– Vous pouvez descendre, Adrian, dit-elle. Il est parti. Adrian descendit s'essuyant le front avec son mouchoir.

– Vous avez été merveilleuse, dit-il. C'était une joie de vous entendre.

– C'est père que vous devriez remercier, je crois, dit sèchement Samantha. Il est heureux que l'Inde soit comprise dans ses réincarnations.

– Mais, voyez-vous, dit Adrian, j'avais raison. Comme je vous le disais ce matin, je suis un danger pour vous, et maintenant vous avez aggravé les choses en leur racontant des mensonges.

– C'est absurde, dit Samantha. Personne ne saura que vous êtes ici.

– Mais on finira par le découvrir un jour ou l'autre, dit Adrian, et vous serez alors impliquée dans l'affaire au même titre que moi, ce que je détesterais.

– Allons, dit Samantha, cessez de dire des bêtises. Vous n'êtes pas encore assez bien pour travailler et il faut attendre quatre semaines pour ôter votre plâtre. La seule chose que vous ayez à faire est de rester tranquille ici jusqu'à ce que vous alliez mieux.

– Me promettez-vous que je pourrai m'en aller dès que je me sentirai mieux? demanda Adrian.

Samantha le regarda avec une curieuse expression dans ses yeux verts.

– Quand vous vous sentirez mieux, dit-elle, si vous voulez partir, je ne pourrai vous en empêcher.

– Il n'est... il n'est pas question de vouloir partir, balbutia Adrian. C'est simplement parce que je ne veux pas vous causer d'ennuis, ni à vous ni à votre père.

– Eh bien, nous verrons, dit Samantha. Et puisque vous êtes si désireux de vous rendre utile, vous pouvez venir m'aider à faire la vaisselle.

La quinzaine qui suivit fut un cauchemar pour Adrian. Chaque fois que M. Filigree allait acheter quelque chose au village, il s'attendait à le voir revenir accompagné d'un groupe de braves policiers à qui il avait offert de montrer Rosy. La nuit, il restait éveillé, imaginant Samantha arrêtée pour complicité et jetée dans une énorme prison obscure pour y languir dans une cellule humide jusqu'à ce que ses cheveux cuivrés fussent devenus blancs et qu'elle mourût de solitude et de misère. Le fait que c'était à lui qu'échoirait probablement la peine la plus sévère ne le tourmentait guère. C'était la pensée de Samantha en prison qui l'éveillait, trempé de sueur froide. Car il était tombé profondément et irrémédiablement amoureux d'elle, ce qui, bien entendu, il posait un autre problème à son esprit torturé. Même en supposant qu'il eût le courage de lui avouer son amour, comment un criminel, en fuite avec un éléphant dangereux, pouvait-il demander la main d'une fille telle que Samantha?

Il finit par ne plus pouvoir le supporter. En descendant un matin, il trouva Samantha en train de préparer le petit-déjeuner dans la cuisine, les cheveux luisants comme un sou neuf.

– Bonjour, dit-elle en souriant, ce sera prêt dans une minute.

– Samantha, il faut que je vous parle, dit Adrian d'un ton ferme.

Elle se retourna et le dévisagea d'un air railleur. Le soleil éclairait son visage et les petits points d'or dans ses yeux verts étincelaient. Adrian avala sa salive. Il commençait à sentir sa bonne résolution s'affaiblir. Comment m'était-il possible d'abandonner une créature aussi belle et aussi désirable?

– Écoutez, insista-t-il, il faut que je vous parle.

– Mon Dieu, mon Dieu, dit Samantha d'un air moqueur. Pourquoi sommes-nous si austères, ce matin?

– J'ai décidé, dit Adrian d'une voix qu'il espérait ferme et masculine, j'ai décidé de partir ce soir.

Les yeux de Samantha s'agrandirent.

– Ce soir? dit-elle. Eh bien, c'est à vous d'en décider, je suppose.

Elle tourna son attention vers la poêle où les œufs crachaient, disposés en rangs, comme des soleils en miniature.

– Ce n'est pas que je veuille partir, dit désespérément Adrian, mais plus longtemps je resterai, plus grand sera le danger d'être découvert. Vous devez le comprendre.

– Mon cher ami, dit froidement Samantha, lui tournant encore le dos tandis qu'elle s'affairait près du poêle, cela n'a rien à voir avec moi.

– Voyez-vous, dit Adrian, misérable, il faut que je me débarrasse de Rosy. Si je m'en débarrasse, on ne pourra m'associer avec la chasse et Fenneltree Hall, et la seule chance que j'aie de m'en débarrasser est de gagner la côte.

– Avez-vous jamais entendu parler d'un familier? demanda Samantha.

– Un familier? Non. Qu'est-ce qu'un familier?

– Les sorciers en avaient autrefois, dit Samantha. C'étaient des créatures qui les suivaient partout et, parfois, accomplissaient pour eux leur vilaine besogne. Des chats et autres bêtes. Eh bien, je pense que Rosy est votre familière. Les sorciers étaient capables d'attacher un familier à des gens qu'ils détestaient, de sorte que partout où allaient ces gens, ils voyaient soit un chien noir, soit un petit singe ou quelque autre animal.

– Oh, dit Adrian, que c'est intéressant!

– Cela finissait par rendre les gens fous, dit gaiement Samantha. C'est pourquoi je crois que Rosy est votre familière. Votre oncle était probablement sorcier à ses moments perdus.

– Eh bien, voilà une familière dont je vais me débarrasser, dit fermement Adrian.

Samantha jeta une cuillère à terre et se retourna pour lui faire face. Ses yeux étaient immenses et d'un vert plus vif qu'il ne les avait vus auparavant et les petits points d'or étincelaient.

– Vous, dit-elle, le visage rouge de colère, vous êtes méprisable.

– Mais… mais… qu'ai-je fait ? demanda Adrian, consterné à cette brusque manifestation de rage de la part de Samantha, si calme en temps normal.

– Rosy ne vous a-t-elle pas été laissée par votre oncle ? demanda Samantha.

– Si.

– Ne vous a-t-il pas laissé de l'argent pour vous occuper d'elle ?

– Si.

– Votre oncle n'était-il pas votre dernier parent ?

– Si.

– Eh bien, à strictement parler, Rosy est votre parente, et vous n'avez absolument aucun droit de parler de la vendre comme si c'était une vieille horloge. Vous êtes méprisable.

Adrian restait la bouche ouverte, regardant fixement Samantha, hébété.

– Très bien, poursuivit-elle, ôtant son tablier et le jetant sur une chaise, faites ce que croyez devoir faire. Si vous considérez que vendre une parente et la livrer à l'esclavage est une chose à faire, plus tôt vous serez hors d'ici, mieux cela vaudra quant à moi. Elle se détourna, traversa en courant la grande cuisine et monta bruyamment l'escalier. Adrian entendit claquer la porte de sa chambre. Il était encore là, stupéfait, lorsqu'une forte odeur d'œufs brûlés l'éveilla avec un sursaut et il tira la poêle du feu, non sans se brûler les doigts.

M. Filigree entra en se dandinant, reniflant avec satisfaction la forte odeur de brûlé.

– Ah, dit-il, se léchant les babines, le petit-déjeuner.

– J'ai bien peur que vous n'ayez à vous servir le vôtre, dit sèchement Adrian. Samantha est allée s'enfermer dans sa chambre.

– Ah bien, dit M. Filigree avec philosophie, cela arrive, vous savez mon cher enfant, cela arrive.

– Qu'est-ce qui arrive? grogna Adrian.

– Oh, des choses, dit M. Filigree, agitant vaguement les doigts, des piques, des accès de mauvaise humeur, des discussions, des bousculades.

– Oui. Eh bien, du diable si l'on me bouscule, dit Adrian. Je m'en vais.

– Savez-vous, dit M. Filigree, examinant la poêle, je crois vraiment que ces œufs sont brûlés.

– Oui, et vous pouvez en blâmer votre fille.

– Sûrement, dit M. Filigree. Cependant, on dirait qu'il y en a un qui se cache ici, ajouta-t-il pointant le doigt, et qui a échappé à l'holocauste. Aimeriez-vous le partager avec moi?

– Non, dit Adrian. Je vais faire ma valise.

Faire sa valise avec un seul bras était plus difficile qu'il ne l'avait escompté, mais il finit par y entasser ses vêtements. Il bouillait de rage au déchaînement de Samantha, qu'il considérait comme dépassant les limites de la bienséance. Après tout, c'était pour *elle* qu'il voulait se débarrasser de Rosy. C'était à *elle* qu'il pensait, et voici qu'elle se comportait comme s'il était une sorte de criminel sadique. Eh bien, elle allait voir.

A son grand chagrin, il découvrit qu'il lui était impossible d'atteler Rosy au tonneau avec son bras plâtré et force lui fut de demander à M. Filigree de l'aider.

– Savez-vous, dit ce dernier tandis qu'il resserrait les courroies qui attachaient le tonneau à la forme arrondie de Rosy, je me demande si vous êtes bien prudent, mon cher ami ?

– Ah, ne commencez pas non plus, dit Adrian. J'en ai eu bien assez avec Samantha.

– Je réfléchissais simplement, dit M. Filigree d'un air contrit. Je ne tente pas d'intervenir en quoi que ce soit, mais il me semble que vous aurez des difficultés à atteler et à dételer Rosy.

– Je trouverai quelqu'un pour m'aider, dit Adrian.

Quand tout fut prêt, Adrian demeura un instant irrésolu. M. Filigree l'observait de ses yeux bleus ronds et inquiets.

– Eh bien, dit Adrian, essayant d'être jovial, je m'en vais.

– N'allez-vous pas… n'allez-vous pas… hum… dire au revoir à Samantha ? demanda M. Filigree.

La dernière personne qu'Adrian désirât voir pour le moment était Samantha, mais M. Filigree le regardait d'un air si implorant, comme un gros bébé qui réclame son biberon, qu'il n'eut pas le cœur de dire non. Il rentra à pas pesants dans *La Harpe et la Licorne* et monta l'escalier. Il s'arrêta devant la porte de Samantha et s'éclaircit la gorge.

– Samantha, appela-t-il d'une voix ferme et autoritaire, c'est moi, Adrian.

– Oh, je ne pensais pas que c'était Rosy, dit Samantha derrière la porte.

– Je m'en vais, dit Adrian, faisant de la main un geste large pour indiquer l'extrême distance qu'il espérait couvrir dans la journée. Je voulais vous dire au revoir.

– Au revoir, dit Samantha d'une voix suave.

– Et merci pour toute votre peine, dit Adrian.

– Il n'y a pas de quoi, dit Samantha. Chaque fois que vous serez renversé par un train et que vous vous trouverez dans les parages, n'hésitez pas à nous faire une petite visite.

– Oui. Eh bien, je m'en vais, dit Adrian.

Il y eut un silence derrière la porte.

– Oui, dit Samantha d'une voix douce, vous feriez mieux de vous dépêcher pour ne pas rater le marché aux esclaves.

Bouillant de rage à cette injuste remarque, Adrian descendit bruyamment l'escalier et alla jusqu'à l'écurie.

– Eh bien, au revoir, M. Filigree, dit-il. Je vous suis profondément reconnaissant de tout ce que vous avez fait pour moi. J'espère que nous nous reverrons.

– C'est inévitable, dit avec conviction M. Filigree, c'est tout simplement inévitable, mon cher ami. La seule chose est d'avoir un signe de reconnaissance, car supposez que je sois un scarabée et vous premier ministre. Si nous n'avions pas de signe de reconnaissance, nous ne pourrions nous reconnaître, n'est-ce pas? Un geste imprudent de votre part pendant que je ramperais sur des papiers d'État, et vous pourriez m'endommager irrémédiablement. Donc, si nous nous rencontrons dans une vie future, je vous dirai : « Vous rappelez-vous *La Harpe et La Licorne* ? » et vous direz : « Oui, je m'en souviens. »

Adrian était sur le point de faire observer à M. Filigree qu'il aurait quelque difficulté à dire : « Vous rappelez-vous *La Harpe et La Licorne* ? » dans le cas improbable où il serait un scarabée rampant sur des papiers d'État, mais il sentait que cela pourrait retarder son départ, de sorte qu'il acquiesça d'un signe de tête, saisit l'oreille tiède et tannée de Rosy et l'entraîna.

A une centaine de mètres, il s'arrêta et regarda en arrière. *La Harpe et La Licorne* était blottie sous son toit de chaume comme une tortue noire et blanche sous une carapace d'or. Il crut voir bouger quelque chose à la fenêtre de la chambre de Samantha, mais il n'en était pas certain. Avec un soupir, il reprit l'oreille de Rosy et ils se remirent en route.

Chapitre XIII

Le voyage en mer

La semaine qui suivit, pensait Adrian, était la pire de sa vie. Voyager la nuit et se cacher le jour était déjà assez détestable, mais la difficulté d'atteler et de dételer Rosy était énorme. De plus, Samantha lui manquait terriblement et, toutes les dix minutes environ, il regrettait amèrement d'avoir quitté *La Harpe et La Licorne*.

Il finit par ne plus pouvoir supporter son plâtre et, laissant Rosy entravée avec soin dans un bois avec une grande quantité de nourriture devant elle, il se rendit à la ville la plus proche. Là, on lui indiqua un médecin qui examina son bras.

– Cela fait près de quatre semaines, dit Adrian, et le docteur a dit que je pourrais l'ôter dans quatre semaines.

– Eh bien, c'est à vous d'en décider. Je peux vous l'enlever si vous voulez, mais il vous faudra faire un usage très prudent de votre bras.

Il libéra donc du plâtre le bras d'Adrian, qui eut l'impression d'être soulagé d'un intolérable fardeau. Son bras était raide, mais, lorsqu'il le remuait, cela ne lui causait aucune souffrance et, de toute évidence, la cassure était guérie. Il se hâta de rejoindre Rosy, et, ce soir-là, ils continuèrent la route sous un coucher de soleil aussi flamboyant qu'une queue de paon.

A l'aube, ils longeaient un sentier raboteux au-dessus d'un vaste promontoire couvert de grosses touffes vertes de statices, chacune d'elle couronnée d'une masse de fleurs roses. Et tout à coup, comme ils atteignaient le sommet du promontoire, ils se trouvèrent au bord d'une falaise escarpée et, au-dessous d'eux, il y avait la mer qui frémissait et étincelait dans la lumière du matin et, affairée, murmurait pour elle-même sur la plage de galets. Ce n'était pas un très bon endroit pour cacher Rosy, car il n'y avait aucun arbre pendant des kilomètres, mais Adrian commençait à se sentir plus heureux ; il avait l'impression d'avoir mis une assez grande distance entre lui, Fenneltree Hall et *La Harpe et la Licorne*. Ici, ils seraient sûrement en sécurité. Étendu sur les moelleuses touffes de statices, il se demandait où il devait maintenant diriger ses pas. Il était probable que s'il longeait la falaise assez loin, il arriverait à une station balnéaire, et c'était là, il en était sûr, qu'il trouverait un cirque ou quelque établissement similaire qui accepterait Rosy et son legs. Il allait s'abandonner à un profond sommeil lorsqu'une voix aiguë lui cria : «Ohé!» et Adrian se mit sur pied d'un bond comme s'il avait reçu un choc et se retourna, effaré. Trottant vers lui à travers les statices, haletant et agitant les mains vers lui en manière de salut, venait Nell la Noire.

– Ohé! cria-t-elle, l'air radieux. Quelle heureuse rencontre!

– Hello! dit Adrian, étonné. Que faites-vous ici?

Une minute, dit Nell la Noire, essoufflée, laissez-moi reprendre haleine.

Elle s'assit et s'éventa vigoureusement pendant quelques instants.

– Vous ne cachez pas très bien Rosy, dit-elle d'un ton accusateur. Ma roulotte est juste en face et je la voyais se détacher à l'horizon. Je l'ai prise pour un grand roc jusqu'à ce qu'elle ait bougé.

– Je me sentais en sécurité ici, dit Adrian, jetant autour de lui un regard inquiet.

Où allez-vous ? demanda Nell la Noire.

– Eh bien, je n'en sais vraiment rien, dit Adrian. Je voulais longer les falaises jusqu'à ce que j'arrive à une ville. J'aurais alors cherché un cirque qui m'aurait débarrassé de Rosy.

– Hum ! dit Nell la Noire, tirant sa pipe de sa poche et l'allumant. Connaissez-vous la région ?

– Non, dit Adrian.

– Eh bien, dit Nell la Noire, pointant dans une direction avec le tuyau de sa pipe, si vous voulez mon avis, vous irez de ce côté. Cela vous mène à Sploshport-on-Solent. C'est une petite ville très agréable, mais, de là, vous pourrez prendre le bac qui vous traversera jusqu'à la petite île de Scallop.

– Mais que diable irais-je faire dans une île ? dit Adrian. En outre, prendra-t-on Rosy sur le bateau ?

– Taisez-vous et écoutez-moi, dit Nell la Noire. L'île est un lieu de prédilection pour les gens en villégiature. Il y a là-bas toutes sortes de choses, des foires aux plaisirs, par exemple, et s'il y a un cirque dans les parages, c'est bien là qu'il sera. C'est votre unique chance de vous débarrasser de Rosy dans la région. Quant à la prendre sur le bac, comment croyez-vous donc que les cirques puissent traverser l'eau ?

– Oui, dit Adrian avec humilité, je n'y avais pas pensé.

– Et maintenant, dit Nell la Noire, si vous vous dépêchez, vous pourriez arriver à temps à Sploshport pour attraper le bac du soir. Et quand vous serez dans l'île, allez voir un de mes amis, Ethelbert Cleep.

– Ethelbert Cleep, *Ethelbert Cleep*? dit Adrian, incrédule.

– Quant à son nom, il n'y peut rien, dit sévèrement Nell la Noire. Après tout, Rookwhistle pourrait sembler curieux à certaines personnes.

– C'est vrai, admit Adrian. Eh bien, quand je verrai votre ami, que dois-je faire?

– Racontez-lui votre histoire, dites-lui que c'est moi qui vous envoie et agissez selon ses conseils, dit Nell la Noire.

– C'est tout à fait gentil à vous, dit Adrian.

– A propos, comment cela a-t-il marché, à La Harpe et La Licorne? demanda Nell la Noire, lui jetant un coup d'œil plein de finesse.

– Ils ont été merveilleux pour moi, dit Adrian, rougissant un peu. Ce sont des gens absolument merveilleux.

– Surtout Samantha, hein? dit Nell la Noire. Ou pensez-vous que c'est une péronnelle comme on en voit tant?

– Une péronnelle! dit Adrian, courroucé, une péronnelle, Samantha? Mais je pense qu'elle est… qu'elle est…

– Bon, dit Nell la Noire, soufflant tranquillement un gros nuage de fumée. Je vois ce que vous voulez dire, mais si vous avez envie d'attraper le bac, vous feriez bien de vous mettre en route.

Elle se leva, tapota affectueusement la trompe de Rosy et sourit à Adrian.

– A un de ces jours. Donnez mon bon souvenir à Ethelbert, dit-elle, retraversant la dune en clopinant comme une taupe résolue dans une grande mer de verdure.

Hâtivement, Adrian attela Rosy au tonneau et reprit le sentier raboteux au-dessus des dunes, qui plongea enfin pour tourner et aller rejoindre une vraie route bordée de maisons. Bientôt, les maisons devinrent plus nombreuses et ils parvinrent au centre de Sploshport-on-Solent. Adrian observa immédiatement une grande différence entre Sploshport et la ville. Là, après un grand nombre d'années d'expérience, les chevaux et les gens s'étaient accoutumés aux processions de bêtes étranges qui traversaient la ville. Personne ne tourna la tête pour regarder Adrian et Rosy tandis qu'ils cheminaient à travers les rues et les chevaux qui tiraient des charrettes et des voitures continuaient d'avancer comme s'ils n'existaient point.

Adrian s'arrêta plusieurs fois pour demander son chemin. Rosy et lui se trouvèrent enfin au port, où *La Reine de Sploshport* se balançait sur ses amarres comme un gigantesque scarabée, les aubes de ses roues frappant l'eau tandis qu'elle roulait avec lenteur et majesté dans le soleil couchant. Un grand panache de fumée noire qui sortait de sa cheminée vert et or annonçait qu'elle était sur le point de partir ; des gens se hâlaient de tous côtés sur le ponton et fourmillaient sur les ponts. Adrian attacha Rosy à un réverbère, se fraya un chemin à travers la foule et finit par tomber sur ce qu'il présumait être un marin. L'homme était assis sur une borne d'amarrage et mâchonnait sa chique avec l'expression vide et découragée d'une vache chargée d'ans.

– Pouvez-vous m'aider? demanda Adrian. Je veux traverser sur le bac et j'ai un éléphant et un tonneau. A qui dois-je m'adresser?

Les mâchoires du marin cessèrent de fonctionner et il réfléchit à la question pendant un très long temps.

– Pas à moi, dit-il enfin.

– Non, dit Adrian, je le pensais bien. Je croyais que vous sauriez à qui je dois m'adresser.

Le marin se remit à chiquer pendant quelques instants et s'arrêta une fois de plus.

– Les éléphants, expliqua-t-il d'une voix rauque, c'est de la cargaison.

– Oui? dit Adrian.

La cargaison, c'est le capitaine ou le lieutenant, dit le marin, et, apparemment épuisé par cette brève communication avec le monde extérieur, il retomba en transe et se remit à chiquer.

Adrian joua des coudes pour gagner le pont, puis la passerelle de *La Reine de Sploshport*. Poussé et bousculé par de nombreuses familles d'enfants surexcités, tous armés de seaux et de pelles extrêmement coupants, il finit par trouver une échelle qui menait au pont. Il la grimpa rapidement et, une fois en haut, entra en collision avec un autre personnage qui allait la descendre. Malencontreusement, lorsqu'il se fut excusé et eut aidé le personnage à se remettre sur pied, il se trouva que c'était le capitaine de *La Reine de Sploshport*. C'était un petit homme de forme ovoïde dont on ne pouvait discerner que vaguement l'uniforme sous les galons dorés dont il était couvert. Il avait une barbe grise grossièrement taillée et irradiait l'énergie comme une ruche d'abeilles particulièrement agressives. Il brossa son vêtement de la main et examina Adrian de la tête aux pieds avec un intérêt qu'on eût pu qualifier de cannibale.

– Si c'est une tentative de mutinerie, dit-il d'une voix douce et raisonnable, je suppose que vous avez une petite excuse à offrir, mais je voudrais vous faire observer, jeune homme, que renverser quelqu'un et le fouler aux pieds n'est pas exactement le geste qui peut servir de base à une longue et chaleureuse amitié.

– Je suis vraiment désolé, dit Adrian, mais je croyais que vous alliez partir et je me dépêchais. J'ai voyez-vous, un éléphant et un tonneau que je voudrais, si possible, transporter sur votre bateau.

Le capitaine fit tomber un minuscule grain de poussière de son uniforme et, de nouveau, examina Adrian.

– Je suppose, dit-il avec un petit soupir, que je devrais vous remercier de n'avoir pas envoyé l'éléphant à ma recherche. Où est votre animal?

– En bas, dans le port, dit Adrian.

– Cela coûtera cinq guinées, dit le capitaine.

– Entendu, dit Adrian, pourvu que nous puissions partir.

Chapitre XIV

L'atterrissage

A sa surprise, Adrian prit plaisir à leur court voyage sur *La Reine de Sploshport*. Il avait solidement attaché Rosy à un massif bollard d'acier et pouvait avoir toute raison de croire qu'elle ne s'attirerait pas d'ennuis. Il descendit au bar, acheta pour chacun une pinte d'ale, des petits pains au lait pour Rosy et des sandwiches pour lui-même et, tandis qu'ils partageaient ce repas, Adrian, appuyé contre le bastingage, admirait le coucher de soleil et la façon dont la lumière lissait la surface des vagues, leur donnant l'aspect de grandes pièces de soie déroulées sur le comptoir d'un marchand d'étoffes.

Rosy prit cette nouveauté avec son habituelle égalité de caractère. Elle manifesta d'abord un grand intérêt pour la mer, probablement, pensa Adrian, parce que la vue d'une telle quantité de liquide l'amenait à la conclusion qu'il était buvable et peut-être alcoolique. Mais voyant qu'il était inaccessible du pont, elle y renonça vite et, les yeux mi-clos, s'installa dans son balancement rythmique normal.

Il faisait tout à fait nuit lorsqu'ils atteignirent l'île de Scallop et, après avoir débarqué, Rosy et Adrian longèrent les rues étroites et caillouteuses de la ville, s'arrêtant de temps à autre pour demander leur chemin. Ils arrivèrent enfin hors de la ville sur des dunes de sable au milieu desquelles, comme une extraordinaire épave, se dressait une petite chaumière entièrement construite de planches et de morceaux de bois battus par la tempête qui avaient dû être rejetés par la mer. Il y avait de la lumière aux fenêtres et, surpassant le soupir de la mer, Adrian entendait flotter jusqu'à lui les sons lugubres d'un tuba qui, entre des mains inexpérimentées, essayait d'égrener les notes de ce que, non sans difficulté, il reconnut pour *Mon amour est pareil à une rose rouge*. Les dunes de sable s'étendaient dans toutes les directions et il n'y avait aucune trace d'autres habitations. Adrian en conclut que ce devait être la maison d'Ethelbert Cleep. Rosy et lui se frayèrent un chemin à travers les dunes et Adrian frappa à la porte. Le tuba émit un mugissement discordant comme celui d'un taureau et se tut. Un instant plus tard, ils entendirent des pas approcher de la porte.

– Aucun sens artistique! hurla une voix derrière la porte. Maudits philistins qui tambourinent sur la porte et font un bruit de tonnerre quand je suis au milieu de mes exercices! Qui est-ce? Qui est-ce?

– Adrian s'éclaircit la gorge.

– Je suis Adrian Rookwhistle, cria-t-il.

– Adrian, dites-vous? demanda une voix derrière la porte. Un garçon?

– Oui, dit Adrian faute d'une meilleure réponse.

La porte fut brusquement ouverte et Adrian observa, incrédule, le petit homme aussi menu et fragile qu'un moineau qui se tenait sur le seuil. Il était vêtu d'un épais et long cardigan couleur moutarde qui lui descendait presque aux genoux et boutonné par une série de gros boutons dorés et brillants travaillés en relief; un pantalon de velours gris perle et une paire de bottines noires et blanches de type bizarre complétaient cet ensemble. Il avait une masse de cheveux paille arrangés de telle façon qu'ils évoquaient une meule de foin malmenée par le vent et portait des boucles d'oreille aux perles les plus énormes qu'Adrian eût jamais vues. Son mince et pâle visage était dominé par des yeux noirs et pénétrants au regard aussi agité que des papillons. L'apparition, appuyée d'irritante façon contre le montant de la porte, examinait Adrian.

– Mon cher petit, dit enfin l'homme, quel nom avez-vous dit?

– Adrian, Adrian Rookwhistle. C'est Nell la Noire qui m'a dit de venir vous voir.

– Chère Nell la Noire, dit l'apparition. Une femme qui comprend vraiment ce qu'il faut à un homme. Elle est pleine de prévenance.

– Vous êtes Ethelbert Cleep, n'est-ce pas? dit Adrian.

– Oui, répondit Cleep d'un air espiègle. Mes amis m'appellent Ethel. Mais ne restez pas là à vous glacer jusqu'à la moelle. Entrez, entrez.

– Mais… il y a Rosy, dit Adrian.

– Rosy? s'exclama Cleep. Vous ne voulez sûrement pas dire que vous avez eu le mauvais goût d'amener une femme?

– Non, dit Adrian, faisant des gestes vers les sables, voici Rosy.

Ethelbert Cleep regarda à la porte et, à ce moment, Rosy, dont les manières étaient toujours irréprochables, leva sa trompe et émit un de ses barrissements aigus.

Simultanément, Ethelbert Cleep poussa un cri aigu de surprise dans un timbre presque identique et recula dans le couloir.

– Qui est-ce? demanda-t-il à Adrian à voix basse.

– C'est Rosy, dit Adrian. C'est mon éléphante.

Ethelbert Cleep tenait une main frêle et chargée de bagues contre sa poitrine comme s'il était sur le point d'avoir une crise cardiaque.

– Est-ce pour moi, mon cher petit? demanda-t-il. En ce cas, bien que confondu par votre générosité, je dois refuser un cadeau aussi somptueux.

– Non, non, dit Adrian. Si vous me permettez d'entrer un moment, je vous expliquerai tout.

Il attacha Rosy et entra dans la demeure de Cleep.

Le cottage ne comprenait qu'une seule et grande pièce, à l'extrémité de laquelle un escalier menait à une soupente où, derrière des rideaux de perse discrètement tirés, se trouvait la chambre à coucher d'Ethelbert. La pièce était pleine de fauteuils recouverts de housses, de petites tables sur lesquelles il y avait, en équilibre précaire, des globes de verre contenant des oiseaux empaillés à l'air délabré et autres objets similaires probablement chers au cœur d'Ethelbert Cleep, de sorte qu'il était presque impossible de se mouvoir sans renverser quelque chose. Ethelbert Cleep semblait avoir, au cours des années, acquis une sorte de système de chauve-souris pour éviter d'endommager ses *objets d'art**. Il glissa à travers la pièce avec la plus grande aisance, s'assit sur un divan et tapota le coussin près de lui.

* En français dans le texte.

– Venez vous asseoir, cher petit, et racontez-moi tout. Adrian se fraya prudemment un chemin à travers la forêt de bric-à-brac et s'assit sur une chaise à une distance commode d'Ethelbert Cleep.

Eh bien, voilà…, commença-t-il.

– Euh… attendez, dit Cleep, levant un index très long Un petit rafraîchissement.

Il voleta à travers la pièce et disparut derrière un écran japonais couvert d'énormes dragons qui avaient l'air d'être au dernier stade de l'insuffisance thyroïdienne. Il reparut portant une carafe et deux verres, en emplit un pour Adrian et le lui mit en main en lui tapotant la joue.

– Allons, dit-il en s'asseyant sur le divan.

Adrian sentit le vin, qui lui parut inoffensif.

– Mon cher cœur, dit Ethelbert Cleep, j'en fais chaque année avec des baies de sureau du promontoire. Incroyablement nutritif. Et maintenant, contez-moi votre histoire. Je suis sûr de la trouver absolument captivante.

Adrian lui raconta donc ses aventures et Ethelbert Cleep se montra un auditoire exemplaire. Il demeurait assis, son verre oublié à la main. Ses yeux devenaient de plus en plus ronds et, de temps à autre, il poussait un petit rire nerveux comme une écolière.

– Mon cher ami, dit-il lorsque Adrian eut fini, quelle histoire passionnante !

– Oui, elle en a peut-être l'air, mais pas lorsqu'on l'a vécue, dit amèrement Adrian. En tout cas, Nell la Noire m'a dit qu'il fallait tout vous raconter et m'en tenir à votre avis.

– Mon avis *en toute chose*, j'espère, dit Cleep malicieusement, mais laissez-moi réfléchir, laissez-moi réfléchir.

Il vida son verre, tira de l'intérieur de son affreux cardigan une calotte grecque surchargée de broderie et ornée d'un long gland de soie, l'assujettit solidement sur sa tignasse, ferma les yeux et se renversa en arrière.

– Voyez-vous…, commença Adrian.

– Chut! dit Cleep sans ouvrir les yeux.

Pendant cinq minutes environ, Adrian, finissant de boire son vin, observa Cleep qui paraissait tombé en transe. Adrian commençait à se demander sérieusement si Nell la Noire avait eu raison de l'envoyer à ce petit homme extraordinaire. Il lui paraissait plus probable qu'il n'en pouvait résulter pour lui que d'autres ennuis.

– J'ai trouvé! dit Cleep brusquement, ôtant son bonnet et le remettant dans son cardigan. En ville, mon cher petit, il y a un théâtre. Il est vraiment tout à fait chic. L'endroit, voyez-vous, devient de plus en plus une station balnéaire.

Il frissonna légèrement à cette idée et se versa un autre verre de vin.

– Je vous assure, mon cher petit, poursuivit-il, que les multitudes de familles aux faces hideuses et rougeaudes qui viennent ici en bandes sont quelque chose qu'il faut voir pour le croire.

– Oui, mais ce théâtre? demanda Adrian.

– Eh bien, dit Cleep, il n'a été construit que récemment par un certain Emanuel S. Clattercup, un individu bovin et répugnant qui, ayant passé la plus grande partie de sa vie à escroquer les masses, a maintenant décidé qu'il était temps d'infliger un peu de culture à ces malheureux. De la culture, inutile de le dire, à son profit.

Il but son vin à petites gorgées et considéra Adrian d'un air radieux.

– Mais qu'est-ce que cela a à voir avec moi? demanda Adrian.

– Attendez, dit Cleep. Peut-être auriez-vous pensé que ce cher Clattercup, ayant pris la peine de construire un théâtre pour répandre la culture, choisirait, pour première offrande, quelque chose qu'un *thespien* professionnel comme moi pût se mettre sous la dent, *Othello*, par exemple. Ma Desdémone est délicieuse.

– Oui, dit Adrian, je puis l'imaginer.

– Ou, dit Cleep, *Roméo et Juliette*. On a toujours dit que ma Juliette était l'une de mes meilleures créations et, de plus, cela faisait économiser beaucoup d'argent à la compagnie car, du fait que je ne pesais pas bien lourd, ou n'avait pas eu besoin de consolider le balcon. Mais ce philistin de Clattercup n'a rien trouvé de mieux que de commencer la saison avec *Ali Baba et les Quarante Voleurs*.

– J'aurais pensé, dit Adrian, que, pour une station de vacances, c'était la chose idéale pour un début. C'est gai et plein d'entrain.

– Mon cher et gentil Adrian, dit Cleep, fermant les yeux de souffrance, je peux vous appeler Adrian, n'est-ce pas? Il y a une grande différence entre la culture et la gaieté. Ces deux choses ne sont pas du tout synonymes.

– J'ai bien peur de n'être pas connaisseur en la matière, dit Adrian. Je pensais seulement que, sans doute, les enfants y prendraient plaisir. Mais je ne vois toujours pas ce que cela a à voir avec moi.

– Écoutez, dit Cleep, ce crétin de Clattercup est aussi altruiste qu'un couple de vautours. Et si vous pouviez l'amener à inclure Rosy dans le spectacle et si elle avait du succès, et si vous lui offriez alors les cinq cents livres, ou ce qui en reste, il vous en débarrasserait, j'en suis sûr.

– Oh, dit Adrian avec enthousiasme, quelle excellente idée!

– J'ai toujours d'excellentes idées, mon cher, dit Cleep. Donc, ce que je vous suggère est de passer la nuit ici et, demain, je vous emmènerai voir Clattercup.

– Merveilleux, dit Adrian. Merci beaucoup.

– Je joue moi-même un petit rôle dans le spectacle, dit Ethelbert en rougissant légèrement. Non que je l'approuve, vous le comprenez, mais, mon cher cœur, il faut vivre.

C'est ainsi qu'Adrian et Ethelbert mirent Rosy dans l'appentis où Ethelbert faisait son vin de sureau, après en avoir soigneusement déménagé tout ce qui pouvait contenir une boisson alcoolique. Puis ils rentrèrent pour monter à la soupente. Ethelbert ouvrit les rideaux de perse, découvrant d'un côté un énorme lit à baldaquin à deux places et, à l'autre extrémité, un lit de sangle à l'air extrêmement inconfortable.

– Vous pouvez choisir, dit-il, mais, moi, je dors toujours dans le grand lit.

– Merci, dit Adrian. Je ne suis pas un très bon dormeur. Je prendrai donc l'autre lit.

– Comme vous voudrez, dit gaiement Ethelbert, comme vous voudrez.

Tandis qu'il s'abandonnait au sommeil, Adrian pensa qu'il n'était pas près d'oublier le spectacle qu'offrait Ethelbert Cleep en longue chemise de nuit blanche, sur laquelle il avait passé un kimono, et coiffé d'un bonnet de nuit orné d'un pompon.

Le lendemain matin, lorsqu'Adrian s'éveilla, il constata qu'Ethelbert était levé depuis un certain temps et avait préparé un petit-déjeuner substantiel : une grande casserole de porridge qui bouillonnait comme un volcan avec de la crème épaisse et du sucre et une copieuse assiettée de bacon aussi brun et croustillant que des feuilles d'automne et tout aussi odorant, presque entièrement recouvert de gros œufs frits et dorés et de tas d'énormes champignons pareils à d'étranges ombrelles charnues et comestibles dégouttant de jus noir.

– Je crois qu'il est toujours opportun de commencer la journée avec un bon petit-déjeuner, dit Ethelbert avec conviction. Après tout, il faut penser à son art, et une grande énergie et mentale et physique est nécessaire pour entrer dans le rôle que l'on joue.

– A propos, dit Adrian, la bouche pleine, quel rôle jouez-vous ?

– L'une des femmes du harem du sultan, dit Ethelbert sans ciller. C'est un rôle où il faut se dépenser.

Plus tard, quand ils eurent fait la vaisselle, Ethelbert revêtit son costume de ville, qui consistait en un macfarlane et une casquette à visière de dimensions monstrueuses. Puis ils attelèrent Rosy au tonneau et prirent le chemin de la ville.

Adrian fut étonné lorsqu'il vit le théâtre. Bien qu'Ethelbert le lui eût dit, il ne l'eut pas cru aussi grand et la façade, avec ses colonnes doriques, ses arcs-boutants et ses fenêtres gothiques, montrait que M. Clattercup avait dû être son propre architecte.

– Je vous avais dit qu'il était grand, dit Ethelbert, triomphant. Mon cher petit, c'est une chose que les gens seraient ravis d'avoir dans la cité, et je vais vous confier un secret.

Il s'interrompit pour jeter autour de lui un regard furtif. A part Rosy, il n'y avait personne à portée de voix, de sorte qu'il se pencha pour murmurer à l'oreille d'Adrian :

– Il a une scène tournante !

Il recula d'un pas pour voir l'effet que ses paroles produisaient sur Adrian.

– Une scène tournante ! dit Adrian. Cet homme est fou !

– Il l'est, mon cher petit, dit Cleep. C'est un secret absolu. Il faut que nous étonnions l'assistance le soir de la première. Par conséquent, n'en parlez à âme qui vive.

– Entendu, dit Adrian, mais je le tiens toujours pour un fou. Cela a dû lui coûter une fortune.

– Ceci, dit Cleep, agitant la main vers la conglomération architecturale qui se dressait devant eux, est la dernière grande œuvre de Clattercup. C'est le monument qu'il a construit pour lui-même afin de passer à la postérité. Maintenant, attendez ici, mon cher petit, pendant que je vais le voir.

Adrian et Rosy attendirent patiemment sur la route pendant près d'une demi-heure jusqu'à ce qu'Ethelbert sortît du théâtre, suivi d'un petit homme pansu, vêtu de façon quelque peu incongrue d'une jaquette et d'un pantalon rayé.

– Adrian, dit Ethelbert, voici Emmanuel S. Clattercup, notre mentor.

– Oh, oui, dit le mentor, comment allez-vous?

– Bien, merci, dit Adrian, lui serrant la main.

– Si je comprends bien, vous cherchez du travail, dit Clattercup, jetant un coup d'œil inquiet à Rosy.

– Eh bien, oui, si c'était possible, dit Adrian. J'ai pensé que, puisque vous montez Ali Baba, un brin de pompe orientale pourrait être indiqué, et Rosy est parfaitement habituée à porter des caparaçons et autres choses de ce genre.

– Oui, dit Clattercup, elle doit l'être, n'est-ce pas, venant de… de… d'où elle vient.

– Elle sait se bien conduire, dit Adrian, rougissant légèrement à ce mensonge, extrêmement bien, et je suis sûr qu'elle apportera un certain quelque chose à votre spectacle.

– *Un je ne sais quoi?** suggéra Ethelbert.

– Qu'est-ce que ça signifie? demanda Clattercup, soupçonneux.

– C'est l'expression française qui correspond à «un certain quelque chose».

* En français dans le texte.

– Ce que j'entends par là, répondit Ethelbert, c'est que l'on dirait en français «un je ne sais quoi».

Ahuri, Clattercup le regarda fixement pendant une minute.

– Je n'ai pas la moindre idée de ce que vous racontez, dit-il enfin.

Ethelbert leva les yeux au ciel.

– «Et certains tombèrent sur un sol pierreux», cita-t-il.

– Bon, combien voulez-vous gagner? demanda Clattercup à Adrian. Ces spectacles culturels prennent beaucoup de galette. Et je ne suis pas fait de galette, vous comprenez?

– Je ne pensais qu'à un salaire modeste, dit Adrian, juste suffisant pour couvrir mes dépenses et la nourriture de Rosy.

– Et, bien entendu, vous fourniriez les costumes, dit Ethelbert.

Clattercup alluma un gros cigare et réfléchit pendant quelques minutes derrière un cumulus d'âcre fumée.

– Coûte-t-elle beaucoup à nourrir? demanda-t-il enfin, montrant Rosy du pouce.

– Pas mal, dit Adrian.

– Bon, voilà ce que je vais faire, dit Clattercup, et je ne peux être plus équitable. Je paierai sa nourriture et votre entretien jusqu'à ce que nous voyions comment cela marche. Alors, si vous avez du succès, nous pourrons en discuter.

– Très bien, dit Adrian, enchanté, cela me convient parfaitement.

– J'aurai besoin de vous pour la répétition cet après-midi à deux heures, dit Clattercup.

– Parfait, dit Adrian, j'y serai.

– Bon, dit Clattercup.

Tournant les talons, il rentra au théâtre.

– Mon cher petit, dit Ethelbert, n'est-ce pas merveilleux? Nous allons rentrer au cottage pour célébrer l'événement et nous reviendrons ici un peu avant deux heures pour que je puisse vous faire faire le tour du théâtre.

Chapitre XV

La répétition

Après une célébration au cottage d'Ethelbert, qui se composait de pommes pour Rosy et d'une bouteille de vin de sureau pour Adrian et Ethelbert, le tout accompagné – de façon très culturelle – d'une exécution pleine de verve d'Ethelbert sur son tuba de ce qu'il affirmait être une vieille et jolie ballade irlandaise intitulée *Si j'étais merle*, ils déjeunèrent et se hâtèrent de retourner en ville.

Ils attachèrent Rosy dans un grand hangar derrière le théâtre, où l'on rangeait les décors, l'installèrent à son aise avec du foin et des betteraves fourragères, puis Ethelbert fit entrer Adrian au théâtre.

– Je ne suis jamais entré dans les coulisses d'un théâtre, dit Adrian.

– Vraiment, mon cher petit, dit Ethelbert. C'est une telle aventure ! Venez, je vais vous montrer.

Il s'éloigna d'un pas dansant dans l'obscurité et Adrian entendit un déclic de commutateurs. Et tout à coup surgit devant lui, resplendissant comme un gâteau de noces, le palais du sultan dans toute sa splendeur de carton. Adrian contempla le centre de la scène, puis regarda dans la salle assombrie, où il ne pouvait discerner que confusément les rangées de sièges et les loges perchées autour des murs. Il était ébaubi par les grands châssis et les panneaux de décors suspendus à des cordages et à des poulies très haut au-dessus du manteau d'Arlequin, hors de la vue de l'assistance, attendant probablement d'être abaissés au moment opportun par les machinistes.

– Ceci, dit Ethelbert, le rejoignant devant le palais du sultan, puis se levant sur la pointe des pieds et faisant une petite pirouette, est la scène tournante. Nous avons là-dessus trois décors différents et elle tourne quand on manœuvre ces leviers, là-bas, ce qui évite une grande perte de temps.

– C'est vraiment passionnant, dit Adrian.

– Bon, venez, cher petit, dit Ethelbert.

Il regagna les coulisses et éteignit les lumières, plongeant le palais du sultan dans une ombre poussiéreuse. Il se fraya un chemin à travers les décors entassés dans les coins et Adrian le suivit.

Ils parvinrent bientôt à un étroit et long couloir, de chaque côté duquel il y avait toute une série de portes.

– Ceci, dit Ethelbert, voletant le long du couloir jusqu'à une porte contre laquelle il s'appuya pompeusement, est ma loge, mon cher.

Du doigt, il indiqua la porte sur laquelle une carte proclamait, d'assez renversante façon ETHELBERT CLEEP – FAVORITE DU SULTAN. Il ouvrit la porte et conduisit Adrian dans une petite pièce assez terne dont l'une des parois était presque entièrement occupée par un grand miroir éclairé par des lampes à gaz. Dans un angle, il y avait un placard dont la porte était entrouverte et Adrian aperçut divers costumes exotiques d'aspect oriental et un certain nombre de voiles diaphanes.

Renversée sur un divan de crin, de l'autre côté de la pièce, il y avait une grande forme féminine sculpturale à chevelure rousse, seulement vêtue – c'était tout à fait visible – d'un déshabillé mangé aux mites et garni de plumes d'autruche. Elle gisait dans l'attitude d'une figure sculptée dans la pierre et placée au-dessus d'un tombeau médiéval, mais, au lieu de serrer contre sa poitrine quelque objet d'un intérêt ecclésiastique, elle étreignait une bouteille de gin à demi pleine. Ses ronflements, rythmés et sonores, étaient pourtant, à leur façon, ceux d'une personne bien élevée.

– Oh, mon Dieu, dit Ethelbert, voilà qu'elle recommence!

Il traversa la pièce en agitant les bras et dégagea la bouteille de gin de la solide étreinte de sa propriétaire, dont il se mit à tapoter délicatement les joues.

– Honoria, ma chère, *Honoria!* dit Ethelbert, éveillez-vous, je vous en prie.

La dame à laquelle il faisait ainsi appel remua et grommela à voix basse quelque chose d'inconvenant.

– C'est Honoria, dit Ethelbert, jetant à Adrian un regard par-dessus l'épaule. Honoria Loosestrife. C'est notre jeune premier.

– Jeune premier? demanda Adrian.

– Oui, dit Ethelbert, et elle est excellente.

Adrian s'assit sur une chaise et examina Ethelbert attentivement.

– Laissez-moi tirer la chose au clair. Vous, vous êtes la favorite du sultan, et elle, dit-il, désignant du doigt Honoria, qui exhibait maintenant une grande surface de poitrine nacrée, elle joue le jeune premier?

– Mais bien entendu, dit Ethelbert. Petit nigaud, c'est toujours comme ça dans les pantomimes.

– Ah! dit Adrian. Eh bien, cela me paraît très bizarre.

– Vous y serez bientôt habitué, dit Ethelbert. C'est une simple question d'adaptation.

Allant à un pot et une cuvette dans un coin, il mouilla un grand linge et l'appliqua sur la figure d'Honoria.

– Allez-vous en, laissez-moi tranquille, dit-elle d'une voix indistincte.

– Allons, allons, ma chère, dit Ethelbert, vous devez être prête pour la répétition. Vous savez comment il est, ce vieux crétin de Clattercup.

Il pressa près d'une pinte d'eau du linge sur la figure d'Honoria et se tourna vers Adrian.

– C'est une si bonne fille, dit-il, mais elle a… comment dirais-je… un léger penchant pour les stimulants.

– Oui, dit Adrian, c'est bien évident. Comme Rosy.

Honoria se redressa tant bien que mal sur le divan et les dévisagea avec des yeux troubles. Son déshabillé était maintenant dérangé à un point extrême. Adrian détourna vivement son regard.

– Nous sommes là, dit Ethelbert. Ça va mieux?

– Non, dit Honoria d'une profonde et lugubre voix de contralto qui rappelait quelque peu les notes basses du tuba d'Ethelbert, je me sens affreusement mal… affreusement mal.

– Ah, dit Ethelbert avec philosophie, du gin dans un estomac vide n'est pas la meilleure façon de commencer la journée.

– *Personne* ne s'intéresse à moi, dit Honoria d'un air sombre.

Et, à l'effroi et à l'intense embarras d'Adrian, de grosses larmes vinrent aux yeux d'Honoria, coulèrent sur ses joues et tombèrent sur son ample poitrine.

– Mais si, mon amour, dit Ethelbert. Tout le monde vous adore.

– Non, sanglota Honoria. On est jaloux de moi et de mon art.

Ethelbert soupira et leva les yeux au ciel.

– Adrian, dit-il, soyez gentil, allez jusqu'à l'entrée des artistes et rapportez une tasse de thé pour Honoria. Elle se sentira mieux.

– Rien, dit Honoria d'une voix sonore en se tenant le front et un sein d'un geste dramatique, rien d'autre que la mort ne me fera me sentir mieux.

Son geste avait réussi à déranger davantage son déshabillé et Adrian s'enfuit avant qu'une plus grande portion de la forme voluptueuse d'Honoria ne lui fût révélée. Il finit par trouver un petit homme, un gnome à favoris, assis dans ce qui ressemblait à une caisse à façade vitrée pleine de clés, et réussit, après une longue discussion, à obtenir un grand pot de thé qu'il emporta jusqu'à la loge.

A sa surprise, l'atmosphère de tristesse due à l'ébriété avait disparu. Honoria se roulait sur le divan, donnant libre cours à de grands gloussements de rires, provoqués, semblait-il, par une farce que lui avait racontée Ethelbert.

– Oh, mon Dieu, disait-elle en s'essuyant les yeux, vraiment, Ethelbert, vous êtes terrible!

– «Jamais un morne moment» cita Ethelbert, lui mettant en main le pot de thé.

Elle but son thé à petites gorgées en lorgnant Adrian d'un air appréciatif, puis elle se drapa plus étroitement dans son déshabillé et se leva majestueusement.

– Qui est-ce? demanda-t-elle.

– Adrian, dit Ethelbert. Il fait partie du spectacle avec son éléphante.

– *Tonnerre!* s'écria Honoria avec une telle férocité qu'Adrian sursauta. Nous avions encore besoin d'une éléphante dans ce spectacle! La moitié de mes meilleurs couplets sont déjà étouffés par ces ridicules coups de cymbales sur lesquels insiste Clattercup. Cet orchestre joue faux exprès pour me gêner dans tous mes meilleurs numéros en solo et, maintenant, nous allons avoir une éléphante qui se promènera sur la scène et, sans aucun doute, laissera d'énormes tas d'excrément partout où elle ira.

– Non, non, affirma Ethelbert avec conviction. C'est une éléphante très propre.

– A vrai dire, déclara Adrian, qui commençait vaguement à saisir la façon de traiter la nature assez inconstante d'Honoria, M. Clattercup, en m'engageant, m'a dit qu'il avait un si merveilleux premier boy que rien ne serait trop beau en matière de… de…

– D'accessoires, souffla Ethelbert.

– D'accessoires, c'est ça, dit Adrian, que rien ne serait trop beau en matière d'accessoires pour lui donner l'arrière-plan qui lui convient.

Honoria ouvrit de grands yeux.

– Vrai? Il a dit ça? demanda-t-elle.

– Oui, dit Adrian en rougissant un peu.

– Le succès, soupira Honoria, le succès enfin. Mon cher petit, vous pouvez, bien entendu, utiliser votre éléphante.

Elle s'inclina gracieusement devant Adrian.

– Merci, dit Adrian.

– Et je promets de la traiter avec considération sur la scène, dit Honoria.

– Merci beaucoup, dit Adrian, se demandant comment il serait possible, même à quelqu'un doué d'un tempérament aussi magnifique que celui d'Honoria, de priver Rosy de ses moyens.

– Allons, dit Ethelbert, nous ferions bien d'aller voir le vieux Clattercup pour savoir ce qu'il attend de vous et de Rosy.

Le reste de l'après-midi fut, pour n'en pas dire plus, épuisant. En tant que producteur, M. Clattercup semblait n'avoir que la plus fumeuse des notions de ce qui peut ou non se faire sur une scène, et plus il se démenait, tempêtait et s'arrachait les cheveux, plus la confusion augmentait. Des bagarres éclatèrent parmi les femmes du harem quand elles découvrirent que Clattercup exigeait de la moitié d'entre elles de se tenir debout derrière un treillis oriental, complètement cachées aux yeux de l'assistance. Les acteurs qui sortaient par la droite se cognaient contre ceux qui entraient par la droite et, vers la fin de l'après-midi, tout devint si embrouillé que parfois la jeune première (une frêle petite créature aux cheveux flous, qui, apparemment sans lien de parenté avec M. Clattercup, était avec lui sur un pied d'intimité), au comble de la nervosité, commençait de chanter par erreur les couplets du jeune premier. Cela faillit provoquer chez Honoria une attaque d'apoplexie et il y eut sur scène un tel désordre que Clattercup dut leur permettre à tous de retourner dans leurs loges pour dix minutes afin de reprendre leur calme.

Pendant ce bref répit, Clattercup appela Adrian sur la scène.

– Maintenant, mon garçon, dit-il, ceci, voyez-vous, est le palais du sultan.

A grandes enjambées, il traversa les toiles de fond du palais du sultan, pour entrer dans la scène suivante, qui était peu chargée et dominée par un grand roc d'une solidité extrêmement précaire, entouré d'un régiment de palmiers dont les branches pendaient. Le roc est censé surplomber la caverne d'Ali Baba, expliqua M. Clattercup.

– Je vais vous montrer comment cela fonctionne, dit-il fièrement. Ali Baba se tient ici, voyez-vous, et presse ce petit bouton sur le plancher en disant : «Sésame ouvre-toi».

M. Clattercup joignit le geste à la parole, mais le roc ne bougea point.

– Où est ce sacré machiniste? hurla M. Clattercup. Qu'on lui dise de venir ouvrir cette maudite caverne!

Un machiniste harassé, après avoir longtemps tripoté des fils de fer, réussit à obtenir du roc qu'il s'ouvrît avec des grincements sinistres et Clattercup, toujours avec une respiration ronflante, passa fièrement dans l'ouverture menant au plateau suivant qui représentait la caverne. Il y avait là des tas de pierreries artificielles qui sortaient de grands coffres de bois et, bien entendu, les quarante jarres indispensables dans lesquelles les voleurs devaient être introduits.

– Voilà, dit Clattercup. Vous voyez, mon garçon, aucune dépense n'a été épargnée.

– Oui, dit Adrian, c'est très impressionnant.

– Maintenant, dit Clattercup, le ramenant dans le palais du sultan, c'est là où vous et votre animal entrez en scène. C'est quand le sultan fait sa première apparition. Je veux que votre éléphante vienne ici, traverse jusque là-bas et ne bouge plus. Bien entendu, elle tirera une charrette où se tiendra le sultan.

– Pardonnez-moi, dit Adrian, mais ce serait peut-être mieux s'il était dans un palanquin.

– Qu'est-ce qu'un palanquin? demanda Clattercup d'un air soupçonneux.

– Eh bien, c'est quelque chose qui est perché sur le dos de l'éléphant.

Clattercup médita là-dessus pendant une minute.

– Non, dit-il enfin à contrecœur. Non, c'est trop dangereux. Ce sultan est le meilleur baryton de ce côté de Winklesea. S'il tombait et se cassait une jambe ou autre chose, tout le spectacle s'effondrerait. Non, il faut que ce soit une charrette.

– Donc, je dirige simplement Rosy de là-bas jusqu'ici en lui faisant traverser la scène? dit Adrian, essayant de se faire une claire idée des choses.

– Non, dit Clattercup, vous ne la dirigez pas, c'est le sultan qui la conduit.

– Bien, mais je ne suis pas absolument sûr que Rosy se laisse conduire par le sultan. Voyez-vous, elle est habituée à ne recevoir d'ordres que de moi.

– Encore des difficultés, dit amèrement Clattercup. J'ai eu plus de difficultés avec ce spectacle qu'avec tous ceux que j'ai montés. Mais je n'ai pas envie de vous voir caracoler sur toute la scène. Ne pourriez-vous rester là-bas et l'appeler?

– A en juger par la répétition, dit Adrian, je ne crois pas qu'elle m'entendrait.

– Nom de Dieu! dit Clattercup.

Pendant quelques instants, il parcourut la scène de long en large, jetant sur le palais du sultan des regards féroces, puis il s'arrêta.

– Sapristi, j'ai trouvé! s'écria-t-il d'un air triomphant. Nous mettrons ici un autre pilier doré, un pilier creux, voyez-vous, et vous y entrerez. Il y aura une sorte de judas et, de là, vous pourrez donner des ordres à votre animal. Vous me comprenez?

– Euh… oui, dit Adrian d'un air de doute. Je crois que ça devrait aller.

Il avait encore le cuisant souvenir de Fenneltree Hall et n'était pas du tout certain du succès de cette manœuvre.

– Cela vous serait-il égal de faire un essai pour que nous nous en assurions?

– Bien entendu, dit Clattercup. Les répétitions sont très importantes. J'aurai le pilier en un clin d'œil et nous ferons une tentative.

Une demi-heure plus tard, un grand pilier orné avait été ajouté au palais du sultan. Attelée à une petite charrette, Rosy attendait dans les coulisses et Adrian, dans le pilier, les doigts entrecroisés, attendait le signal. Comme les derniers accords de l'ouverture s'éteignaient et que la foule se tournait vers les coulisses en criant «Voici le sultan!», pour le cas où l'assistance l'eût pris pour un chiffonnier, Adrian souffla de l'intérieur du pilier: «Viens, Rosy».

Rosy agita les oreilles, fit un petit cri de plaisir et, à pas traînants, se dirigea vers la scène. Elle savait où se trouvait Adrian, car elle l'avait vu entrer dans le pilier et pouvait entendre sa voix. Elle alla jusqu'au pilier et le caressa affectueusement de sa trompe.

– Reste tranquille, souffla Adrian.

Rosy obéit, agita les oreilles et cligna des yeux, ravie, à la vue de la scène brillamment éclairée. A l'étonnement d'Adrian, tout se passa sans un accroc, ainsi que le reste de la répétition, et Clattercup fut si enchanté de la façon dont Rosy s'était comportée qu'il donna même un cigare à Adrian.

Pleins d'exultation, Rosy, Adrian, Ethelbert et Honoria traversèrent les dunes de sable jusqu'au cottage et, après avoir dit à Rosy combien elle était merveilleuse et lui avoir donné une copieuse nourriture et une pinte d'ale, ils entrèrent dans le cottage où, à l'aide de vin de sureau, de gin, d'huîtres fraîches, d'œufs de vanneau et de quatre pintes de grosses crevettes roses, ils passèrent une joyeuse soirée. Ce n'est qu'après minuit qu'ils gagnèrent leur lit en trébuchant, mais pas avant qu'Honoria, accompagnée par Ethelbert, n'eût chanté pour la quatrième fois: «J'ai rêvé que je vivais sous des lambris dorés».

Chapitre XVI

La première

Les trois jours qui suivirent furent entièrement pris par des répétitions successives et Adrian reprit courage car, contrairement à son attente, Rosy se conduisait de la façon la plus exemplaire. De fait (à cause des méthodes assez singulières de M. Clattercup en matière de répétitions), Rosy était parfois la seule sur la scène à savoir ce qu'elle faisait.

Honoria s'était prise d'une profonde et durable passion pour Rosy qui, disait-elle dans ses moments les plus larmoyants, était la seule à la comprendre vraiment, et elle passait beaucoup de temps à lui donner des morceaux de sucre et à lui raconter sa vie.

Le soir de la première arriva enfin et tout le théâtre débordait d'affairement et d'activité. Dans la soirée, juste avant cette première représentation, Ethelbert, Honoria et Adrian étaient assis dans la loge, attendant leur entrée en scène. Honoria avait bu avec assiduité depuis le matin afin, disait-elle, de célébrer leur première. Ethelbert lui avait fait observer qu'elle n'avait pas encore eu lieu et qu'elle n'aurait peut-être pas lieu si elle était soûle, à quoi Honoria avait répliqué en se redressant de toute sa taille : «Je sais que la première n'a pas encore eu lieu, mais ce qui compte, c'est l'esprit de la chose». Drapée dans son costume d'Ali Baba fait de lamé or, elle était étendue sur le divan de la loge, son turban légèrement de travers, et puisait sans arrêt dans une nouvelle bouteille de gin.

– Ma chère Honoria, dit Ethelbert, vous devriez vraiment cesser de boire. Après tout, cela pourrait influer sur votre exécution.

– Rien, dit Honoria, réprimant un petit hoquet, n'a jamais influé sur mon exécution.

– Et n'oubliez pas, poursuivit Ethelbert, que vous n'avez pas de doublure.

– Une doublure ! dit Honoria d'un ton méprisant. Les vrais artistes n'ont pas besoin de doublure. Le spectacle doit continuer.

La bouteille fit un glouglou musical quand elle la porta à sa bouche.

– Je crois que je ferais mieux d'aller voir comment va Rosy, dit Adrian. Peut-être la première la rend-elle nerveuse, elle aussi.

– Mon cher enfant, ne soyez pas nerveux, dit Ethelbert. Après tout, c'est parfait pour vous, puisque vous êtes dans un pilier.

– C'est vrai, dit Adrian, mais je suis nerveux tout de même.

Le moment approche, dit Elhelbert. Voulez-vous avoir la gentillesse de me fixer ce joyau dans le nombril ? Ça me chatouille tellement que je ne peux le faire moi-même.

D'un air solennel, Adrian colla un faux diamant, gros et étincelant, sur le nombril d'Ethelbert avec de la gomme.

– Voilà, dit-il. Maintenant, il faut que j'aille voir Rosy.

– Je vais aller voir Rosy, moi aussi, dit Honoria, se levant de façon quelque peu mal assurée. Après tout, nous sommes, elle et moi, les étoiles de ce spectacle. Il est convenable que j'aille lui souhaiter bonne chance pour sa première apparition en public.

Elle sortit de la loge d'un pas un peu chancelant et referma la porte derrière elle.

– Croyez-vous qu'elle sera en possession de tous ses moyens ? demanda Adrian.

– Oh, oui, dit Ethelbert. Si elle n'est pas inconsciente à cette heure, ça marchera et elle s'en tirera très bien. Pensez-vous que ce yachmak m'avantage ?

Adrian examina le yachmak avec attention.

– Vous avantage en quoi ? demanda-t-il prudemment. Ethelbert rougit.

– Eh bien… pensez-vous qu'il me rende plus… séduisant ? demanda-t-il.

– Oh, dit Adrian, ne voulant pas se compromettre, je suis certain qu'il vous rendra plus séduisant du point de vue de l'auditoire.

Ethelbert continua d'arranger méticuleusement son costume tandis qu'Adrian l'observait. Mais bientôt, avec un sursaut, Adrian se rappela Rosy.

– Honoria a disparu depuis longtemps, dit-il.

– Elle est sans doute en train d'essayer son premier numéro sur Rosy, dit Ethelbert, ajoutant délicatement du khôl à une paupière qui en était déjà surchargée.

– Je crois que je ferais bien d'aller voir, dit Adrian. Il ne nous reste que dix minutes et je veux m'assurer que Rosy n'a pas mangé son costume ou fait quelque sottise.

Abandonnant Ethelbert, il longea les couloirs délabrés et poussiéreux et gagna le grand hangar, derrière le théâtre, où se trouvait Rosy parmi des entassements de décors défraîchis. Il y découvrit Honoria, assise sur une balle de foin, chantant doucement, de sa voix de contralto quelque peu chevrotante :

«C'est mon éléphante, c'est mon él-éléphante, Ce n'est pas elle qui s'emparerait d'une scène. Elle seule est reine et nous le savons tous.»

Rosy, se balançant doucement d'un côté à l'autre, écoutait la chanson avec ravissement, étreignant affectueusement dans sa trompe la bouteille de gin absolument vide.

– Honoria ! s'écria Adrian, glacé d'horreur, vous ne lui avez pas donné de gin ?

– Hello, Adrian ! dit Honoria avec un charmant sourire, est-ce déjà l'heure ?

– Avez-vous donné du gin à Rosy ? demanda Adrian d'un ton sec.

– Juste de quoi lui humecter le gosier pour fêter la première, répondit Honoria, ce que les Français appellent une cuillerée à soupe.

– Mais vous savez ce que lui fait l'alcool, dit Adrian, angoissé. Combien en a-t-elle pris ?

Il avait arraché la bouteille à Rosy et la brandissait sous le nez d'Honoria, qui, les yeux troubles, regardait fixement la bouteille.

– Juste une goutte, dit-elle d'une voix indistincte, désignant du doigt la moitié environ de la bouteille. Je dois dire que, pour boire, c'est la convive la plus char… la plus char… la plus charmante.

Adrian observa Rosy et elle le regarda, l'air rayonnant, agitant les oreilles avec coquetterie et enroulant et déroulant timidement sa trompe. Elle avait un air tout à fait normal et ne ressemblait en rien à ce qu'elle avait été le soir de la terrible débâcle à Fenneltree Hall. Peut-être, pensa Adrian, Honoria avait-elle absorbé plus de gin qu'il ne le croyait et Rosy n'avait-elle eu, littéralement, que la cuillerée à soupe qu'Honoria affirmait lui avoir donnée.

– Viens, dit Adrian, prenant l'oreille de Rosy, et il la fit tourner en rond dans le hangar, observant ses réactions d'un œil critique. Elle avait, c'était certain, une démarche assurée et, à part une lueur malicieuse dans les yeux, paraissait n'avoir subi aucun effet pernicieux.

– Honoria, vous feriez mieux de regagner les coulisses, dit Adrian. Vous commencez dans une minute.

Ils pouvaient entendre vaguement le bruit de l'orchestre (qui se composait de trois hommes d'un certain âge à l'air peu florissant) jouant une marche entraînante, dont la fin était le signal du lever de rideau. Après quelques efforts, Honoria se leva de la halle de foin et gagna l'arrière de la scène, suivie d'Adrian conduisant Rosy. Dans les coulisses, ils trouvèrent le sultan et la charrette resplendissante que Rosy était censée traîner.

– Alors, dit le sultan, où étiez-vous?

– Excusez-moi, dit Adrian, attelant en hâte Rosy à la charrette.

– Je pensais que vous n'arriveriez jamais, dit le sultan. Puis il ajouta, pointant le doigt vers le rideau:

– Il y a une vraie foule, ce soir, la moitié de cette maudite île est venue.

Il grimpa à l'arrière d'une charrette et s'installa confortablement.

– Êtes-vous bien? demanda Adrian.

– Oui, dit le sultan, parfaitement bien.

Adrian se dirigea vers la scène pour prendre sa place dans le pilier. L'orchestre arrivait tout juste à la fin de son exécution discordante lorsque Adrian grimpa dans le pilier et referma la porte derrière lui. Puis, avec un léger grincement, le rideau se leva et il sentit une vague d'enthousiasme envahir la scène par-dessus la rampe: bruissements, exclamations étouffées, toux, petits mouvements pareils aux bruits nocturnes de la forêt, qui indiquaient que dans l'obscurité, au-delà de la fosse de l'orchestre, quelque quatre cents personnes, entassées épaule contre épaule, attendaient.

L'orchestre commença de jouer et, sous une salve d'applaudissements semblable à une décharge de mousqueterie, Honoria s'avança à grands pas et chanta son premier air. A la fin de ce premier numéro, Rosy entrait en scène. D'un simple état nerveux, Adrian passa à un état de panique aiguë.

– Voici le sultan, crièrent-ils tous, ainsi qu'ils l'avaient fait aux répétitions, et Adrian, découvrant que sa voix s'était changée en un falsetto aussi ténu que celui d'une toute petite chauve-souris, cria: «Viens, Rosy!»

A son étonnement, Rosy traversa la scène d'un pas tranquille jusqu'au pilier aussi gentiment qu'elle l'avait fait aux répétitions. Il y eut dans l'assistance une réaction immense et immédiate. Un «Ah!» comme le bruit d'une énorme vague leur parvint par-dessus la rampe. Rosy, enchantée de cet accueil flatteur, leva sa trompe et poussa un barrissement aigu et bref.

– Brave fille, dit Adrian. Reste tranquille.

Rosy demeura là pendant toute la scène qui suivit, se balançant doucement d'un côté à l'autre de temps en temps et, à intervalles réguliers, posant sa trompe sur le judas d'Adrian dans le pilier et lui soufflant une haleine amicale et chargée de gin. L'apogée de la scène avait été atteinte sans accident et Adrian soupira de soulagement parce qu'on allait maintenant tourner le plateau pour amener une nouvelle scène et il pourrait emmener Rosy dans les coulisses. Elle n'aurait pas à reparaître avant l'apothéose. Il essuya la sueur de son front. Honoria était sur le point de faire son discours pour le changement de scène…

– «Ainsi, mon amour, dit-elle d'une voix de stentor à la jeune amie de M. Clattercup, je m'en irai faire fortune et reviendrai vous réclamer pour épouse.»

En disant ces mots, elle se dirigea vers le côté droit de la scène et le plateau commença alors de tourner lentement et, dès qu'il le sentit bouger, Adrian connut qu'il était perdu. Il n'avait jamais pensé à exercer Rosy sur la scène tournante. Rosy sortit de sa somnolence provoquée par le gin pour constater que, de quelque façon miraculeuse, le plancher se mouvait en arrière. Elle poussa un petit cri d'effroi et fit quelques pas en avant.

– Reste tranquille, idiote! souffla Adrian.

Mais le plateau tournait maintenant très vite et Rosy, perdant la tête, se mit à courir pour régler son allure en conséquence. Cela eut pour résultat qu'Honoria et elle atteignirent ensemble la scène suivante, et, à mi-chemin du décor, Rosy la dépassa. Le sultan, pris de terreur, s'accrochait aux parois de son véhicule et gémissait «Sacré nom de Dieu! Sacré nom de Dieu!» d'une voix lugubre et monotone qui semblait être quelque curieuse forme de prière. Le petit homme qui avait la charge des leviers massifs actionnant la scène perdit complètement la tête à la vue de Rosy apparemment devenue furieuse et poussa les leviers en sens inverse. Le plateau se mit à tourner dans la direction opposée et, pour n'être pas en reste avec lui, Rosy se retourna adroitement pour courir dans le même sens. Il en résulta que les brancards de la charrette du sultan se brisèrent comme des allumettes et que le véhicule exécuta un vol bref, mais très élégant, avant de venir s'écraser sur le machiniste et les leviers. Tout le monde perdit alors la tête. Le plateau, sans doute endommagé par l'applicage de la voiture du sultan à son mécanisme, se mit à tourner de plus en plus vite et Rosy courut de plus en plus vite avec lui. Elle galopa sur la scène du désert, renversant les palmiers dans toutes les directions, se fraya un chemin à travers la place du marché, démolissant les boutiques. traversa à la course le palais du sultan, mettant à mal plusieurs treillis orientaux et le pilier dans lequel Adrian était bloqué.

Honoria, qui avait d'abord atribué les mouvements du plateau à la quantité d'alcool qu'elle avait consommée, fut prise à son tour de panique et courut dans la direction opposée à celle de Rosy. L'assistance, silencieuse et figée sur place, fut régalée de trois scènes en succession rapide, toutes contenant Rosy et Honoria qui couraient inutilement dans des directions contraires et n'arrivaient à aucun résultat. Adrian, qui avait réussi à se dégager du pilier, se mit à courir après Rosy. Le plateau, à la hauteur du renom de son constructeur, voyageait maintenant à quelque cinquante kilomètres à l'heure et, tandis qu'il tournoyait, divers accessoires branlants furent projetés de tous côtés. Un musicien de l'orchestre fut heurté par un palmier et plusieurs fragments du palais du sultan vinrent s'écraser devant les loges de devant. La poursuite d'Adrian était entravée par le fait qu'à intervalles réguliers il se cognait en pleine vitesse à Honoria et, lorsqu'ils avaient réussi à se relever, Rosy avait sur lui une bonne avance.

Jusque-là, M. Clattercup était resté dans les coulisses, paralysé de rage, mais la vue de son jeune premier, de Rosy et d'Adrian s'abandonnant à ce qui paraissait être un marathon était plus qu'il n'en pût supporter. Il bondit sur le plateau tournant et saisit Adrian au passage.

– Arrêtez-la! rugit-il à Adrian.

– Que diable pensez-vous que je sois en train de faire? grogna Adrian, le repoussant pour se jeter de nouveau à la poursuite de Rosy. Clattercup, apoplectique de rage, saisit un morceau de bois gros et court qui avait fait partie du palais du sultan. Il courut autour de la scène dans le sens opposé à celui d'Adrian et, lorsque Rosy parut, éleva son arme et la frappa sur la trompe. C'était, pour n'en pas dire plus, un geste peu avisé. Rosy avait fait de son mieux pour conformer son allure à ce qui était soudain devenu un monde qui se mouvait avec une rapidité extrême, et voici qu'un étranger la frappait sur la trompe avec une grosse pièce de bois. Il lui fallait concentrer son esprit pour régler sa course sur celle de la scène et elle n'était guère d'humeur à laisser un importun s'immiscer dans sa tâche. Elle cueillit donc simplement M. Clattercup et le projeta dans la fosse de l'orchestre où sa brusque arrivée renversa le chef d'orchestre, le rendant inconscient pour la seconde fois et endommageant grandement la grosse caisse et la contrebasse.

Pendant ce temps, trois machinistes avaient fait de vaillants efforts pour dégager le sultan du mécanisme qui commandait le plateau et ils y parvinrent enfin. Mais, en dépit de leur bonne intention, leur manœuvre du mécanisme n'eut pour effet que de faire tourner le plateau plus vite encore. Rosy se trouvait maintenant sur le pourtour extérieur de la scène et la vitesse accrue la projeta hors du plateau comme un boulet de canon. Heureusement, elle n'était pas alors dirigée vers l'assistance et alla s'écraser dans les coulisses, entraînant dans sa chute des rideaux, des cordages et six projecteurs. La disparition de Rosy fut si rapide et si complète qu'Adrian courut deux fois à travers les décombres du palais du sultan, la scène du désert et celle du marché avant de se rendre compte qu'elle n'était plus sur le plateau. Il lit alors un bond acrobatique, atterrit dans les coulisses et se mit frénétiquement à sa recherche. L'idée de Rosy se conduisant en énergumène dans les rues de la ville était trop affreuse à envisager et, à son grand soulagement, il la découvrit dans son hangar, où, tremblante et hors d'haleine, elle portait avec espoir à sa bouche la bouteille de gin vide.

Adrian se laissa tomber sur la balle de foin et se prit la tête à deux mains. Tout était gâché. Il entendait confusément les cris perçants et les clameurs de l'assistance et le cliquetis du plateau qui tournait de plus en plus rapidement. Ses espérances de voir Rosy se joindre à la compagnie thespienne de M. Clattercup s'étaient maintenant évanouies. Mais ce n'était pas tout, il avait encore ajouté un autre crime à la liste de ceux qu'il avait commis depuis cet héritage. Il souhaita de toute son âme que Samantha fût là pour le réconforter.

Ethelbert parut tout à coup, à bout de souffle, son yachmak déchiré et le joyau manquant à son nombril.

– Mon cher petit, haleta-t-il, quelle tragédie! Je sais que ce n'est ni votre faute ni celle de cette chère Rosy, mais je crois qu'il vous sera très difficile d'en persuader Clattercup. Il vient de reprendre conscience et je vous suggère de fuir tous les deux.

– A quoi bon? dit sombrement Adrian. De toute façon, où pourrions-nous fuir?

– Quel enfant! dit Ethelbert, angoissé. Ne faites pas l'idiot. Partez d'ici pendant qu'il en est temps encore. Si vous allez directement au port, vous pourrez attraper *La Reine de Sploshport* qui retourne au continent. Ne vous tourmentez pas pour vos effets, je vous les enverrai plus tard.

– Mais à quoi bon? demanda Adrian, misérable. Je peux aussi bien rester ici et me laisser arrêter.

– Écoutez, dit Ethelbert, vous pourriez au moins avoir une pensée pour cette éléphante.

– Pourquoi donc? demanda amèrement Adrian. Elle n'en a jamais eu pour moi.

– Voulez-vous donc qu'elle soit tuée? demanda Ethelbert.

– Tuée! dit Adrian, saisi. On ne la tuerait pas, n'est-ce pas? Ce n'est pas sa faute, veux-je dire.

– On la tuera, dit Ethelbert, profitant dramatiquement de son avantage, probablement à l'aube, à moins que vous ne partiez tout de suite.

– Mais c'est inique, dit Adrian. On ne peut croire un instant qu'elle soit responsable…

– Voulez-vous cesser d'argumenter et filer tout de suite? cria Ethelbert.

– Oui, dit Adrian.

Il s'élança pour ouvrir les portes du hangar aux décors et, saisissant la tiède oreille de Rosy, la fit avancer à vive allure.

– Au revoir, mon amour, dit Ethelbert, agitant les bras avec extravagance. Je vous enverrai vos effets. Ne vous tourmentez pas.

C'est ainsi que, laissant derrière eux le théâtre démoli, vibrant d'un bruit de pandémonium, Rosy et Adrian se dirigèrent rapidement vers le port à travers les rues désertes.

Chapitre XVII

L'approche de la justice

Lorsqu'ils eurent atteint le port, l'excitation et le tumulte avaient permis au gin de faire tout son effet sur Rosy et, poussant pour elle-même de petits cris de plaisir, elle allait en titubant aux côtés d'Adrian, s'embarrassant parfois dans ses propres pieds. Adrian n'en était plus à s'en soucier. Tout ce qu'il désirait était de la faire embarquer et c'est avec un immense soulagement qu'il vit que *La Reine de Sploshport* était encore là.

Attachant Rosy à un bollard, il se précipita sur le pont et eut la chance de trouver le capitaine presque aussitôt.

– Ah! dit le capitaine en s'écartant, êtes-vous venu vous livrer à une autre attaque sur ma personne?

– Non, dit Adrian. Je voudrais que vous me rameniez, mon éléphant et moi, sur le continent.

Vous n'êtes pas resté ici bien longtemps, dit le capitaine.

– Non, il n'y avait aucun travail pour nous.

– Eh bien, montez à bord, nous allons partir d'un moment à l'autre.

Adrian recouvra Rosy et lui fit gravir la large passerelle qui menait au pont avant sur lequel elle avait déjà voyagé. Juste à ce moment, le premier lieutenant le héla du bord du quai. Disant à Rosy de rester tranquille, Adrian retourna en courant payer son passage et celui de

Rosy. C'était, s'avéra-t-il, chose peu avisée. Rosy était maintenant remise de sa panique sur la scène tournante et se sentait fatiguée, sensation accrue par la quantité de gin qu'elle avait absorbée. Elle traversa lentement le pont et regarda par-dessus le bastingage, se balançant doucement et émettant pour elle-même de petits cris musicaux. Puis elle se retourna dans l'intention de redescendre la passerelle à la recherche d'Adrian, mais sa démarche était mal assurée et elle glissa et tomba contre le bastingage qui, bien qu'assez solide, n'avait pas été conçu pour supporter le poids de plusieurs tonnes d'éléphant. Il eut tôt fait de céder. Adrian, montant la passerelle en hâte, arriva juste à temps pour voir Rosy, les pieds en Pair, disparaître par-dessus le bord de *La Reine de Sploshport*. Elle atteignit l'eau avec le bruit d'un coup de canon et une grande colonne liquide s'éleva à quelque cinquante mètres dans les airs.

Or, depuis ce jour odieux où ils avaient mis en déroute la chasse de Monkspepper, Adrian savait que Rosy aimait l'eau, mais une rivière peu profonde est une chose et cinq brasses d'eau de mer en sont une autre. Il courut jusqu'à la brèche béante dans le bastingage et se débarrassa rapidement de son veston, prêt à plonger pour sauver Rosy. Ce n'est que plus tard qu'il se rendit compte de l'extrême difficulté qu'il aurait eue à secourir Rosy si elle n'avait su nager. Il scruta du regard les eaux noires et vit que Rosy avait regagné la surface et, la trompe en l'air, progressait de façon soutenue vers la pleine mer. C'était presque pis qu'une noyade.

– Reviens! hurla Adrian. Rosy, reviens!

Mais Rosy continuait de fendre les eaux et d'aller droit devant elle, vers l'entrée du port. Il n'y avait rien d'autre à faire, pensa amèrement Adrian, que d'aller à son secours. Et, respirant à fond, il sauta par-dessus le bord de *La Reine de Sploshport*. L'eau huileuse était désagréablement froide. Il revint à la surface en crachant l'eau et se mit à nager vigoureusement à la poursuite de Rosy. Finalement, grâce à une vitesse qui lui donnait l'impression que ses poumons allaient éclater, il nagea à son côté.

– Imbécile ! lui cria-t-il, haletant. Tu nages du mauvais côté.

Rosy fut enchantée de le voir et, avec un petit gloussement, passa affectueusement sa trompe autour du cou d'Adrian, réussissant à le plonger sous l'eau. Il se libéra de la trompe et revint à la surface, le souffle coupé et crachant l'eau.

– Maudite éléphante ! dit-il, haletant.

Il lui prit le bord de l'oreille et, avec l'impression d'être un petit remorqueur chargé de tirer un paquebot géant, il réussit à la tourner de façon à la diriger vers le rivage.

Quelques minutes plus tard, ils atterrissaient devant une succession de marches basses qui menaient jusqu'au bord du quai et, non sans effort, ils en firent l'ascension. Le port avait été relativement désert lorsqu'ils étaient arrivés, mais il y avait maintenant toute une foule assemblée de cette miraculeuse façon dont s'assemblent les foules lorsqu'arrive un accident. Et, parmi la foule, il y avait un agent de police de grande corpulence et à l'air belliqueux. Tandis qu'Adrian, toujours accroché à l'oreille de Rosy, gagnait en titubant le bord du quai et commençait à tordre ses cheveux pour en exprimer l'eau, l'agent de police s'approcha de lui, les mains derrière le dos, ses boutons luisant à la lumière du réverbère.

– Bonsoir, dit-il.

– Bonsoir, dit Adrian, se demandant ce qu'il y avait de bon dans ce soir-là.

– Serait-ce là votre éléphant, ou avez-vous fait ce sauvetage pour le compte de quelqu'un d'autre?

– Non, dit Adrian, il est à moi.

– Ah! dit le gardien de la paix.

Il tira un carnet de sa poche et en tourna lentement les pages en se suçant copieusement l'index.

– Ne seriez-vous pas, par hasard, M. Adrian Rookwhistle?

– C'est bien mon nom, dit Adrian avec résignation.

– Ah! dit le gardien, le regardant paternellement et rayonnant de satisfaction. Peut-être disposez-vous d'un peu de temps pour m'accompagner jusqu'au commissariat. Il y a une ou deux petites choses qui ont besoin d'être mises au point. Je crois comprendre que votre éléphant a eu une carrière très mouvementée.

– Écoutez, dit Adrian, je peux tout expliquer.

– Ne prononcez pas un mot, enjoignit soudain des profondeurs de la foule une voix tranchante.

Stupéfait, Adrian regarda autour de lui et vit que cet avis lui avait été offert par un homme de petite taille et rond comme une boule. Il portait un habit à l'air fané et poussiéreux, un chapeau haut-de-forme qui paraissait avoir été écrasé par un lourd véhicule, un pantalon flottant et une énorme paire de bottines à côtés élastiques si anciennes que ses orteils pointaient vers le ciel. Sous son veston, un gilet de taupe était tendu sur sa bedaine. Il avait un grand nez en bec d'oiseau aussi écarlate et piqueté qu'une fraise et de durs yeux bleus sous des sourcils broussailleux d'un blanc de neige. Il était si petit qu'il était bien près d'être un nain et sa corpulence accentuait sa petitesse. Mais il alla jusqu'à l'agent de police en carrant les épaules de si belliqueuse façon que le représentant de la loi fit aussitôt un pas en arrière et porta la main à son casque.

– Pas un mot, dit le petit homme, se tournant vers Adrian et levant un doigt avertisseur.

L'attitude de l'inconnu était si imposante que les assistants, qui avaient bavardé et ri entre eux, devinrent silencieux. Le petit homme assujettit son haut-de-forme et renifla prodigieusement. Il était visiblement conscient d'avoir produit son effet et en jouissait jusqu'à la dernière miette.

Ayant arrangé à sa satisfaction sa coiffure bosselée, il introduisit ses doigts avec précaution dans une ample poche de son gilet de taupe et en tira une grande tabatière d'étain aussi bosselée que son couvre-chef. Rosy, croyant que c'était une chose comestible, allongea sa trompe avec curiosité pour la flairer.

– Arrière! dit froidement le petit homme avec un regard malveillant et, à l'étonnement d'Adrian, Rosy enroula sa trompe avec un air aussi embarrassé que peut l'avoir un éléphant. Il était manifeste que, tout comme la foule, elle était tombée sous le charme de l'inconnu.

Celui-ci ouvrit la tabatière, qui se mit à jouer, sur un ton grêle, quelques mesures de *God save the queen*. Il y préleva délicatement une prise et, étendant la main gauche et formant un creux entre le pouce et l'index, il y déposa le tabac avec componction. Il referma la tabatière, la remit dans sa poche, et, portant la prise à son nez, il respira profondément. Le silence était complet. Tous, y compris le gardien de la paix, l'observaient avec une profonde attention. Il renifla deux fois et, colossalement et voluptueusement, il éternua, ébranlant son corps des pieds à la tête et poussant en même temps une sorte de glapissement rauque qui fit reculer tout le monde de plusieurs pas, y compris Rosy. Il produisit alors un énorme mouchoir de soie et s'y moucha avec un barrissement digne d'un éléphant mâle. Il fourra le mouchoir dans sa poche et rajusta son chapeau qui avait été dérangé par la force de son éternuement.

– Inspecteur, dit-il, haussant ses sourcils broussailleux et levant les yeux sur l'agent de police, vous venez d'avoir le privilège d'assister à un spectacle pour lequel bien des gens donneraient dix ans de leur vie.

– Oui, sir, dit le gardien. En réalité, je suis gardien de la paix, sir.

– Peu importe votre grade, observa le petit homme, il s'agit d'apprécier les grands actes d'héroïsme quand vous en êtes le témoin.

– Oui, sir, dit l'agent de police d'un ton compassé.

– C'est la Bible, dit le petit homme avec emphase en agitant les bras, qui nous enseigne que nous régnons sur les oiseaux du ciel et les bêtes sauvages.

– Si vous le prétendez, sir, dit le gardien.

– Je le prétends ! dit le petit homme. Et cela comprend les éléphants.

Il passa son bras gauche autour des épaules ruisselantes d'Adrian et étendit la main droite avec le geste de quelqu'un qui est sur le point d'arrêter une balle de tennis.

– Mes amis, dit-il d'un ton coupant, ce brave jeune homme, inspiré par les paroles sacrées de la Bible et sans une pensée pour sa propre sécurité, n'a pas hésité à se jeter dans le rugissement des vagues tumultueuses pour le salut d'une bête sauvage.

Le fait que le port était calme comme un lac ne diminuait en rien cette déclaration dramatique.

– Y a-t-il parmi vous, poursuivit le petit homme, s'adressant à la foule surtout composée de femmes, qui eût accompli un acte aussi valeureux ?

– Excusez-moi, sir, dit le gardien de la paix, je sais que ce qu'a fait ce jeune homme est très courageux, mais son éléphant et lui sont recherchés par la police.

Le petit homme fit un tour sur lui-même comme un pigeon boulant et ses yeux devinrent aussi bleus que deux pervenches prises sous la glace.

– Moi, dit-il, ajustant avec soin son chapeau haut-de-forme, je suis Sir Magnus Ramping Fumitory. Vous avez dû, au cours de votre longue association avec les tribunaux, entendre prononcer mon nom.

– Oui, sir, dit sombrement l'agent de police, portant de nouveau la main à son casque, j'ai entendu parler de vous.

– Je vous demande alors, dit Sir Magnus, si vous avez l'intention d'arrêter ce jeune homme, ce héros des profondeurs.

– Eh bien, oui, sir, en un sens. Je désire simplement qu'il vienne avec son éléphant jusqu'au commissariat pour nous donner quelques informations. C'est consécutif à une plainte.

Sir Magnus eut un triste sourire.

– Quel massacre magistral de la langue que parlait Shakespeare! dit-il. Cependant, inspecteur, je comprends que vous devez faire votre devoir, si erroné qu'il puisse être. Je vous permets donc d'appréhender ce jeune homme héroïque et m'efforcerai de vous protéger du courroux de la foule. Car, pour moi, je vois clairement à qui va sa sympathie.

La foule, captivée, mais, comme la plupart des foules, ne sachant de quoi il retournait, gronda des encouragements. Sir Magnus la contempla, rayonnant, comme un chef d'orchestre contemple les musiciens à la fin d'un passage particulièrement difficile, puis se tourna vers Adrian.

– Mon garçon, dit-il, je vous accompagnerai personnellement au commissariat et, si l'on vous arrête, si l'on est assez inhumain, assez endurci pour vous arrêter et vous accuser, moi, Sir Magnus Ramping Fumitory, je vous défendrai.

– Vous êtes très bon, dit Adrian, maintenant si ahuri, qu'il ne savait s'il était ou non en état d'arrestation.

– Eh bien, si vous voulez me suivre, dit l'agent de police. A défaut d'autre chose, nous serons à même de vous donner une tasse de thé chaud au commissariat.

– Merci, dit Adrian, qui, glacé jusqu'à la moelle, sentait qu'il valait la peine d'être arrêté pour avoir une boisson chaude.

– Ne dites pas un mot, recommanda Sir Magnus, avant d'arriver au commissariat et de voir quelles sont leurs misérables accusations.

Adrian prit donc une fois de plus Rosy par l'oreille et, avec d'un côté Sir Magnus, qui se pavanait comme un pigeon, et de l'autre côté l'agent de police, qui avançait à pas pesants, et la foule qui traînait les pieds et murmurait derrière eux, ils se dirigèrent vers le commissariat.

Lorsqu'ils y parvinrent, ils persuadèrent Rosy, non sans difficulté et en la soudoyant à l'aide de plusieurs miches de pain, de rester dans la cour du commissariat. A l'intérieur du sévère bâtiment de brique, le brigadier, qui avait une figure d'un rouge pivoine et une impressionnante moustache, dévisagea Adrian comme un phoque débonnaire.

– Bonsoir, sir, dit-il. Votre nom est bien Adrian Rookwhistle?

– Oui, dit Adrian.

– Et, à votre place, je n'admettrais rien de plus que mon nom, conseilla Sir Magnus.

– Eh bien, sir, dit le brigadier, nous avons plusieurs charges contre vous. Je dois donc vous prévenir que tout ce que vous direz pourra être consigné et utilisé comme témoignage lors de votre jugement.

Il s'interrompit pour considérer Adrian d'un air sinistre.

– Les charges contre vous sont les suivantes : le 20 avril, dans le Comté de Brockelberry, vous avez porté atteinte aux droits du public dans les prés qui longent la route de Monkspepper sise dans ce comté en lâchant un gros animal sauvage et, de plus, en le laissant blesser grièvement Hubert Darcey, maître d'équipage de la chasse de Monkspepper. Et, dans la nuit du 5 juin, vous avez porté atteinte aux droits du public en introduisant un gros animal sauvage dans un lieu public, à savoir le Théâtre de l'Alhambra, et en le laissant blesser grièvement M. Emanuel S. Clattercup, le directeur du théâtre.

Le brigadier se tut, abaissa son regard sur ses notes, puis le leva sur Adrian et le considéra avec affabilité.

– Cela me semble être tout pour le moment, sir, dit-il.

– Ridicules inventions ! dit Sir Magnus, ôtant son haut-de-forme et l'abattant sur le bureau du brigadier. Ne vous tourmentez pas, mon cher enfant, je vous ferai bientôt libérer de la maléfique trame de mensonges que ces lourdauds d'illettrés s'efforcent de tisser autour de vous et de cette noble créature qui vous appartient.

– Je crains bien, sir, dit le brigadier, que l'éloquence de Sir Magnus laissait impassible, qu'il ne me faille vous détenir pour que vous puissiez comparaître devant les juges demain matin.

– Tout ça c'est très joli, protesta Adrian, mais que deviendra Rosy ?

– Votre éléphant, sir ? demanda le brigadier. Hum !

C'est, en effet, un problème. Nos cellules, voyez-vous, sont plutôt petites.

– Elle sera très bien dans la cour, dit Adrian, si on lui donne quelque chose à manger.

– Je m'en occuperai, sir, dit le brigadier.

Il prit une feuille de papier, suça son crayon et regarda Adrian d'un air interrogateur.

– Alors, que mange-t-elle?

– Eh bien, dit Adrian, si vous achetez un demi-sac de betteraves fourragères ou de navets (mais elle préfère les betteraves), une balle de foin, un demi-sac de pommes, un demi-sac de carottes, un demi-sac de pain...

Le visage du brigadier s'assombrit.

– Est-ce que, par hasard, vous vous payez ma tête?

– Non, non, dit Adrian avec conviction. Elle a vraiment un appétit colossal.

– Bien, dit le brigadier, je verrai ce que je peux faire, sir. Maintenant, je serais heureux si vous vouliez bien retourner vos poches, sir, et en vérifier le contenu avec moi. Tout cela vous sera rendu le moment venu.

Adrian vida ses poches et le brigadier mit toutes ses possessions dans une grande enveloppe marron et l'enferma dans un tiroir.

– Maintenant, sir, dit-il, parlant exactement comme le portier d'un somptueux hôtel, si vous voulez bien me suivre, je vous montrerai vos appartements.

Sir Magnus tendit la main à Adrian.

– Ne vous tourmentez pas, mon garçon, dit-il, je serai ici demain à la première heure pour m'assurer que l'on vous traite équitablement. Ne considérez ceci que comme un rêve déplaisant, mais éphémère.

– Je commence à en avoir l'impression, dit sombrement Adrian.

Il suivit le brigadier et ils longèrent un passage aux murs de brique jusqu'au seuil de plusieurs petites cellules, dont la plupart, à en juger par les bruits et une odeur dominante d'alcool, contenaient des gens que Rosy eût été honorée de compter parmi ses amis. Le brigadier ouvrit l'une des cellules et poussa Adrian dans une pièce minuscule blanchie à la chaux contenant une couchette de bois et une petite commode dans laquelle étaient perchés, de façon assez incongrue, une grande cuvette et un broc de toilette en porcelaine décorés de fleurs bleues et roses.

– Voilà, sir, dit le brigadier. Maintenant, passez une bonne nuit et nous vous verrons demain matin.

Il ferma la porte et Adrian entendit le déclic du verrou. Il se dépouilla lentement de ses vêtements mouillés, grimpa dans le lit étroit et dur et demeura étendu, regardant fixement le plafond. Il était convaincu qu'il allait récolter un an au moins de travaux forcés pour ses crimes, mais, si étrange que cela fût, cela ne le tourmentait point. Ce qui le tracassait était ce qu'il adviendrait de Rosy, souci aggravé du fait que s'il était emprisonné pendant une année, il ne reverrait pas Samantha pendant tout ce temps. Peut-être aurait-elle alors déménagé et ne serait-il plus à même de la retrouver, ou, pis encore, peut-être aurait-elle épousé quelque rustre incapable d'apprécier ses belles qualités.

Seul dans sa petite cellule, Adrian pouvait se représenter mentalement tout cela de façon si nette qu'il en fut trempé de sueur froide : Rosy condamnée à mort par les juges, le martèlement des bottes du peloton entrant dans la cour pour exécuter la sentence, le crépitement des fusils, le bruit sourd du cadavre de Rosy tombant sur les cailloux et saignant d'une douzaine de blessures, et, pendant ce temps, Samantha irrémédiablement mariée à un valet de ferme grand et velu qui la battrait régulièrement tous les samedis soir et, même si Adrian parvenait à la découvrir, elle ne serait plus que l'ombre décharnée d'elle-même et les points dorés de ses yeux auraient cessé de scintiller. Avec sa fertile imagination à l'œuvre, il n'est pas surprenant qu'Adrian dormît peu cette nuit-là.

Le lendemain matin, un gros agent de police parut, portant un pot de thé et un quignon de pain noir, et Adrian découvrit non seulement qu'il avait faim, mais que sa gorge était si sèche qu'il ne pouvait parler que d'une voix faible et rauque.

– Comment va Rosy ? demanda-t-il.

– Ne vous en faites pas pour elle, dit tranquillement l'agent de police. Elle est capable de se débrouiller toute seule, cette éléphante. Le brigadier a failli devenir fou à contenter son appétit. C'est une bête merveilleuse, sir.

– A certains égards, je le crois, dit Adrian.

– Elle semble vous avoir joué de vilains tours.

– Oui, dit Adrian d'un ton bref, n'ayant aucune envie de raconter de nouveau son histoire. A quelle heure allons-nous au tribunal ?

– A dix heures, sir.

– Je me demande, dit Adrian, si vous pourriez me prêter un rasoir. J'ai oublié le mien dans ma hâte.

– Certainement, sir, dit l'agent de police.

Il sortit en refermant le verrou derrière lui. Il revint bientôt avec un grand rasoir et resta là en surveillance tandis qu'Adrian se lavait et se rasait, puis il reprit le rasoir et disparut.

Maintenant, pensa Adrian, je dois préparer ma défense. Fébrilement, il parcourut la cellule de long en large, s'arrêtant de temps à autre, faisant des gestes extravagants vers les murs tandis qu'il s'efforçait de persuader un implacable juge imaginaire que Rosy et lui étaient innocents de tout crime. Il fut finalement obligé d'admettre que sa défense, si on pouvait la qualifier ainsi, était extrêmement précaire. Il était manifeste qu'il lui fallait mettre sa foi en Sir Magnus. De toute évidence, il était bien connu de la police, à en juger par les regards d'hostilité mal dissimulée que lui jetaient les policiers, due sans doute à ses succès au tribunal. Mais Adrian avait l'impression que, dans ce cas, le plus brillant des avocats serait bien en peine de prouver son innocence.

A dix heures, l'agent de police reparut, faisant cliqueter une sinistre paire de menottes.

– Nous partons maintenant, sir, dit-il gaiement. Ce n'est qu'à quelques pas d'ici, mais si vous voulez bien, sir, je vous passerai ceci. C'est une simple formalité.

Adrian le laissa refermer les menottes sur son poignet gauche, puis l'agent de police attacha l'autre extrémité à son propre poignet.

– Voilà, dit-il d'un ton paternel, nous sommes maintenant tranquilles comme Baptiste.

– Rosy doit-elle venir aussi? demanda Adrian.

– Non, sir, ce n'est pas nécessaire. C'est plutôt une pièce à conviction, pourrait-on dire. Nous n'aurons pas besoin d'elle avant votre jugement.

Sir Magnus les attendait dans le bureau du commissariat. A la lumière du jour, son habit, son chapeau et ses extraordinaires bottines paraissaient encore plus décrépits que la veille et il était manifeste que plusieurs mites qui avaient eu le courage de pénétrer sous l'habit de Sir Magnus avaient fait des ravages en divers endroits de son gilet de taupe.

– Mon cher Adrian, dit-il, agitant amicalement sa canne, j'espère que vous avez passé une bonne nuit, bien qu'en de tels lieux le confort soit, j'en ai peur, quelque peu limité.

– Oh, c'était assez confortable, dit Adrian, mais je n'ai guère dormi.

Sir Magnus lui jeta un regard féroce sous ses sourcils blancs.

– N'avez-vous pas confiance en moi? demanda-t-il, furieux.

– Mais si, bien sûr, dit Adrian, ahuri.

– Eh bien, cessez donc de vous tracasser, dit Sir Magnus.

Il prit son haut-de-forme et le posa de biais sur sa tête avec désinvolture et une tape amicale.

– Venez, dit-il, agitant sa canne, allons prendre l'air.

Il sortit le premier du commissariat comme s'il

conduisait une troupe et le gardien de la paix et Adrian le suivirent avec un cliquetis musical. Pour la première fois, Adrian se rendit compte de ce que Rosy devait éprouver lorsqu'elle avait des entraves. Comme les passants se retournaient pour le dévisager, Adrian se sentait rougir de plus en plus et se faisait aussi petit que possible. Ce fut un immense soulagement lorsqu'ils atteignirent enfin le seuil de la justice de paix.

Pour quelque obscure raison, Adrian avait imaginé qu'il serait interrogé par les juges, condamné et emporté de là chargé de chaînes, mais, à son étonnement, il ne semblait pas que la justice fonctionnât de façon aussi rapide qu'exemplaire. Le juge, qui, pensa Adrian, offrait un type parfait de criminel, écouta patiemment l'agent de police qui avait arrêté Adrian commencer sa déposition. L'agent, qui était basse profonde dans le chœur de la police, lut lentement et pesamment ce qu'il avait écrit dans son carnet en en savourant chaque mot.

– Gardien de la paix Emanuel Dray, n° 124, de la police de l'Île de Scallop. Sir, dans la soirée du 5 juin, je marchais le long du port de Scallop, lorsque mon attention fut attirée par une foule qui s'était assemblée. Elle regardait avec attention dans le port et paraissait très excitée. Allant jusqu'au bord du quai, j'aperçus l'accusé en train de s'ébattre dans l'eau avec un gros objet non identifié et qui plus tard, après un examen attentif, s'avéra être un éléphant.

Il se tut un instant avant de poursuivre

– Ayant auparavant été informé qu'un homme en possession d'un éléphant était recherché pour être interrogé au sujet de certains troubles qui avaient eu lieu dans le Comté de Brockelberry, j'en vins à la conclusion que ce devait être le gentleman en question. Quand son éléphant et lui atterrirent dans le port, je m'approchai et lui demandai si l'éléphant était à lui.

Le magistrat l'interrompit alors, haussa les sourcils et s'éclaircit la gorge avec un petit bruit sec, comme celui d'un lézard minuscule qui se tortille entre deux pierres étroitement serrées.

– Pourquoi lui avez-vous demandé si l'éléphant était à lui? Je crois que si l'on trouve quelqu'un en train de s'ébattre dans un port avec un éléphant, il est parfaitement clair que l'éléphant est à lui.

L'agent de police, un peu déconcerté par cette interruption, remua les pieds.

– Eh bien, sir, dit-il en rougissant, j'ai pensé qu'il pouvait s'agir de l'éléphant de quelqu'un d'autre dont on lui aurait confié la garde.

Le juge poussa un petit soupir.

– Hypothèse extrêmement improbable. Continuez, je vous prie.

Il fallut un certain temps à l'agent Dray et l'aide d'un doigt charnu pour se retrouver dans ses notes. Il s'éclaircit la gorge, rejeta la tête en arrière comme un enfant de chœur et poursuivit :

– L'accusé a dit : «Il est à moi». Je lui demandai alors s'il se nommait Adrian Rookwhistle et il répondit «C'est bien mon nom». Je lui demandai s'il voulait m'accompagner au commissariat pour nous aider dans nos enquêtes et il répondit : «Écoutez, je peux tout vous expliquer».

Ici, l'agent de police Dray s'arrêta et regarda le magistrat d'un air radieux. C'était, pour lui, un clair aveu de culpabilité.

– Eh bien? demanda froidement le magistrat.

– Eh bien, sir, dit l'agent Dray, son moment de gloire anéanti, je l'ai emmené au commissariat, où il a été arrêté.

– Je vois, dit le juge. Je vous remercie.

L'agent Dray quitta en traînant les pieds la barre des témoins avec la démarche pesante d'un cheval de gros trait. Le juge feuilleta quelques papiers et leva les yeux.

L'inspecteur de police se mit sur pied.

– Sir, dit-il, je demande que le prévenu soit ramené en prison pour paraître devant le tribunal dans une semaine.

D'un air interrogateur, le juge regarda Sir Magnus Ramping Furnitory, qui, au cours de la procédure, était apparemment tombé dans un profond sommeil. Sir Magnus se leva.

– Sir, dit-il, tirant sa tabatière et la tapotant de son index, mon client a été accusé par mes amis de la police (un léger grognement de l'inspecteur de police fut réprimé par un regard du juge) sur de misérables inventions.

Sir Magnus étendit les bras.

– Sir Magnus, interrompit le juge, nous sommes tous non seulement conscients, mais jaloux de votre talent oratoire. Je voudrais cependant vous faire observer qu'en ce moment votre client n'est pas mis en jugement.

– Sir, dit Sir Magnus, ce noble jeune homme qui, ainsi que vous le faites aimablement observer, n'est pas mis en jugement, et contre lequel aucune preuve de culpabilité n'a encore été apportée, va, si mes amis de la police agissaient à leur guise, être incarcéré, coupé de ses amis et de sa famille, coupé du tohu-bohu de la vie, coupé surtout de cette magnifique créature muette qui, dans les moments difficiles, est sa seule consolation, coupé, dirais-je…

– Sir Magnus, interrompit le juge d'un ton bref, je vous serais reconnaissant d'en venir au fait. Que désirez-vous?

– Une caution, sir, dit Sir Magnus d'un ton pénétré.

Il fit un geste grandiloquent, éparpillant ainsi une demi-once de tabac à priser qu'il avait mise sur la table devant lui.

– Mon client, sir, dit-il, n'est ni un chemineau, ni un vagabond, ni un clochard, ni un bohémien, ni un saltimbanque…

Le juge commençait maintenant à perdre patience.

– Sir Magnus, dit-il, nous ne sommes pas ici pour faire un dictionnaire de synonymes.

– En résumé, continua Sir Magnus, nullement décontenancé, je dirai que mon client est un homme qui a du répondant et parfaitement à même de verser une caution et, en vérité, disposé à le faire, de façon que, ne fût-ce que pour une courte période, il puisse retrouver le monde extérieur.

– Épargnez-nous! dit le juge d'un ton acide. Je vois où vous voulez en venir.

Il se renversa sur son siège et, d'un œil froid, examina Adrian un instant.

– Dans des cas comme celui-ci, nous n'avons pas l'habitude d'aller à l'encontre des recommandations de la police. Toutefois, c'est là un cas qui semble présenter maints aspects inaccoutumés, de sorte que j'accorde à votre client une liberté sous caution personnelle d'une somme de cinquante livres.

– Je vous en suis profondément reconnaissant, sir, dit Sir Magnus en s'inclinant très bas.

Puis, ouvrant sa tabatière avec précaution, il y fit tomber tout le tabac répandu sur la table avec l'accompagnement de *God save the queen*. Les idées d'Adrian étaient maintenant complètement embrouillées, car il avait la ferme impression que, par quelque miracle, il était acquitté, n'ayant subi pour toute pénalité que la perte de cinquante livres. Le greffier le dévisagea avec des yeux vitreux.

– Levez-vous, Rookwhistle, dit-il.

Adrian se leva, chancelant un peu.

– Adrian Rookwhistle, vous êtes libre sous caution personnelle de cinquante livres et contraint de paraître devant les juges de ce tribunal mardi prochain.

– Comprenez-vous? demanda le juge.

– Oui, sir, répondit Adrian.

Adrian quitta le tribunal, étourdi de bonheur. Il était libre, Rosy était libre et, avec un peu de chance, il verrait bientôt Samantha. Après toutes les terribles aventures qui lui étaient arrivées, c'était un moment de triomphe qu'il fallait savourer pleinement. Comme ils gagnaient le trottoir, il prit la main de Sir Magnus Ramping et la secoua à plusieurs reprises.

– Mon cher Sir Magnus, dit-il, comment vous remercier? Dire que vous, avec votre brillant esprit, êtes venu à mon secours de cette façon et nous avez sauvés, Rosy et moi, de ce qui eût été assurément un sort affreux. Je ne saurais jamais assez vous remercier.

Sir Magnus, avec l'air de quelqu'un qui se soustrait aux gambades exubérantes d'un petit chien, dégagea sa main de celle d'Adrian et recula d'un pas.

– De quoi parlez-vous? demanda-t-il en fronçant le sourcil.

– Mais… du verdict, dit Adrian.

– Quel verdict?

– Mais… ils m'ont libéré, dit Adrian. Je n'ai eu qu'une amende de cinquante livres.

Sir Magnus ferma les yeux comme s'il souffrait, puis fit quelques pas, allant et venant sur le trottoir. Il revint alors vers Adrian et le regarda d'un air furieux en lui donnant de petits coups sur la poitrine avec sa tabatière.

– Essayez, dit-il d'un ton mordant, de n'être pas aussi crétin que les forces de l'ordre. Je vous ai seulement tiré de là sous caution. Dans une semaine, vous aurez à comparaître devant les juges et ils vous enverront aux assises et c'est aux assises que vous gagnerez ou perdrez votre cause.

– Oh! dit lugubrement Adrian, je n'avais pas compris. Toute sa joie s'était soudain évaporée et il revenait à ses cauchemars: Rosy fusillée à l'aube et Samantha faisant un mariage mal assorti.

– Eh bien, dit-il tristement, que vais-je faire, à présent?

– Ce que vous allez faire? dit Sir Magnus, rougissant et contractant ses traits comme un dindon indigné. Vous irez chercher Rosy et viendrez dans une petite maison que j'ai non loin d'ici et, si vous avez un peu de cran, nous y préparerons votre défense.

– Savez-vous, dit faiblement Adrian, je crois que je ne comprends pas très bien comment la loi fonctionne.

– Vous ne pouvez le comprendre, dit Sir Magnus d'un ton tranchant. Après tout, nous autres qui l'administrons ne comprenons pas non plus comment elle fonctionne, on ne peut attendre cela de vous.

– C'est, dit Adrian, comme si l'on montait dans un train sans savoir comment le conduire.

Sir Magnus s'offrit une prise et renifla violemment.

– A votre place, je ne me tourmenterais pas, dit-il. Quand on voyage dans un train, l'essentiel est de descendre à la bonne station.

Chapitre XVIII

La justice

La «petite maison» de Sir Magnus s'avéra être une demeure de style Tudor assez récemment construite au milieu d'un vaste domaine situé au haut des falaises, juste à la lisière de la ville. Rosy fut installée dans une grande stalle dans la cour des écuries et Adrian habita chez Sir Magnus.

Sir Magnus était, pour n'en pas dire plus, un hôte exigeant. Pour commencer, il avait une permanente et profonde passion pour le cherry brandy, qu'il consommait (et obligeait Adrian à consommer) en quantité immense. Avec, le cherry brandy, il jouait à une sorte de jeu d'échecs en le mêlant à des substances diverses pour voir à quels effets il pouvait atteindre. Au bout de deux jours, l'estomac d'Adrian se ressentait des permutations sans fin que Sir Magnus parvenait à accomplir et en était venu à la conclusion que le cherry brandy, mélangé au stout et au lait et bu dans une chope, ne lui convenait pas du tout.

De plus, Sir Magnus paraissait vivre sans dormir. Pendant les trois premiers jours, il insista pour qu'Adrian lui répétât sans cesse l'histoire de ses aventures tandis qu'il parcourait son cabinet de travail de long en large ou restait à table, composant une nouvelle variation sur le thème du cherry brandy. A deux ou trois heures du matin, Adrian titubait jusqu'à Son lit, plus mort que vif, et à peine avait-il posé sa tête sur l'oreiller que Sir Magnus, vêtu d'une fascinante chemise de nuit *en broderie anglaise**, se dressait près de son lit et le secouait et l'éveillait pour qu'il lui racontât de nouveau une certaine partie de son histoire.

Le matin du quatrième jour, Adrian se traîna pour descendre prendre son petit-déjeuner, la tête pleine de vibrations et de tintements causés par les fumées du cherry brandy et les paupières collées par le manque de sommeil. Il trouva Sir Magnus aussi guilleret que s'il rentrait d'un long et profitable voyage de vacances et en train de déguster une omelette monstre.

– Maintenant, dit Sir Magnus, comme si la conversation de la veille n'avait pas été interrompue, voilà ce que nous avons à faire. Il faut que nous citions comme témoins tous ceux, et sans exception, qui ont eu quelque rapport avec cette série de ravages.

– Je n'en vois vraiment pas l'utilité, dit Adrian, découragé.

Sir Magnus répandit une poignée de poivre noir sur une bouchée d'omelette qu'il se fourra dans la bouche.

– Pensez au jury, mon cher enfant.

Avec une légère nausée, mangeant du bout des dents un œuf à la coque, Adrian n'était pas en état de penser au jury.

– Au jury ? demanda-t-il.

Sir Magnus se renversa sur sa chaise, s'essuya la bouche avec une serviette damassée, sortit sa tabatière,

* En français dans le texte.

appliqua une prise à ses narines, éternua de façon volcanique et se moucha.

– La beauté du système légal anglais, dit-il, sa voix se faisant plus ample et expressive, est qu'il est établi sur deux maximes complètement illogiques. Premièrement, tous les gens s'imaginent qu'ils sont jugés par un jury, ce qui est, bien entendu, ridicule. De fait, ils sont jugés par un juge qui instruit le jury. Se fondant sur ce système extraordinaire que douze hommes valent mieux que deux, ou six, ou quatre, personne ne prend en considération que douze imbéciles peuvent être plus dangereux que deux. Or, selon mon expérience, tous les juges et tous les jurés sont des imbéciles. Par conséquent, le coupable moyen de bonne foi n'a pas une chance de s'en tirer et l'innocent est condamné avant même d'arriver au banc des prévenus.

Adrian était perplexe.

– Je croyais, dit-il, que c'était un système très équitable.

– Il est à peu près aussi équitable qu'un match de rugby particulièrement sauvage, dit froidement Sir Magnus.

– Mais je ne vois toujours pas, dit Adrian, comment le fait de faire venir un tas de gens de tous les coins de la région pour cette cause pourrait m'aider.

Sir Magnus, après une autre prise, éternua.

– Mon cher ami, c'est parce que vous n'appliquez pas votre esprit à ce problème, dit-il. Maintenant, imaginez que je suis un chien de berger.

Il se pencha en avant et regarda férocement Adrian sous ses sourcils, ressemblant davantage à un cairnterrier hargneux qu'à un chien de berger. Mais Adrian essaya docilement de l'imaginer en chien de berger.

– Et imaginez, poursuivit Sir Magnus, agitant un doigt vers lui, que le jury est un troupeau de moutons, et je place ainsi l'intelligence collective des jurés à un niveau beaucoup plus haut qu'ils n'en témoignent normalement.

Il s'interrompit un instant pour contempler pensivement une grosse bouteille ventrue de cherry brandy qui trônait sur le buffet, puis jeta un coup d'œil sur sa montre et soupira d'un air abattu.

– Maintenant, dit-il, vous me voyez sous le jour d'un chien de berger, le jury sous celui d'un troupeau de moutons et le juge sous celui d'un voleur de moutons.

Sur ces derniers mots, il baissa la voix jusqu'à un murmure sifflant, se leva et se mit à marcher de long en large en suivant la table.

– Donc, dit-il, se tournant brusquement vers Adrian, quel est mon système, hein? En tant que chien de berger, ma tâche consiste à attaquer le voleur de moutons et à assembler mes petits moutons frisés de jurés dans le bercail de la bonne décision. Vous saisissez mon point de vue?

– Eh bien, à peu près, dit Adrian, oui, mais je ne pense pas que vous puissiez agir de façon aussi arbitraire avec un juge.

– Les juges, dit froidement Sir Magnus, ne sont que des avocats inexpérimentés.

Adrian ne pouvait s'empêcher de penser que ce résumé du système légal laissait quelque peu à désirer, mais n'ayant lui-même aucune expérience à cet égard, il n'était pas en mesure de discuter. Sir Magnus alla jusqu'à la porte de la salle à manger, l'ouvrit toute grande et hurla : «Screech!»

En réponse à cette injonction, un individu chauve et ridé entra craintivement et s'avança d'une démarche onduleuse.

– Screech, que voici, dit Sir Magnus, désignant l'homme avec désinvolture, écrira des lettres appropriées à tous les gens que je souhaite avoir pour témoins. Vous passerez la matinée enfermés tous les deux et vous lui donnerez les détails nécessaires.

– Bien, dit Adrian, je ferai ce que vous voudrez.

Il lui était soudain venu à l'esprit, et cette pensée avait inondé tout son corps d'une douce chaleur, qu'il pourrait écrire à Samantha et obtenir son témoignage. Sir Magnus jeta un coup d'œil à la bouteille de cherry brandy comme s'il la remarquait pour la première fois.

– Mais, dit-il, vous ne pouvez commencer un travail de cette sorte l'estomac vide. Prenez un peu de cherry brandy.

– Si vous le voulez bien, je crois que je n'en prendrai pas, dit Adrian. Si nous devons écrire toutes ces lettres, j'aimerais garder l'esprit clair.

– A votre guise, dit Sir Magnus.

Il alla jusqu'au buffet et mélangea une mesure libérale de cherry brandy, une gorgée de whisky irlandais et le jus de deux citrons, puis il avala cette mixture et frissonna pendant un bref instant.

– Intéressant, dit-il doucement, les yeux clos.

Puis il se tourna vers le malheureux clerc.

– Vous savez ce que vous avez à faire, Screech, dit-il d'un ton sec. M. Rookwhistle vous donnera les détails nécessaires et je compte que toutes les lettres seront mises à la poste avant midi.

– Mais bien entendu, Sir Magnus, dit Screech. Certainement, Sir Magnus.

Sir Magnus sortit à grands pas, laissant Adrian seul avec Screech, qui, il le découvrit bientôt, était un employé appliqué qui avait une belle écriture calligraphiée, mais sans personnalité et aussi efficace qu'un cautère sur une jambe de bois. Finalement, à midi moins dix, la dernière lettre, celle destinée à Samantha, était écrite et, comme Sir Magnus revenait en pestant dans la pièce, Screech rassembla ses papiers et sortit, affairé et obséquieux.

– Je crois, dit Sir Magnus, que vous avez les traits tirés. Je ne veux pas que mon estimé client ait l'air malade au tribunal.

– Ce doit être le manque de sommeil, dit Adrian, étouffant un bâillement.

– Absurde, dit Sir Magnus. C'est un manque de stimulant.

Adrian se demandait maussadement ce que Sir Magnus entendait par stimulant. Ce devait être, présumait-il, lutter contre une douzaine de taureaux espagnols et les occire avant le déjeuner.

– Peut-être avez-vous raison, dit-il pacifiquement.

– Après le déjeuner, dit Sir Magnus en se frottant les mains, je propose que vous et moi et Rosy allions prendre l'air.

– Prendre l'air ? dit Adrian, stupéfait.

– Oui, dit Sir Magnus, nous nous promènerons en longeant le bord de la mer.

– Pensez-vous que ce soit une bonne idée… ? commença Adrian.

– Je crois que c'est une excellente idée, dit Sir Magnus avec satisfaction. Un repas léger et une bonne marche, et vous verrez que l'air marin vous fera le plus grand bien.

Après avoir expédié le repas léger (qui consistait en une douzaine d'huîtres chacun, un soufflé aux champignons aussi aérien et doré qu'un nuage au soleil couchant, une selle de bœuf, trônant royalement dans une épaisse sauce brune, ses tranches fondantes, aussi rouges que le corail, entourées de tous les légumes appropriés, parachevées par un petit quelque chose dont l'ingrédient de base paraissait être du cherry brandy et glorifiées par quatre ou cinq pintes de crème caillebottée), ils allèrent se promener le long de la plage, emmenant Rosy avec eux.

Gorgé de nourriture et épuisé par le manque de sommeil, Adrian ne pouvait s'empêcher de penser que cet exercice ne valait rien à son cas aux yeux des habitants de la localité. Sir Magnus semblait ignorer complètement l'effet qu'ils produisaient. Il avait mis sa canne sur son épaule et en avait accroché l'extrémité à la trompe de Rosy, et, ainsi attachés, ils avançaient très amicalement. Chaque fois qu'un groupe d'enfants, les yeux ronds et surexcités, apparaissait, Sir Magnus, ôtant son chapeau haut-de-forme avec un geste royal, poussait Rosy en avant à l'aide de sa canne et permettait aux enfants de lui tapoter les jambes et de caresser sa trompe. Rosy qui, ainsi que la plupart des animaux d'un bon naturel, avait l'impression qu'aucun être humain ne pouvait mal faire, était enchantée et, du bout de sa trompe, arme qui pouvait être si destructrice lorsqu'elle avait envie de s'en servir, elle flairait délicatement et explorait les visages marqués de taches de rousseur, les mains sales et les nattes.

A cinq heures, au grand soulagement d'Adrian, lorsqu'ils eurent, pour la quatorzième fois, parcouru la plage, ils regagnèrent la demeure de Sir Magnus, rentrèrent Rosy dans sa stalle et se retirèrent à la bibliothèque pour prendre le thé. Sir Magnus, pour quelque obscure raison, semblait ravi de leur sortie. Tandis qu'Adrian mâchait maintes tartines de pain bis grillé dégouttant de beurre, des galettes croquantes ensevelies dans la crème et la confiture de fraises et de grosses tranches brunes et humides de cake aux fruits aussi odorantes qu'une forêt entière au milieu de l'hiver, il écoutait Sir Magnus lui faire un cours sur le système légal, dont la plus grande partie échappait à sa compréhension. Il l'interrompit enfin pour demander :

– Pourquoi êtes-vous si content de cette promenade? Sir Magnus, d'un œil critique et interrogateur, ajouta une cuillerée de cherry brandy à sa tasse de thé et remua le tout pensivement.

– Peut-être ne vous est-il pas apparu, mon cher petit, dit-il d'un air condescendant, comme s'il s'adressait à un jeune enfant retardé, que les chemins de la justice ne sont jamais unis. Aujourd'hui, nous avons été vus par une multitude de gens en train de prendre l'air de façon tranquille et civilisée accompagnés de Rosy. Rosy, comme je l'avais prévu, s'est conduite de façon exemplaire, observée par une populace bouche bée. Et elle, avec une pondération qui lui fait honneur, a flairé et caressé l'affreuse et morveuse progéniture de cette populace. Pourriez-vous croire un seul instant que l'apparente adoration de Rosy pour les enfants et sa douceur à leur égard n'ait pas été rapportée dans les plus humbles masures de la ville?

Sir Magnus s'interrompit pour engloutir une autre galette incrustée de crème et de confiture de fraises. Il s'essuya la bouche et poursuivit d'une voix quelque peu indistincte

– Peu m'importe d'où viendront leurs jurés, dit-il avec une légère suffisance, mais, dès qu'ils arriveront, quelqu'un leur dira quelle créature civilisée est Rosy.

– Mais, dit Adrian, stupéfait, je croyais que la qualité essentielle d'un jury était qu'on ne pouvait l'influencer.

Sir Magnus se redressa de bute sa taille et dévisagea Adrian d'un air impérieux.

– On ne peut, dit-il aigrement, corrompre un jury délibérément. Ce serait immoral.

– Oui, dit Adrian, c'est ce que je pensais.

– On peut cependant, dit Sir Magnus d'un ton égal, puisque les jurés, la chose est notoire, sont mentalement déficients, leur dire ce qu'ils doivent penser.

Il versa du cherry brandy dans sa tasse et, d'un geste large, la vida d'un seul trait.

Chapitre XIX

La justice en marche

Adrian trouva absolument épuisants les quelques jours qui suivirent. En dépit de ses protestations, Sir Magnus avait insisté pour qu'il écrivît à tous ceux qui avaient quelque rapport, si mince fût-il, avec le cas de Rosy. Il était certain que la moitié d'entre eux seraient sans intérêt pour sa défense.

– Laissez-moi en décider sur ce point, mon garçon, dit Sir Magnus. Quant à cette femme Filigree, que pensez-vous de son père?

– Oh, Dieu non! Vous n'avez pas besoin de lui, dit Adrian pris de panique. Il ne fait que parler de ses réincarnations.

– Excellent, dit Sir Magnus. Il n'y a rien de tel qu'une réincarnation pour créer un peu de confusion parmi les jurés. Suggérez à cette fille d'amener son père avec elle.

Adrian était au désespoir. Il avait le sentiment qu'avec la présence de M. Filigree à la barre des témoins il était presque assuré d'être condamné aux travaux forcés à perpétuité. Toutefois, en temps utile, un froid petit billet vint de Samantha, disant brièvement que son père et elle étaient disposés à venir témoigner et finissant par un «sincèrement vôtre» quelque peu glacial.

Peu à peu, les premiers témoins arrivèrent: M. Pucklehammer dans un gai costume à carreaux jaune canari et noir et un magnifique chapeau melon marron tout neuf, enchanté de revoir Adrian et Rosy ; Nell la Noire, qui avait été dépistée non sans difficulté ; Honoria et Ethelbert, tous deux s'amusant énormément de l'aventure et Honoria versant de temps à autre des flots de larmes, auxquels le gin n'était pas étranger, à la pensée de Rosy fusillée et Adrian emprisonné. Ses démonstrations impressionnaient énormément Sir Magnus, car lui-même n'était pas un acteur négligeable et, lorsque tous deux s'y mettaient, Adrian avait la gênante impression qu'ils montaient un grand opéra et non une défense.

Quand les Filigree arrivèrent, Samantha, froide, mais belle, serra avec gravité la main d'Adrian et dit qu'elle était enchantée de cette occasion de renouer des relations avec Rosy, remarque qui piqua Adrian au vif. M. Filigree était transporté de joie, car il n'avait encore jamais vu la mer (sauf dans ses réincarnations précédentes), et il dansait le long du rivage ; dans son ravissement, il agitait ses doigts potelés comme une méduse géante. Chaque fois que Sir Magnus voulait l'interroger, il était absent et des expéditions de recherches devaient aller jusqu'à la plage et l'arracher à ce qui était devenu son occupation favorite : laver Rosy dans les eaux peu profondes et faire des châteaux de sable avec les enfants du voisinage. Au milieu d'eux tous, rugissant comme un taureau ou roucoulant comme une colombe, Sir Magnus marchait à grands pas, rassemblant les fils de leurs diverses histoires.

Screech, affairé, allait servilement sur les talons de Sir Magnus, sa plume grinçant comme un roitelet en démence tandis qu'il consignait des notes copieuses. Adrian avait plusieurs fois tenté de voir Samantha seule, mais sans le moindre succès. Elle était polie, mais distante, et Adrian devenait de jour en jour plus misérable. Lorsque le jour du procès arriva, Adrian était plongé dans un abîme de désespoir, tandis que Sir Magnus, aussi belliqueux qu'un dindon de Noël, marchait à grandes enjambées, engouffrant de grandes quantités de cherry brandy et exsudant le bon vouloir et la confiance.

Après la pièce terne de la justice de paix, qui avait l'air d'une salle de classe, Adrian avait imaginé que celle dans laquelle il passerait en jugement serait la même, mais, à sa surprise, c'était une belle salle. Le fauteuil et le bureau du juge étaient de chêne massif et ornés de sculptures compliquées représentant des feuilles de chêne, des glands et de petits chérubins à fossettes. La façade du banc des témoins était sculptée, elle aussi. Le haut plafond était blanc avec un bas-relief bleu et or.

L'atmosphère était pleine d'un silencieux respect, mais avec un courant sous-jacent d'affairement et d'activité. Sir Magnus s'était aperçu que Screech avait laissé la moitié de ses notes à la maison et en était devenu si furieux qu'Adrian craignait pour la vie du pauvre diable. Ayant été occupé à essayer d'apaiser Sir Magnus, il lui fallut quelques minutes pour se rendre compte que le tribunal s'était empli et que l'expectative allait croissant.

Un personnage anguleux et de très haute taille avait fait son apparition. Sa robe pendait autour de lui en longs plis comme des ailes de chauve-souris et sa perruque était perchée un peu de travers au-dessus d'une tête aux joues creuses avec un menton bleu, des yeux bruns expressifs comme ceux d'un épagneul et une bouche tombante pareille à une fente. Sans son costume, on l'eût pris pour un entrepreneur de pompes funèbres dyspeptique établi dans une ville où jamais personne ne mourait.

– Qui est-ce? demanda Adrian à Sir Magnus.

– Lui? dit Sir Magnus, regardant férocement l'homme, c'est Sir Augustus Talisman. C'est le ministère public.

– Il ne me dit rien qui vaille, dit Adrian.

– Qui, le vieux Gussy! dit Sir Magnus, surpris. Oh, à sa façon, c'est un assez gentil garçon. Mais quand on passe sa vie à accuser les gens, on est forcé de finir par avoir cet air-là.

– Qui est le juge? demanda Adrian.

– Ah, dit Sir Magnus avec satisfaction, c'est une vraie chance. Nous avons le vieux Topsy.

– Topsy! s'écria Adrian. Quel nom inaccoutumé pour un juge!

– Mais non, dit Sir Magnus avec impatience, on l'appelle toujours Topsy, mais son vrai nom est Lord Crispin Turvey.

– Je ne comprends pas, dit Adrian, ahuri.

– Grand Dieu, mon pauvre garçon, dit Sir Magnus. C'est pourtant clair! Turvey Topsy, Topsy Turvey*. C'est le meilleur juge de la circonscription. Il comprend tout à rebours inévitablement. C'est pourquoi le ministère public a l'air si déprimé. Voilà pourquoi on l'appelle Topsy.

* Jeu de mots sur l'expression *Topsy-Turvy* qui signifie sens dessus dessous.

– Voulez-vous dire, demanda Adrian, consterné, qu'il ne sait ce qu'il fait? Et il est juge?

– Ce qu'il fait est parfait, dit Sir Magnus. Mais il se borne à faire le contraire de tous les autres juges. Je crois qu'il porte la responsabilité d'avoir envoyé en prison plus de gens innocents que quiconque.

– Je ne vois pas en quoi cela pourra m'aider, dit Adrian.

Sir Magnus soupira avec l'air de quelqu'un qui supporte un imbécile, sinon de gaieté de cœur, au moins avec patience.

– Écoutez, dit-il avec bienveillance, vous commencez avec un juge qui a des idées embrouillées. Vous comprenez?

– Oui, dit docilement Adrian.

– Eh bien, si votre juge a les idées embrouillées avant même de commencer, la partie est à demi gagnée, dit Sir Magnus. Il embrouillera alors les idées du jury et, à mon tour, j'embrouillerai et les idées du jury et les siennes.

– Je ne vois vraiment pas… commença Adrian.

– Vous seriez surpris, dit Sir Magnus, de ce qu'on peut obtenir si l'on crée une confusion suffisante. C'est comme un rideau de fumée dans une bataille.

– Oh, dit Adrian, je comprends.

Mais, intérieurement, il se résignait au fait qu'avec Sir Magnus pour défenseur, il lui faudrait passer dix ans au moins en prison.

Le greffier se mit sur pied.

– Tout le monde debout, dit-il d'une voix de fausset chevrotante.

La salle s'emplit d'un bruit de pieds remués tandis que tout le monde se levait. Une porte s'ouvrit et, avec une démarche traînante, un petit homme ratatiné, vêtu d'une robe rouge, s'avança, s'assit dans le grand fauteuil sculpté et regarda autour de lui avec l'air d'une taupe surprise. Tout le monde s'assit. Certains toussèrent pour s'éclaircir la gorge et il y eut un bruissement de papiers. Le greffier se leva de nouveau.

– My lord, dit-il d'une voix flûtée, accusation contre Adrian Rookwhistle. Adrian Rookwhistle, dit-il, dévisageant Adrian qui s'était levé, l'accusation contre vous est que le 5 juin, au Théâtre de l'Alhambra à Scallop, dans le Comté de Brockelberry, vous avez troublé l'ordre public dans le susdit théâtre en causant de sérieuses blessures corporelles à un certain Emanuel S. Clattercup, vous servant dans ce dessein d'un gros pachyderme sauvage, à savoir un éléphant, pour attaquer le susdit Clattercup dans le susdit Théâtre de l'Alhambra. Plaidez-vous coupable ou non coupable?

Adrian était si confondu par l'accusation qu'il restait debout et regardait fixement le greffier.

– Non coupable, dit Sir Magnus.

– Non coupable, dit Adrian.

Le greffier s'assit. Un gardien de la paix, gros, jovial et sociable, qui partageait le banc des prévenus avec Adrian, lui planta un doigt dans les côtes.

– Asseyez-vous, mon garçon, lui murmura-t-il.

Adrian se pencha par-dessus le banc.

– Que va-t-il arriver, maintenant? demanda-t-il à Sir Magnus.

Sir Magnus porta une prise à son nez et fit sursauter tout le tribunal par un éternuement gigantesque.

– Le vieux Gussy va débobiner pendant un certain temps. Détendez-vous un peu ou faites un petit somme si vous en avez envie.

Le juge avait regardé avec hésitation autour de lui pour essayer de situer l'endroit précis du tribunal d'où l'éternuement était parti. Il réussit enfin à fixer son regard indécis sur Sir Magnus.

– Sir Magnus, dit-il.

– M' lord? dit Sir Magnus, se levant et s'inclinant avec une fausse obséquiosité.

– Je sais, dit le juge, que vous vous adonnez au tabac à priser. Je vous serais très reconnaissant si vous pouviez me faire savoir si nous allons être constamment interrompus par ce bruit effrayant que vous semblez forcé de faire à chaque prise.

– Je vous demande pardon, m' lord, dit Sir Magnus. La prochaine fois, je le réprimerai.

– Veillez-y, dit le juge.

Il regarda le ministère public.

– Puisque Sir Magnus a fini d'éclaircir ses fosses nasales, vous pouvez poursuivre, dit-il à Sir Augustus.

Sir Augustus Talisman se leva, tourna la tête vers le juge et passa plusieurs minutes à ajuster les manches de sa robe et à feuilleter une pile de notes sur la table devant lui. Puis il se tourna vers son greffier et eut avec lui une consultation à voix basse. Le greffier plongea sous la table et reparut, étreignant cinq ou six gros volumes, chacun d'eux marqués de longues bandes de papier rose, qu'il posa sur la table à côté de Sir Augustus. Sir Magnus et le juge, ayant réglé la question du tabac à priser, paraissaient s'être assoupis. Sir Augustus arrangea de nouveau sa robe, s'éclaircit la gorge, étreignit son revers d'une main et parla.

– My lord, dit-il, d'une voix doucereuse, le cas présenté devant vous est, pour n'en pas dire plus, quelque peu inaccoutumé, si inaccoutumé, de fait, qu'il m'a fallu beaucoup de temps et de patience pour trouver un précédent dans les lois de ce pays.

Il s'interrompit pour poser affectueusement la main sur la pile de volumes reliés de veau sur la table devant lui.

– En résumé, m' lord, reprit-il, car je n'ai aucun désir de faire perdre à Votre Seigneurie un temps précieux et ne crois pas me tromper en pensant que Votre Seigneurie préfère les choses succinctes et précises, je dirais que cet outrage (et j'ai l'impression qu'en employant le terme d'outrage je ne suis en aucun cas trop sévère dans ma description) est l'un des cas les plus extraordinaires que j'aie jamais vus au cours d'une longue carrière au barreau.

Il s'arrêta pour jeter un coup d'œil sur ses notes en les tapotant pensivement de son index. Sir Magnus semblait plongé dans un profond et paisible sommeil. Adrian, qui s'était attendu à le voir bondir et protester, était quelque peu déçu.

– L'accusé, Adrian Rookwhistle, poursuivit Sir Augustus, a apparemment hérité de son oncle une éléphante adulte. Le nom de cette éléphante est apparemment Rosy, de sorte que, pour éviter toute confusion et avec la permission de Votre Seigneurie, bien entendu, c'est par ce nom que je la désignerai.

Il s'interrompit un instant et reprit

– Dans la soirée du 31 mai, Rookwhistle arriva à Scallop et, le lendemain, il se rendit au Théâtre de l'Alhambra, où il sollicita un emploi auprès de M. Clattercup, le propriétaire du théâtre. M. Clattercup, ayant l'impression que l'introduction d'un éléphant apprivoisé et, Votre Seigneurie, j'insiste sur le mot apprivoisé, dans son spectacle (qui, je crois, était appelé *Ali Baba et les Quarante Voleurs*), serait d'un grand attrait, engagea Rookwhistle et l'éléphante Rosy. M. Clattercup avait dépensé une somme d'argent considérable pour la production de cette pantomime. Le soir de la première, la salle était, comme on pouvait s'y attendre, pleine des habitants de la localité à qui la culture tient tant à cœur. La moitié de la première scène fut jouée sans incident, mais c'est alors que Rookwhistle, qui, selon les témoins, avait bu et encouragé l'éléphante à boire également, perdit tout contrôle sur l'animal, qui devint furieux.

Adrian, scandalisé par cette insolence, jeta un coup d'œil vers Sir Magnus, mais son défenseur dormait toujours paisiblement.

– J'ai ici, m' lord (et je n'ai pas besoin de vous importuner avec les détails), une liste précise des dommages qui ont été causés par l'éléphante sus-mentionnée, mais elle a trait aux dommages causés aux décors et à divers accessoires. Venons-en maintenant aux dommages personnels infligés par cet animal. Le violoniste de l'orchestre a subi de nombreuses coupures et contusions lorsqu'il a été atteint par un palmier projeté par l'éléphante. Le chef d'orchestre a souffert d'une commotion et M. Clattercup, le propriétaire, a non seulement reçu de graves contusions, mais a eu également une jambe cassée du fait qu'il a été lancé dans la fosse de l'orchestre par cette créature devenue folle furieuse.

A ce point de la péroraison, le juge fit un petit cri aigu que l'on eût pu prendre ou non pour un rire.

– M' lord, dit Sir Augustus sur le ton de quelqu'un qui prononce une oraison funèbre, j'apporterai la preuve que l'accusé Rookwhistle a, depuis un temps considérable, parcouru la région avec cet animal, causant des ravages partout où il a passé, et qu'en conséquence son acceptation pour cet emploi au Théâtre de l'Alhambra a été obtenue par ruse et tromperie, puisqu'il prétendait que l'animal était apprivoisé, alors qu'il savait que c'était en réalité une créature féroce, indocile et impossible à maîtriser, donc un risque pour la vie et les biens d'autrui.

Adrian était si exaspéré par cette dénaturation des faits qu'il se pencha par-dessus la barre des accusés, prit Sir Magnus par l'épaule et le secoua.

– Ah! dit vivement Sir Magnus. Gussy a fini, n'est-ce pas? Avez-vous entendu ce qu'il a dit?

– Oui, dit Adrian d'une voix sifflante. Il a tout altéré pour faire croire que Rosy et moi sommes coupables.

– Il y est obligé, dit Sir Magnus. Il est payé pour ça.

– Mais ne pouvez-vous dire quelque chose? demanda Adrian. Ne pouvez-vous vous lever et dire au juge que ce n'est pas vrai?

– Ne vous affolez pas, mon cher enfant, dit Sir Magnus. Souvenez-vous qu'une araignée met des heures à tisser une toile que l'on peut détruire avec une canne en un tournemain.

Adrian dut se contenter de ces paroles. Comme Sir Augustus feuilletait ses notes et remettait sa robe en ordre, Adrian examina le jury.

Tous les jurés avaient l'air morose, des yeux percés en vrille et une expression implacable. Ceux qui n'étaient pas tombés immédiatement en léthargie passaient leur temps à consulter subrepticement leur montre et semblaient n'être concentrés sur rien de particulier. Adrian avait le sentiment qu'ils étaient disposés à le condamner séance tenante, soit par esprit de rancune, soit par désir de retourner à leurs affaires aussi rapidement que possible.

– Maintenant, je vais appeler un premier témoin, dit Sir Augustus. Sir Hubert Darcey.

– Qu'on fasse entrer Sir Hubert Darcey, cria le greffier.

Sir Hubert s'avança à grandes enjambées comme s'il était sur un terrain de manœuvres. Ses favoris étaient plus magnifiques encore et il avait l'air plus terrifiant que ne s'en souvenait Adrian. Il gagna la barre des témoins et prêta serment avec l'expression de quelqu'un qui trouve un peu insultant que quiconque puisse mettre sa sincérité en question.

– Vous êtes, dit Sir Augustus, Hubert Darcey, de Bangalore Manor, dans le village de Monkspepper?

– Oui, répondit Darcey avec une voix de tonnerre.

– Sir Hubert, dit le juge, peut-être auriez-vous la bonté de donner votre témoignage sur un ton un peu moins fort? L'acoustique de cette salle est telle que si vous utilisez toute la force de vos poumons, cela provoque une répercussion extraordinaire qui fait vibrer mon bureau et mon fauteuil.

– Très bien, my lord, grogna Sir Darcey.

– Vous êtes le maître d'équipage de la chasse de Monkspepper, n'est-ce pas?

– Oui, dit Sir Darcey, depuis vingt ans.

– Et maintenant, vous rappelez-vous le 20 avril?

– Oui, dit Darcey, j'en ai un souvenir très vif.

– Bien. Auriez-vous la bonté de dire à Sa Seigneurie et au jury ce qui s'est exactement passé?

– Oui, dit Darcey, assourdissant son grognement. C'était par une belle matinée, m' lord, et les chiens avaient trouvé dans le bois de chênes derrière Monkspepper…

– Trouvé quoi? demanda le juge.

– La trace, dit Darcey.

– Quelle sorte de trace? demanda le juge avec intérêt.

– La trace d'un renard, dit Darcey.

– Ces occupations rurales sont vraiment des plus intéressantes, dit rêveusement le juge. Continuez, je vous en prie.

– Eh bien, la meute nous mena à travers les bois de chênes, sur la route de Monkspepper, pour nous conduire finalement dans un pré qui aboutit à la rivière. J'aimerais ajouter qu'il n'y a qu'une entrée à ce pré et qu'il est complètement entouré d'une haie haute et très épaisse. Donc, la meute entra dans le pré et nous la suivîmes. La première chose qui frappa ma vue fut un tonneau d'aspect extrêmement vulgaire, peint de couleurs vives, des couleurs qui ne peuvent être attribuées qu'à un bohémien. Et tout à coup, de derrière les arbres, apparut, à mon étonnement, un éléphant. Les chiens furent pris de panique, ce qui est bien naturel, ainsi que les chevaux, et ce à tel point que, pris par surprise, même des cavaliers aussi expérimentés que moi furent jetés à terre. Malheureusement, je tombai sur la tête et ne dus la vie qu'à mon chapeau haut-de-forme. Avant qu'il me fût possible de dégager ma tête du chapeau qui l'emprisonnait, je fus saisi par l'éléphant, emporté à travers le pré et projeté violemment à terre aux pieds de l'accusé qui, à mon horreur, ne portait qu'un caleçon tout mouillé.

– Quoi! Il était en caleçon? demanda le juge, visiblement charmé.

– Il me dit qu'il avait nagé dans la rivière avec l'éléphant, m' lord…, pour effrayer le saumon.

– Avez-vous subi quelque blessure en cette rencontre? demanda le juge.

– Heureusement non, m' lord, seulement quelques contusions légères.

– Je cite ce fait, m' lord, dit Sir Augustus, simplement pour prouver mon point de vue, à savoir que l'accusé connaissait parfaitement son éléphant pour être une créature dangereuse, car ce genre d'attaque sur des gens est arrivé antérieurement à l'affaire du Théâtre de l'Alhambra.

– Je vois, dit le juge d'un air de doute.

Sir Augustus s'assit et le juge, jetant un coup d'œil sur Sir Magnus, apparemment inconscient, demanda:

– Voudriez-vous vous joindre à nous pour quelques instants et faire subir au témoin un contre-interrogatoire?

Oui, m'Lord, dit Sir Magnus, se mettant lentement sur pied.

Il dévisagea Darcey d'un regard pénétrant et demanda:

– Vous dites que les seuls dommages que vous ayez subis étaient de légères contusions?

– Oui.

– Montiez-vous un bon cheval? demanda Sir Magnus de façon inattendue.

Le visage de Darcey s'empourpra.

– J'élève les plus beaux chevaux de la région, grogna-t-il.

– Mais il est évident qu'il n'avait pas été bien dressé? demanda Sir Magnus.

– C'est une monture parfaite, dit Darcey d'un ton hargneux. Mais, hors des cirques, les chevaux ne sont pas dressés à affronter des éléphants.

– Vous diriez donc qu'il est tout à fait normal que votre cheval ait pris peur et vous ait jeté à terre? demanda Sir Magnus.

– Naturellement, dit Darcey.

– Ainsi, vos contusions ont en réalité été causées par votre chute de cheval? demanda Sir Magnus.

Darcey lui jeta des regards furieux.

– Allons, allons, dit suavement Sir Magnus, c'est certainement ce que vous nous avez dit?

– Je ne vois vraiment pas où nous mène ce genre de questions, dit plaintivement le juge.

– M' lord, dit Sir Magnus, j'essaie simplement de faire observer à Votre Seigneurie et au jury (ici, il jeta un regard féroce qui parut électrifier le jury tout entier) que les contusions légères – et j'emploie les propres termes du témoin – qu'il a subies étaient dues au fait qu'il a été jeté à bas de son cheval et que les contusions n'ont absolument rien à voir avec l'éléphante en question.

Sir Augustus se leva.

– My lord, dit-il, que le témoin ait subi des contusions en tombant de son cheval, là n'est pas la question. Il ne serait pas tombé de son cheval si le cheval n'avait été menacé par l'éléphante.

– L'éléphante a-t-elle fait quelque chose à votre cheval? demanda Sir Magnus à Darcey.

– Non, dit Darcey à contrecœur. Elle a simplement barri.

– Barri, hein, dit le juge. Très intéressant. Je ne crois pas avoir jamais entendu barrir un éléphant. A quoi cela ressemble-t-il?

– A une sorte de crissement aigu, Votre Seigneurie, expliqua Sir Magnus.

Puis, jetant un coup d'œil aux jurés, il poursuivit :

– Je crois que nous avons établi qu'en fait l'éléphante n'est pas responsable des dommages subis par le témoin. Sa Seigneurie n'est-elle pas d'accord?

– Si, si. C'est très clair, dit le juge en notant la chose.

Sir Augustus jeta un regard sinistre en direction de Sir Magnus. Quant à lui, le point n'avait pas été si clairement établi, mais si le juge en avait décidé ainsi, il ne pouvait guère argumenter là-dessus.

– Je n'ai pas d'autres questions à poser, dit Sir Magnus, s'asseyant, l'air satisfait, avec l'air, en vérité, de quelqu'un qui a gagné la partie. Le jury était visiblement impressionné.

– Peut-être aimerais-je rappeler ce témoin un peu plus tard au cours de la procédure.

– Certainement, Sir Augustus, dit le juge.

Il se pencha un moment sur ses notes, puis leva les yeux sur Sir Magnus.

– Un crissement aigu? demanda-t-il.

Oui, my lord, dit Sir Magnus, assez semblable à celui que fait un crayon sur une ardoise, mais amplifié. Le juge consigna soigneusement dans ses notes ce point d'histoire naturelle.

– J'aimerais entendre Lady Fenneltree.

Vêtue de velours violet foncé et d'un voile noir sur son chapeau de paille, Lady Fenneltree entra dans la salle, paraissant voguer comme un galion prospère. Elle prêta serment, rejeta son voile en arrière et fit au juge un signe de tête qui semblait vouloir dire: «Maintenant, vous pouvez continuer». En réponse aux questions de Sir Augustus, elle déclina son identité de sa voix claire et pénétrante et son attitude était si impressionnante que même les plus distraits des jurés se redressèrent sur leur siège, leur intérêt en éveil.

– Lady Fenneltree, dit Sir Augustus, vous rappelez-vous la soirée du 28 avril?

– Cette soirée, dit Lady Fenneltree d'une voix aussi cassante qu'un bruit de glaçons tombant d'un toit, est, de façon indélébile, gravée dans ma mémoire.

– Voudriez-vous dire à Sa Seigneurie et au jury pourquoi?

Elle se tourna à demi vers le juge, le cloua à son fauteuil avec un regard bleu et hypnotique, croisa les mains devant elle et commença

– Le 28 avril était le dix-huitième anniversaire de ma fille, dit-elle.

– Cela a-t-il quelque rapport avec l'affaire? demanda le juge.

– On m'a demandé, dit Lady Fenneltree, de raconter l'histoire en mes propres termes.

– Certainement, certainement, dit le juge, faisant une note hâtive et hors de propos.

– C'était le dix-huitième anniversaire de ma fille, recommença Lady Fenneltree et nous donnions un bal en son honneur. Naturellement, nous avions un grand nombre d'invités. De fait – elle se permit ici un petit sourire amer – je puis dire que tous ceux qui avaient un certain rang étaient là. J'avais demandé à mon mari de penser à un divertissement original, de nature humoristique si possible, pour l'édification des invités. Il m'avait assuré qu'il avait pris la chose en main, mais désirait en garder le secret. J'étais allée faire des achats en ville avec ma fille et, à mon retour, j'ai trouvé ça (et elle fit vers Adrian un geste de dédain) installé dans la maison.

– Avec son éléphant? s'enquit le juge.

– Malheureusement oui, dit Lady Fenneltree.

– Mais comment, demanda le juge, lui prêtant toute son attention, comment s'arrangeait-il pour lui faire monter et descendre l'escalier?

– Heu… my lord, dit Sir Augustus, se levant en hâte. Il faut, je crois, expliquer que l'accusé laissait son éléphante dans une stalle des écuries à l'insu de Lady Fenneltree.

– Oh, dit le juge, c'est différent.

Il regarda Sir Augustus, maintenant convaincu qu'il faisait autorité en matière d'éléphants.

– Les éléphants peuvent-ils monter les escaliers? demanda-t-il.

– Indubitablement, dit Sir Augustus.

– En tout cas, dit Lady Fenneltree, irritée par l'interruption du juge, mon mari avait secrètement gardé l'éléphante dans les écuries, à mon insu, comme l'a dit Sir Augustus. Il avait élaboré un plan ridicule auquel, si on l'avait signalé à mon attention, j'aurais mis fin immédiatement. Lui et cette créature, Rookwhistle, devaient se costumer en Indiens et amener l'éléphant dans la salle de bal, assis dans un palanquin.

Le juge se pencha en avant et, perplexe, la regarda fixement.

– Mais, j'avais toujours cru, dit-il, qu'un palanquin était une chose que les éléphants portent sur leur dos.

– En effet, dit Lady Fenneltree.

– Mais alors, demanda plaintivement le juge, comment ont-ils réussi à faire entrer l'éléphant dans le palanquin?

D'un bond, Sir Augustus se mit sur pied une fois de plus, sentant que Lady Fenneltree était sur le point de reprendre le juge de façon brève, mais bien sentie.

– My lord, dit-il, Lord Fenneltree et l'accusé, costumés en Indiens, placèrent un palanquin sur le dos de l'éléphant et entrèrent dans la salle de bal dans le palanquin.

Le juge se mit à faire pour lui-même de petits cris aigus et des reniflements, tremblant de tout son corps comme s'il avait un accès de fièvre. Quelques secondes s'écoulèrent avant que le tribunal ne se rendît compte qu'il riait. Au bout d'un certain temps, toujours tremblant d'hilarité, il s'essuya les yeux et se pencha en avant.

– On pourrait presque dire «en voilà une affaire!»*, hein, Sir Augustus? Puis il se remit à rire sans pouvoir s'arrêter.

– Ha, ha! dit Sir Augustus, respectueux. Extrêmement spirituel, my lord.

Un affreux silence tomba sur le tribunal, tandis que le juge était aux prises avec son sens de l'humour. Au bout d'un certain temps, il s'essuya les yeux avec son mouchoir, se moucha, puis agita la main vers Lady Fenneltree.

– Continuez, madame, je vous en prie, dit-il.

– Tous mes invités prenaient plaisir aux divertissements modestes, mais convenables, que nous leur offrions, dit Lady Fenneltree, quand, tout à coup, les portes de la salle de bal s'ouvrirent toutes grandes et l'éléphant se précipita à l'intérieur et glissa jusqu'au bout de la salle.

– Glissa? demanda le juge.

* Jeu de mots sur *howdah* (palanquin) et *how da do*, corruption de (*a pretty*) *how-d'ye-do!* qui signifie : en voilà une affaire!

– Glissa, dit Lady Fenneltree d'un ton ferme.

Le juge interrogea du regard Sir Augustus.

– Je ne suis pas tout à fait sûr de comprendre le témoin.

– Il glissa, my lord, dit Sir Augustus, sur le parquet.

– Glissa…, dit le juge, rêveur.

Puis il regarda Sir Magnus.

– Les éléphants peuvent-ils glisser? demanda-t-il.

– Sur une surface bien polie et avec un élan suffisant, je crois, my lord, que même un éléphant petit glisser, dit Sir Magnus.

– Attendait-on de lui qu'il glissât est à côté de la question, répondit-elle d'un ton tranchant Il glissa tout droit jusqu'aux tables où se trouvaient les victuailles et les vins. Mon mari était dans le palanquin, dans son ridicule attirail, et le palanquin tomba. Je m'approchai de lui et lui demandai pourquoi il avait jugé bon d'introduire un éléphant dans une salle de bal.

– Une excellente question, dit le juge, frappé par la pénétration de Lady Fenneltree. Et qu'a-t-il répondu?

– Il a répondu, dit Lady Fenneltree avec amertume, que c'était une surprise.

– Eh bien, dit judicieusement le juge, c'était une honnête réponse. Car c'était vraiment une surprise, n'est-ce pas?

– Depuis ce soir-là, dit Lady Fenneltree, en dépit de mon vocabulaire, qui n'est pourtant pas négligeable, je me torture la cervelle pour trouver un autre terme que «surprise» assez fort pour dépeindre cette épreuve.

– Je suis on ne peut plus d'accord avec vous, dit le juge d'un ton décidé. C'est exactement ce que je pense moi-même.

– Puis-je continuer? demanda Lady Fenneltree, et de préférence sans de nouvelles interruptions?

– Naturellement, naturellement, dit le juge. Oui, assurément. Qu'arriva-t-il ensuite?

Il se pencha en avant et regarda attentivement Lady Fenneltree comme un enfant à qui l'on raconte une histoire.

– Les victuailles furent gâchées, bien entendu, dit Lady Fenneltree. L'éléphant était complètement déchaîné et se précipitait furieusement de tous côtés, cherchant qui il pourrait dévorer. J'étais en train de reprendre doucement mon mari pour sa stupidité d'avoir introduit une bête sauvage dans une telle demeure, lorsque l'animal fit tomber un lustre d'une valeur inestimable et, se jetant sur moi, me saisit dans sa trompe.

– Grand Dieu! dit le juge. Et qu'avez-vous fait?

– Étant une simple femme, dit Lady Fenneltree d'une voix pareille à celle d'un clairon sonnant une charge de cavalerie, je me suis évanouie.

– Très bien, dit le juge. Ce dut être une épreuve navrante.

Lady Fenneltree inclina légèrement la tête, s'efforçant, sans grand succès, d'avoir l'air d'une vierge modeste et craintive.

– Quand je revins à moi, dit-elle, je me trouvais sur un saumon.

– Il me semble, dit le juge, perplexe, qu'il y ait dans cette affaire un tas d'animaux ! Saviez-vous, Sir Augustus, qu'il y avait tant d'animaux dans cette affaire ?

Sir Augustus ferma un moment les yeux.

– Oui, my lord, dit-il, mais le saumon était mort.

– Dans une salle de bal, c'est probable, dit le juge. Il n'en saurait être autrement, à moins qu'il n'y ait un bassin ou autre chose.

– Il n'y a pas de bassin dans notre salle de bal, dit Lady Fenneltree.

– Eh bien, voilà, dit le juge d'une voix triomphante. Cela démontre qu'il devait être mort.

– C'était un saumon froid, dit Lady Fenneltree.

– Parce qu'il était mort ? demanda le juge.

Sir Augustus se leva une fois de plus avec un air patient.

– Pour l'édification des invités, my lord, dit-il, Lady Fenneltree avait acheté un grand saumon fumé. Celui-ci avait été déplacé par les activités du pachyderme et, lorsqu'il eut fini de la promener par la salle, il la déposa, inconsciente, sur le poisson.

– Passionnant, dit le juge, je ne me souviens pas d'une cause où je me sois tant diverti. Racontez encore, Lady Fenneltree.

– J'étais donc sur le saumon et je revins à moi juste à temps pour voir l'éléphant se saisir de Sir Darcey et le lancer à terre, ce qui était une tentative de meurtre évidente.

Lady Fenneltree n'avait jamais eu la sympathie d'Adrian et il ne put digérer ce mensonge délibéré.

Puisque, visiblement, Sir Magnus n'interviendrait pas à ce sujet, il se crut obligé de le faire.

– C'est un mensonge ! hurla-t-il, se levant d'un bond. De sa vie, Rosy n'a jamais fait de mal à personne. Vous n'êtes qu'une vieille vache vindicative !

Une vague d'excitation et d'admiration envahit le tribunal. Lady Fenneltree jeta à Adrian un regard dédaigneux et se tourna vers le juge.

– My lord, demanda-t-elle avec une mordante douceur, laissez-vous généralement insulter les témoins dans votre tribunal ?

– Non, pas généralement, dit le juge d'un air distrait. Mais, dites-moi, que vient faire cette vache dans l'affaire ? Il me semble qu'il y a là beaucoup trop d'animaux.

Sir Augustus, avec l'air d'un Horatio qui a perdu au bridge, se leva d'un air irrésolu.

– Je crois, my lord, dit-il, que le témoin a clairement démontré que l'éléphant était énorme, malfaisant et déchaîné, animé de ce désir naturel de tuer qu'ont les créatures sauvages.

– Quelle bêtise ! hurla Adrian.

– Voulez-vous la boucler, dit Sir Magnus, s'éveillant pour un bref instant. En pestant de cette façon, vous faites plus de mal que de bien. Abandonnez-moi la vieille vache.

– Je crois, dit Sir Augustus, ignorant avec une exquise courtoisie l'éclat d'Adrian, avoir clairement montré à Votre Seigneurie et à cette honorable assemblée que forment les jurés qu'en deux occasions la personne censée avoir la charge de cet animal sauvage, à savoir Adrian

Rookwhistle, l'a laissé se déchaîner. L'extraordinaire – et nous pouvons en remercier une miséricordieuse providence – est que personne n'ait été tué.

Il s'assit avec un petit air de satisfaction et Sir Magnus se mit lentement sur pied.

– Lady Fenneltree, dit-il, lui souriant d'un air malicieux, haussant et abaissant ses sourcils de façon interrogative, vous nous avez donné un compte rendu honnête et sincère des événements survenus dans la soirée du 28 avril.

Lady Fenneltree se rengorgea.

– Naturellement, dit-elle.

– Selon ce que vous dites, reprit Sir Magnus en guise d'amorce, vous devez avoir subi une épreuve terrible, presque capable de détraquer l'esprit, pourrait-on dire, mais vous avez déployé toutes les qualités de courage et de détermination qui ont fait de la femme anglaise l'envie du monde entier.

Un petit commencement d'applaudissements à l'arrière du tribunal fut immédiatement contenu.

– De quel côté êtes-vous? demanda Adrian d'une voix sifflante.

Sir Magnus sourit tranquillement, tira sa tabatière de son gilet, mais, croisant le regard du juge, il la remit en place.

– Il y a plusieurs choses que vous ne nous avez pas dites, poursuivit Sir Magnus, ce qui démontre dans votre nature une qualité de modestie qui est, qu'il me soit permis de le dire, absolument féminine, absolument charmante.

Lady Fenneltree inclina royalement la tête.

– Par exemple, dit Sir Magnus, regardant le jury et étendant la main, vous n'avez rien dit de votre ascendance. Vous étiez, je crois, une Plumbdragon?

– Oui, dit Lady Fenneltree. Mon père était Lord Plumbdragon.

– Les Plumbdragon et les Fenneltree font partie de la substance aristocratique de cette région depuis quelque quatre cents ans. Est-ce exact?

– Oui, dit Lady Fenneltree.

– Pendant tout ce temps, dit Sir Magnus, regardant le jury, les Plumbdragon et les Fenneltree ont régné sur de vastes terres, nourrissant et gâtant les petites gens qui habitaient là. Ils ont été de brillants exemples pour les communautés qui vivaient à leurs portes, des exemples de modestie, de cette modestie personnifiée par Lady Fenneltree elle-même, des exemples d'honnêteté, de loyauté et, surtout, de sincérité. Pour des gens comme vous et moi (des gens de moindre naissance), les Plumbdragon et les Fenneltree sont des gens sur qui l'on peut compter. Jadis, avant l'établissement de tribunaux dignes et équitables comme celui-ci, sur qui pouvions-nous compter, nous autres petites gens, pour la compassion et ces qualités qui ont fait notre pays ce qu'il est: loyauté et honnêteté? Nous comptions sur les Plumbdragon et les Fenneltree de ce monde.

Sir Augustus, sentant un piège sans être à même d'en discerner la nature, se leva.

– My lord, dit-il, interrompant Sir Magnus, je ne

vois vraiment pas, si passionnant qu'il soit, ce que le discours de mon savant ami ajoute à cette cause.

– My lord, dit Sir Magnus, je sais que je suis ici pour la défense. Néanmoins, je ne veux pas qu'il soit dit que j'ai malmené et effrayé une femme au banc des témoins, et, de plus, une femme qui possède toutes les qualités dont je viens de parler.

– Mais, Sir Magnus, fit observer le juge, à peine avez-vous questionné le témoin. Il n'y a aucune raison de dire que vous l'avez malmené.

– M'lord, dit Sir Magnus, je désire que l'esprit des jurés soit en repos.

Il jeta ici au jury un regard plein de feu.

– Nous essayons tous de découvrir la vérité. C'est pour cela que nous sommes assemblés ici et tout ce que je vous dis à vous, my lord, et au jury est que, de la bouche d'une femme aussi noble, modeste et aristocratique, nous ne pouvons attendre que la vérité.

– Mais elle a prêté serment, dit le juge avec irritation. J'aurais cru cela suffisant. Je trouve qu'il serait plus utile, Sir Magnus, qu'au lieu de nous faire une conférence, vous questionniez le témoin en vous efforçant autant que possible de ne pas introduire d'autres animaux dans l'affaire.

– Comme il plaira à Votre Seigneurie, dit Sir Magnus.

Il se tourna et fit à Lady Fenneltree un caressant sourire.

– Vos souvenirs de la soirée du 28 avril semblent être d'une clarté remarquable, dit-il.

– Ils sont, dit Lady Fenneltree, extrêmement clairs.

– Pardonnez-moi de vous poser cette question, dit Sir Magnus. Pour une femme sensible et bien élevée, une telle épreuve a dû être terrifiante, il serait donc parfaitement compréhensible que, sur certains points, vos souvenirs fussent légèrement confus.

– Sir Magnus, dit Lady Fenneltree d'un ton tranchant, je puis être ou non douée de toutes les qualités que vous avez citées, mais j'en ai une qui ne me fait jamais défaut : je suis observatrice à l'extrême.

– Si observatrice, dit Sir Magnus, comme se parlant à lui-même, que vous n'avez même pas remarqué qu'un éléphant avait élu domicile dans vos écuries.

Lady Fenneltree lui jeta un mauvais regard.

– Généralement, dit-elle d'un ton mordant, je ne passe pas ma vie dans les écuries et mon mari m'avait caché qu'il y gardait secrètement un éléphant.

– Naturellement, dit Sir Magnus d'une voix apaisante, c'est une chose qui peut échapper à tout le monde, n'est-ce pas ?

Il jeta un coup d'œil au jury comme s'il espérait qu'il sympathiserait avec Lady Fenneltree dans cette défaillance.

– Mais, poursuivit-il, revenons-en à cette soirée du 28 avril. Vous dites que l'éléphant a glissé dans la salle de bal, renversé les tables où se trouvaient les victuailles et les boissons et s'est, selon vos propres termes, précipité furieusement de tous côtés, cherchant qui il pourrait dévorer. Votre souvenir de cette partie de l'histoire est tout à fait clair, n'est-ce pas ?

– Tout à fait clair, dit Lady Fenneltree, soupçonneuse.

– Plus tard, dit Sir Magnus, vous avez repris conscience juste à temps pour voir l'éléphant tenter délibérément de tuer Sir Hubert?

– Oui, dit Lady Fenneltree.

– Votre impression était que, de la part de cet animal dangereux et déchaîné, c'était une attaque non provoquée?

– Oui, dit Lady Fenneltree.

– Vous-même avez subi la désagréable épreuve d'être saisie par l'éléphant, dit Sir Magnus, et vous vous êtes évanouie, ce qui, bien entendu, était fort convenable. Quand vous êtes revenue à vous, vous étiez, semble-t-il, étendue sur un saumon?

– Oui, dit Lady Fenneltree.

Avez-vous subi des contusions dans cette épreuve?

– Non, dit Lady Fenneltree, mais je ne puis l'attribuer qu'au fait que, grâce à Dieu, l'animal m'a lâchée pour attaquer Sir Hubert.

– Cet éléphant n'est donc pas insatiable, dit Sir Magnus. On pourrait être amené penser qu'il aurait pu en finir avec une victime avant de se jeter sur l'autre.

– Oui, c'est ce qui est arrivé, dit Lady Fenneltree.

Sir Magnus soupira, sortit sa tabatière d'un air distrait, porta une prise à ses narines et éternua.

– Sir Magnus, dit le juge, j'espère ne pas avoir à vous rappeler de ne pas éternuer au tribunal.

– Veuillez m'excuser, m'lord, dit Sir Magnus, j'étais emporté par l'émotion. C'est avec la plus grande répugnance qu'il me faut faire subir à Lady Fenneltree la désagréable épreuve d'être au banc des témoins. Pour une citoyenne honnête et respectueuse des lois, ce ne peut être là qu'une épreuve dégradante.

Il fit claquer le couvercle de sa tabatière, la remit dans sa poche et se tourna de nouveau vers Lady Fenneltree. Mais un changement subtil paraissait s'être opéré en lui. Il se hérissait et frémissait comme un petit terrier agile devant un trou de rat.

– Nous avons donc établi, Lady Fenneltree, que vous êtes exceptionnellement perceptive et que vos souvenirs de la soirée en question sont extrêmement clairs. Nous avons également établi, cela va de soi, que votre honnêteté ne fait pas l'ombre d'un doute.

Il jeta aux jurés un regard brillant et pétillant de malice, et tous, involontairement, acquiescèrent d'un hochement de tête.

– Par conséquent, dit Sir Magnus, je ne vous retiendrai pas beaucoup plus longtemps. Il y a seulement un petit point que je serais heureux de vous voir éclaicir pour l'édification du jury.

Il s'interrompit pour jeter un coup d'œil sur ses notes. Il était parfaitement visible pour tous, y compris Lady Fenneltree, qu'il ne les lisait nullement. La pause n'était qu'un effet tandis qu'il attendait, ouvert et luisant comme un trébuchet. Lady Fenneltree se rendait compte qu'on l'amenait dans une impasse. Son nez royal flairait le danger, mais elle ne pouvait voir de quelle direction il venait. Finalement, Sir Magnus leva les yeux, plissa les sourcils en la regardant de façon amicale et désarmante.

– Vous dites que l'éléphant a glissé sur toute la longueur de la salle de bal pour heurter les tables où se trouvaient les victuailles? demanda-t-il.

– Je vous l'ai déjà dit, répliqua Lady Fenneltree.

Sir Magnus feuilleta ses notes.

– Après cela, dit-il, l'éléphant se déchaîna par toute la salle?

– Oui, dit Lady Fenneltree.

– Au cours de son avance destructrice, dit Sir Magnus, vous déclarez qu'il a décroché le lustre?

– Oui, dit Lady Fenneltree.

– A Fenneltree Hall, la salle de bal, si je comprends bien, est très vaste?

– C'est une pièce magnifique, dit Lady Fenneltree.

– Elle a, je crois, à l'une des extrémités, une galerie réservée aux musiciens?

– C'est là que se tenait l'orchestre, dit Lady Fenneltree.

– On pourrait donc présumer, dit suavement Sir Magnus, puisque c'est une pièce magnifique, que le plafond est très haut.

– Je crois, dit Lady Fenneltree avec suffisance, que la salle de bal a quinze mètres de hauteur.

– Avez-vous jamais mesuré une trompe d'éléphant? demanda Sir Magnus.

Il y eut un silence électrisé.

Au tribunal, tout le monde, à l'exception du juge et du jury, avait soudain pris conscience de la méthode adoptée par Sir Magnus.

– Je ne passe pas mon temps à mesurer des trompes d'éléphant, dit Lady Fenneltree avec dignité.

– Eh bien, au cours de ces dix derniers jours, j'ai eu cette occasion unique, dit Sir Magnus, et j'ai découvert par expérience qu'il est impossible à un éléphant, si malintentionné qu'il soit, d'atteindre et de décrocher un lustre qui se trouve à quinze mètres au-dessus de lui.

Il s'interrompit pour redresser sa perruque.

– Lady Fenneltree, dit-il doucement et avec sympathie, vous avez subi une effroyable épreuve. On pouvait bien s'attendre, dans de telles circonstances, à ce qu'une femme douée de vos belles qualités pût faire une erreur comme celle-ci.

Bercée par un sentiment de fausse sécurité par le brusque passage de Sir Magnus de la dureté à la sympathie, Lady Fenneltree inclina la tête.

– Sur ce point-là, dit-elle, il est possible que je me trompe.

– C'est grand dommage, dit Sir Magnus d'un ton doucereux, parce que, ainsi que vous le dites, vous êtes si observatrice. C'est juste sur ce point-là (et qui pourrait vous en blâmer?) que vous avez fait erreur. Mais vous nous dites que le reste de votre description est absolument exact, et qui suis-je pour douter de la parole d'une femme bien élevée?

Il salua légèrement et s'assit.

– Que diable signifie tout ceci? demanda Adrian. Je n'y vois aucun rapport avec l'affaire.

Sir Magnus lui jeta un regard glacial.

– Regardez le jury, dit-il.

Adrian vit douze faces regardant fixement, presque avidement, Lady Fenneltree. Il y avait là une femme, une aristocrate, une personne qui, selon les statuts et les règlements, eût dû être infaillible, et Sir Magnus, par une certaine alchimie, avait prouvé qu'elle n'était pas plus infaillible que quiconque. On pouvait voir cette idée fermenter comme de la levure dans leur esprit. Adrian en était horrifié.

– Mais, murmura-t-il, Rosy a vraiment fait tomber ce lustre.

Sir Magnus sortit sa tabatière, l'ouvrit avec précaution et leva les yeux vers Adrian.

– Choisissez vos mots avec soin, dit-il tranquillement. Lady Fenneltree n'a pas pesé les siens. Rosy a fait tomber le lustre, elle ne l'a pas décroché.

– Je ne vois pas la différence, dit Adrian.

– Cessez vos arguties, dit Sir Magnus. Le lustre ne m'intéresse pas. Ce qui m'intéresse, c'est mettre en mauvaise posture celle que vous avez correctement qualifiée de vieille vache vindicative.

Lady Fenneltree quitta la barre des témoins en jetant de noirs regards dans la direction de Sir Magnus.

Sir Augustus se leva.

– Mon témoin suivant est Lord Fenneltree, dit-il, l'air quelque peu désespéré.

Aimable et tranquille, Lord Fenneltree vint à la barre des témoins comme s'il se rendait à son club favori. Rayonnant, il agita la main vers Adrian, assujettit avec soin son monocle et prêta serment. Sir Augustus, ayant établi indubitablement l'identité de Lord Fenneltree, s'éclaircit la gorge et attacha sur le témoin un regard pensif.

– Si je comprends bien, Lord Fenneltree, dit-il, vous avez rencontré l'accusé, Adrian Rookwhistle, dans un chemin non loin de votre demeure.

– Absolument correct, mon cher ami, dit Lord Fenneltree en hochant la tête.

– Vous lui avez alors suggéré que son éléphant et lui devraient venir résider à Fenneltree Hall pour que l'éléphant pût prendre part à la soirée donnée pour célébrer l'anniversaire de votre fille?

– Oui, dit Lord Fenneltree. Oui, vous avez saisi les faits essentiels.

– Je comprends également, dit Sir Augustus avec l'air de quelqu'un qui a fait la leçon à son témoin, qu'à aucun moment l'accusé ne vous a donné à entendre que l'animal en question pouvait être un danger pour la vie et les biens d'autrui?

– Non, dit rêveusement Lord Fenneltree, je ne puis dire qu'il l'ait fait, mais il n'avait aucune raison de le faire.

– Lord Fenneltree, dit vivement Sir Augustus, je serais heureux que vous vouliez bien répondre par oui ou par «non» à mes questions. En les développant, vous ne faites que jeter la confusion dans l'esprit des jurés.

Sir Magnus ouvrit alors un œil et fit un petit reniflement de dérision.

– Quand vous avez introduit l'éléphant dans la salle de bal, qu'en est-il résulté? demanda Sir Augustus.

Lord Fenneltree garda le silence.

– Allons, sir, dit Sir Augustus non sans rudesse. Vous savez sûrement ce qui est arrivé quand vous avez introduit l'éléphant dans le bal?

– Il est terriblement difficile, dit Lord Fenneltree, regardant plaintivement le juge, de répondre à cette sorte de question par «oui» ou par «non». Puis-je employer un autre mot?

– Certainement, dit le juge.

– Laissez-moi répéter la question, dit Sir Augustus. Quand vous avez introduit l'éléphant dans la salle de bal, qu'en est-il résulté?

– Chaos, dit Sa Seigneurie, souriant gaiement.

– Qu'entendez-vous exactement par chaos?

– Presque tout ce qui peut vous venir à l'esprit, pour ainsi dire. L'éléphante a démoli toutes les tables, fait tomber le lustre, dansé une très jolie valse avec ma femme, puis saisi le vieux Darcey et l'a jeté à terre. Je puis vous assurer que, sans l'indignation de ma femme, tout eût été merveilleusement amusant.

– Maintenant, my lord, dit Sir Augustus, se tournant vers le juge, je crois avoir établi mon point de vue: cette éléphante est un animal sauvage et féroce et Adrian Rookwhistle le savait. Et, sans la moindre pensée pour la vie et les biens d'autrui, il l'a constamment laissée se déchaîner à travers la région.

Il jeta vers Sir Magnus un regard quelque peu tourmenté.

– Peut-être mon honorable ami aimerait-il faire subir au témoin un contre-interrogatoire? demanda-t-il.

– Non, dit Sir Magnus, faisant de la main un geste généreux, je ne désire pas faire de contre-interrogatoire pour le moment, my lord, mais je demanderai la permission de rappeler ce témoin plus tard.

Sir Augustus se dressa d'un bond.

– Je proteste, my lord. Ceci est tout à fait immoral.

– C'est plutôt inaccoutumé, Sir Magnus, dit le juge.

– Oui, my lord, je le comprends, mais j'ai l'impression que lorsque vous aurez entendu mes autres témoins, vous verrez que Lord Fenneltree a, dans cette affaire, quelque chose à dire en faveur de la défense.

– Bien, dit le juge, mais pour cette seule fois. Et maintenant, je suggère d'ajourner la séance. Je ne sais ce qu'il en est pour vous, messieurs, mais je commence décidément à me sentir le ventre creux. Nous reprendrons la séance à deux heures.

– My lord, dit Sir Magnus, le régime de la prison n'est pas de ceux qui font baver un gourmet de convoitise. Je demanderai donc humblement à Votre Seigneurie de vouloir bien relâcher mon client pour qu'il puisse déjeuner avec moi.

– Vous demandez vraiment les choses les plus extraordinaires, Sir Magnus, dit sévèrement le juge. Bah, je ne crois pas qu'il y ait à cela le moindre mal, mais prenez soin de le ramener.

– Merci, my lord, dit Sir Magnus.

Le juge s'extirpa de son fauteuil, tandis que les membres du tribunal se levaient et gagnaient la salle qui leur était réservée.

– Bon, dit Sir Magnus, s'octroyant une prise copieuse et l'insérant dans ses deux narines, une matinée des plus réussies.

Il éternua violemment.

– Allons déjeuner, mon cher enfant, dit-il à Adrian.

– Je ne sais pourquoi vous êtes si satisfait, dit Adrian. Si je comprends bien, tout le monde a débité ce matin un tas d'absurdités qui n'ont rien décidé d'un côté ou de l'autre et le ministère public raconte positivement *des mensonges*.

– Mon cher enfant, dit Sir Magnus, quel charmant innocent vous êtes ! Mais attendez cet après-midi, quand *nous* commencerons à dire des mensonges.

Chapitre XX

Règlement final

Ils traversèrent la route jusqu'à une petite taverne où ils se sustentèrent avec plusieurs bouteilles d'ale suivies de côtelettes d'agneau grillées et dorées, chacune d'elles portant, autour de l'os, une jupe de ballerine en papier plissé. Elles étaient agrémentées de pointes d'asperges tendres et vertes, baignant dans le beurre, de tas de purée de pommes de terre mélangée de crème et d'un régiment de pois tendres. Il y eut ensuite une tarte aux cerises et un plateau contenant des fromages si faits qu'on pouvait percevoir leur présence longtemps avant leur entrée dans la salle.

– Pourquoi avez-vous dit que vous vouliez rappeler Lord Fenneltree ? demanda Adrian vers la fin du déjeuner.

Sir Magnus déposa un gros morceau de stilton vert doré sur une bouchée de pain et le fourra dans sa bouche.

– Parce que, dit-il en mastiquant, je le crois meilleur témoin pour la défense que témoin à charge.

– Mais c'est un témoin à charge, dit Adrian.

– Il croit l'être, rectifia Sir Magnus. Le ministère public le croit aussi, mais si quelqu'un doit gagner votre cause, ce sera lui.

Il jeta un coup d'œil sur sa montre.

– Maintenant, buvons vite une autre pinte de bière, dit-il, avant de regagner le tribunal.

Après le déjeuner, Sir Augustus appela M. Clattercup à la barre. Du point de vue de Sir Augustus, Clattercup s'avéra être un témoin malheureux, qui ne réussit qu'à donner l'impression qu'à tout prix et par tous les moyens il était décidé à voir Adrian et Rosy condamnés. Mais, malgré cela, le fait que sa jambe était plâtrée dans un énorme appareil et qu'il dut venir à la barre avec l'aide de deux agents de police et de deux béquilles impressionna visiblement le jury. Quand, clopin-clopant, M. Clattercup eut quitté le tribunal, Sir Augustus se leva et rajusta sa robe. Puis d'un air rêveur, presque affectueux, il attira vers lui la pile de livres, où il posa les mains.

– My lord, dit-il, je crois que vous avez entendu des preuves suffisantes pour vous persuader comme je l'ai dit dès le début, que ce cas est des plus inaccoutumés.

– Oui, dit le juge qui, grâce au déjeuner, avait le teint rosé et l'air débonnaire. Il serait inaccoutumé, même s'il ne comportait pas d'animaux.

– A ce point des débats, dit Sir Augustus, et avant d'entendre la défense, si tant est qu'il puisse y avoir une défense, j'aimerais citer un ou deux cas parallèles que j'ai réussi à découvrir.

Il ouvrit l'un des tomes massifs qui se trouvaient devant lui et fit courir son index sur les lignes.

Ici, par exemple, dit-il, vous verrez le cas de Regina contre Pigwhistle, 1884, où l'on avait confié à la charge de l'accusé un gros cheval de trait qui enleva et mangea non seulement le chapeau, mais la perruque d'une vieille dame de High Street. Vous verrez, my lord, qu'il fut décidé par le juge que l'accusé, devant assurer la surveillance du cheval et sachant qu'il avait pour les fleurs un penchant morbide, était par conséquent responsable de l'avoir laissé approcher du chapeau de la dame en question. C'est là, je crois, un très bon parallèle avec l'affaire que nous avons aujourd'hui devant nous.

– C'est un point à considérer, dit le juge, mais alors, Sir Augustus, si la personne en question surveillait son cheval et si la femme, de son propre gré, est passée à portée du cheval, qu'en pensez-vous?

– Je pense, dit Sir Augustus d'un air suffisant, que je ne puis mieux faire que de citer le cas de Regina contre Clutchpenny, 1894. L'accusé, dans cette affaire, avait un gros taureau…

– Ne vous est-il pas possible, interrompit le juge, de trouver des cas parallèles où il n'y ait pas d'animaux? Il est vraiment très difficile de s'y retrouver parmi les saumons, les chevaux de trait, les taureaux et les éléphants.

– Malheureusement, my lord, dit Sir Augustus, il est un peu difficile de trouver des cas parallèles où il n'y ait pas d'animaux.

– Je ne m'étais jamais encore rendu compte, dit le juge avec irritation, que tout notre système légal semble être infesté d'oiseaux et de bêtes des champs. Mais continuez.

Sir Augustus continua. Pendant un quart d'heure, il ouvrit d'un air solennel les divers volumes qu'il avait devant lui et cita des causes dont aucune, dans la mesure où Adrian en pouvait juger, n'avait la moindre ressemblance avec la sienne. Enfin, et à contrecœur, Sir Augustus ferma le dernier tome et le posa avec respect sur la table.

– Je crois, my lord, dit-il, que cela devrait avoir élucidé certaines des anomalies qui auraient pu, jusqu'ici, embarrasser le jury.

– Je serai enchanté, dit le juge, que le jury puisse comprendre. Mais avant de vous asseoir, Sir Augustus, donnez-moi de nouveau les détails sur l'homme au python.

– Je crois qu'il ne me reste aucun espoir, dit Adrian à Sir Magnus.

Cet amoncellement de preuves légales de la part de Sir Augustus l'avait entièrement convaincu qu'il avait perdu sa cause. Sir Magnus ouvrit les yeux et regarda Adrian d'un air radieux.

– Rappelez-vous toujours, mon garçon, dit-il, que les livres sont comme des outils. Tout dépend de la façon dont on s'en sert. On peut se couper les doigts avec un ciseau.

Il se pencha en avant et tapota affectueusement quelque chose qu'Adrian n'avait pas encore vu. Sous la table de Sir Magnus, il y avait une grande valise de cuir. Pendant le déjeuner, Sir Magnus avait envoyé Screech la chercher. Ce qu'elle contenait, Adrian ne pouvait l'imaginer.

– Pauvre vieux Gussy, dit Sir Magnus, l'air satisfait, arrangeant ses notes en un tas bien net comme s'il allait distribuer les cartes, il était déjà perdu avant d'avoir commencé.

– Perdu? dit Adrian, mais il a avancé un argument presque irréfutable. Nous ne pouvons nier, veux-je dire, que Rosy a causé tous ces dommages. Elle a agi avec les meilleures intentions du monde, mais elle les a bien causés.

– Nous verrons bien, dit Sir Magnus en se levant avec majesté.

Il s'inclina vers le juge et sourit aux jurés d'un air débonnaire.

– My lord, dit-il, comme mon savant ami l'a fait remarquer avec tant de finesse, c'est là une cause tout à fait inaccoutumée.

Il s'interrompit pour tirer de dessous la table la grande valise, l'ouvrit, et, très lentement et avec soin, en sortit trois douzaines d'énormes volumes qu'il entassa en souriant, un à un, au bord de la table en une sorte de rempart.

– Tous ces livres, dit-il, tapotant la pile comme s'il caressait un cheval, contiennent des exemples parallèles qui prouvent de façon décisive que mon client est innocent. Mais, poursuivit-il, levant un doigt avertisseur, comme l'innocence de mon client est parfaitement évidente aux yeux du jury, je n'ai pas besoin de vous importuner avec un tas de détails.

Il prit tous les volumes et les remit dans la valise. Le jury était très impressionné.

– Messieurs les jurés, continua Sir Magnus, vous avez devant vous l'accusé Adrian Rookwhistle. Il doit être maintenant manifeste pour tous que c'est un excellent jeune homme, honnête, loyal, et qui possède une qualité spéciale que nous admirons tous et qui n'est dévolue qu'à peu d'entre nous : le courage. Qui parmi vous, messieurs, se jetterait volontairement dans une mer démontée, battue par la tempête, pour sauver un animal? Or, comme je vous l'ai dit, l'innocence de mon client est évidente. Vous le savez, et je le sais. Le point capital, ainsi que, j'en suis certain, vous l'aurez tous compris, est de savoir si l'éléphante en question est l'animal sauvage, déchaîné et intraitable que l'on a dépeint. Par conséquent, je voudrais faire appel à quelques témoins pour vous rassurer sur ce point.

– M. Pucklehammer, appela-t-il.

M. Pucklehammer vint à la barre, regarda Adrian d'un air radieux et lui fit des signes d'encourageusement. Il prêta serment et accorda à Sir Magnus la plus profonde attention.

– Je crois, M. Pucklehammer, dit Sir Magnus, que vous étiez avec l'accusé Rookwhistle le jour où il a pris livraison de l'éléphante.

– Oui, dit M. Pucklehammer, il l'a amenée dans ma cour.

– Votre cour? demanda Sir Magnus. Quelles sont exactement vos occupations?

– Je suis menuisier et fabricant de cercueils.

– Je suppose donc que votre cour doit être pleine de l'attirail de votre métier?

– Comment dites-vous, sir? demanda M. Pucklehammer.

– Votre cour était-elle pleine de cercueils et autres articles de menuiserie?

– Oui, dit sir. Pucklehammer.

– Je me suis souvent demandé, dit le juge, comment on s'arrange pour faire des cercueils de cette forme.

– Je suis certain, my lord, dit calmement Sir Magnus, que M. Pucklehammer sera enchanté de vous faire une démonstration pratique à la fin de la procédure.

– C'est gentil à lui, dit le juge.

– Vous avez déclaré, reprit Sir Magnus, que Rosy, l'éléphante, avait été amenée dans votre cour. Pendant le temps où elle y est restée, deux jours, je crois, comment s'est-elle comportée?

– Elle a surtout mangé du pain, dit M. Pucklehammer. Et puis nous avons découvert qu'elle aimait aussi les légumes.

– Non, non, dit Sir Magnus. Comment s'est-elle conduite?

– Merveilleusement, dit M. Pucklehammer avec enthousiasme. C'est un animal adorable.

– Elle ne vous a donc causé aucun ennui pendant qu'elle est restée dans votre cour?

– Aucun, dit M. Pucklehammer. Elle était sage comme une image. Et elle s'est rendue utile. Elle a aidé Adrian à laver le tonneau.

– A laver le tonneau? demanda le juge.

– Oui, nous étions en train de nettoyer le tonneau, sir, et Rosy l'a arrosé avec sa trompe.

– Extraordinaire, dit le juge. Avez-vous jamais, Sir Magnus, vu un éléphant en train de laver un tonneau?

– Non, my lord, je mentirais en le disant, mais je crois que les éléphants sont des bêtes extrêmement avisées.

– Extraordinaire, répéta le juge. Continuez, je vous en prie.

– Ainsi, durant les deux jours entiers où elle est restée dans votre cour, elle n'a causé aucun dommage à vos biens?

– Pas du tout, assura M. Pucklehammer d'un ton résolu. Je vous l'ai dit, elle est aussi timide qu'une souris. Rosy n'a jamais fait de mal à quelqu'un délibérément.

– Merci, dit Sir Magnus.

Il jeta un coup d'œil interrogateur à Sir Augustus, mais celui-ci, qui n'avait rien connu de l'épisode Pucklehammer eût été quelque peu embarrassé quant à un contre-interrogatoire, de sorte qu'il se borna à secouer lugubrement la tête.

– Qu'on appelle, dit Sir Magnus, Emily Nelly Delilah Trickietrot.

– Qui diable est-ce donc? murmura Adrian.

– Nell la Noire, dit Sir Magnus.

Nell la Noire, qui faisait penser à un petit oiseau mité, mais d'humeur gaie, grimpa à la barre des témoins et, non sans difficulté, risqua un œil au-dessus du bord.

– Je crois, dit Sir Magnus, que vous avez rencontré l'accusé Rookwhistle et son éléphant quand vous étiez en route pour la foire de Tuttlepenny?

– C'est exact, dit Nell la Noire.

– Et votre métier est de tirer les cartes? demanda Sir Magnus.

– Je suis sorcière, dit Nell la Noire.

Un murmure courut parmi le tribunal. Les jurés lui prêtèrent toute leur attention.

– Une sorcière? demanda le juge.

– Oui, Votre Honneur, dit Nell la Noire. Je suis une sorcière blanche. Nell la Noire est mon nom.

– Vraiment, on s'y perd, dit le juge, regardant Sir Magnus. Voudriez-vous nous expliquer?

– Certainement, my lord. Il existe apparemment deux sortes de sorcières: les sorcières noires, qui font ou sont réputées faire des actes malfaisants et les sorcières blanches qui font de bonnes actions. Cette dame est une sorcière blanche et, au cours de ses sorcelleries, elle dit la bonne aventure.

– Vous servez-vous d'une boule de cristal? demanda le juge.

– Parfois, dit Nell la Noire, mais pas toujours.

– J'en ai eu une autrefois, dit rêveusement le juge, mais je n'ai jamais pu y voir quoi que ce soit.

– C'est une question de concentration, dit Nell la Noire. Vous devriez essayer un jour avec une bague de diamant.

– Une bague de diamant? Vraiment? dit le juge. Il faudra que j'essaie.

– Puis-je continuer, my lord? demanda Sir Magnus d'un air patient.

– Certainement, certainement, dit le juge.

– Quand vous avez rencontré l'accusé et son éléphant, qu'est-il arrivé?

– Je dormais, voyez-vous, dit Nell la Noire, et, brusquement, toute ma roulotte s'est mise à trembler.

– Nous semblons maintenant affligés d'une surabondance de véhicules, dit le juge. Cette roulotte n'avait pas encore fait son apparition, n'est-ce pas?

– Non, dit Sir Magnus. C'est la roulotte qui appartient au témoin.

– Pourquoi tremblait-elle? demanda le juge.

– Parce que l'éléphant se grattait contre elle, dit Nell la Noire.

– Les éléphants se grattent-ils contre les roulottes? demanda le juge à Sir Magnus.

– Je crois, my lord, que tous les pachydermes, s'ils trouvent une surface abrasive qui leur convient, apaisent de petites irritations de la peau en se frottant contre elle, dit Sir Magnus.

– Nous apprenons beaucoup de choses sur les éléphants, dit le juge avec satisfaction. Bon, continuez.

– Quand vous êtes enfin sortie de votre roulotte, dit Sir Magnus, l'éléphante vous a-t-elle attaquée?

– Grand Dieu non, dit Nell la Noire. Elle était aussi apprivoisée qu'un lapin. Nous avons tous pris notre petit-déjeuner ensemble.

– Elle n'a donc pas endommagé votre roulotte ni essayé en aucune façon de vous faire du mal?

– Non, dit Nell la Noire, cette créature ne ferait pas de mal à une mouche.

– Merci, dit Sir Magnus, qui, de nouveau, jeta un coup d'œil à Sir Augustus.

Mais Sir Augustus avait l'impression qu'il risquait de s'enliser dans un tas de détails hors de propos sur la Sorcellerie et, de nouveau, il refusa le contre-interrogatoire.

– Maintenant, dit Sir Magnus, que l'on appelle Peregrine Filigree.

M. Filigree, le visage rayonnant, entra dans la salle

de sa démarche onduleuse et s'inséra non sans difficulté à la barre des témoins.

– Hello, Adrian, cria-t-il, agitant sa main potelée. Ça va?

Le juge le dévisagea.

– M. Filigree, dit-il, je vous serais reconnaissant de vouloir bien vous borner à témoigner et de ne pas échanger des propos impertinents avec l'accusé.

– Excusez-moi, Votre Seigneurie, dit M. Filigree, assagi.

Le greffier lui tendit la Bible pour qu'il prêtât serment.

– N'auriez-vous pas, par hasard, un moulin à prières?

– Qu'est-ce que cela? demanda le juge.

– Un moulin à prières, my lord. C'est, je crois, quelque chose dont on se sert beaucoup au Tibet et dans les régions où le bouddhisme est la religion de base.

– Pourquoi voulez-vous un moulin à prières? demanda le juge.

– Parce que je suis bouddhiste, dit M. Filigree.

– Je ne crois vraiment pas, Sir Magnus, dit le juge, que nous puissions attendre du greffier qu'il coure partout à cette heure tardive pour trouver un moulin à prières. Je ne suis d'ailleurs pas très sûr que ce serait légal.

– Peut-être, M. Filigree, dit Sir Magnus, aurez-vous la bonté de prêter serment sur la Bible en imaginant que c'est un moulin à prières?

– Très bien, dit M. Filigree, si cela peut vous être de quelque utilité.

– Maintenant, dit le juge, peut-être pourrons-nous poursuivre.

– M. Filigree, dit Sir Magnus, dans la soirée du 28 avril, l'accusé, Adrian Rookwhistle, et son éléphante, arrivèrent à *La Harpe et La Licorne*, une hôtellerie que vous dirigez, votre fille et vous?

– C'est exact, dit M. Filigree, radieux. C'était une surprise des plus charmantes.

– Voudriez-vous dire exactement à Sa Seigneurie et au jury ce qui est arrivé?

– Avec plaisir, répondit M. Filigree.

Il joignit ses mains potelées comme s'il allait prier et attacha ses yeux ronds sur le juge.

– Voyez-vous, dit-il, je n'avais pas eu d'éléphant depuis des années.

– Peut-on vous demander d'expliquer cette déclaration extraordinaire? demanda le juge.

– Eh bien, voyez-vous, dit M. Filigree, j'en ai eu autrefois cent un. Bien entendu, le principal était Poo-Ting. Mais il y a de cela bien longtemps.

– Ai-je bien compris, Sir Magnus, que le témoin prétend, sous serment, avoir possédé cent un éléphants?

– Oui, my lord.

– Il me semble, dit le juge, et reprenez-moi, je vous en prie, Sir Magnus, si je me trompe, que l'accusé a eu des ennuis considérables avec un éléphant. Comment ce monsieur a-t-il réussi à en garder cent un?

– Je crois, my lord, qu'il les avait lorsqu'il était aux Indes, dans une réincarnation antérieure, dit suavement Sir Magnus. Mais ce n'est pas là le point essentiel. J'ai simplement appelé ce témoin à la barre parce qu'il a eu une très grande expérience des éléphants.

Le juge avait des idées plus confuses encore que celles des jurés.

– Je suppose, dit-il, que c'est ce qu'on pourrait appeler un expert.

– Exactement, my lord.

Les jurés avaient hoché la tête et murmuré entre eux comme une basse-cour et le chef du jury se leva.

– Excusez-moi, my lord, dit-il, mais pourrait-on nous éclairer sur un point?

– Oui, je crois, dit le juge d'un air de doute. Il y a plusieurs points que je voudrais voir éclaircis. Que désirez-vous savoir?

– Eh bien, nous sommes un peu intrigués par cette histoire de réincarnation.

– C'est une bonne question, dit le juge en regardant Sir Magnus avec espoir.

– Dans certaines parties du monde où l'on croit au bouddhisme en opposition ou christianisme, dit Sir Magnus d'un ton déclamatoire, l'une des croyances est que l'on vit toute une succession d'existences.

– Tout à fait exact, dit M. Filigree.

– Par conséquent, en recourant au témoignage de M. Filigree, nous avons une véritable chance. Mieux encore, je dirai que c'est probablement là le témoignage le plus extraordinaire qui ait jamais été fait devant un jury. Vous bénéficiez donc de l'extrême compétence de M. Filigree en matière d'éléphants, acquise au cours des siècles, et, comme vous l'aurez retenu, messieurs les jurés, il ne s'agit pas d'un seul éléphant, ni même de relations éphémères avec un pachyderme, mais il en avait cent un en sa possession. Or, vous aurez compris instantanément qu'un homme qui a possédé cent un éléphants est beaucoup plus en mesure de nous renseigner, nous autres humbles mortels qui n'avons même pas eu le privilège d'avoir un éléphant.

Le chef du jury avait l'air quelque peu abasourdi. Il ouvrit la bouche une ou deux fois comme un poisson rouge épuisé et s'assit.

– M. Filigree, dit Sir Magnus, j'ai fait remarquer au jury votre compétence pour tout ce qui touche aux éléphants. Je voudrais maintenant que vous disiez au jury votre impression sur Rosy, l'éléphante en question.

– Rosy, dit M. Filigree d'une voix aiguë et son visage devenant plus rose encore, est la plus douce, la plus adorable de toutes les éléphantes que j'aie jamais rencontrées dans ma vie. Elle a peut-être un seul petit défaut, celui de n'avoir pas de défenses.

– En quoi l'absence de défenses est-elle un défaut? demanda le juge.

– Parce qu'on n'y peut pas percer de trous.

– Sir Magnus, dit le juge, je souhaiterais que vous puissiez modérer un peu vos témoins. Il me semble qu'ils se laissent entraîner dans un tas de détails qui n'ont rien à voir avec l'affaire en question.

– Certainement, my lord, dit Sir Magnus.

– Je n'ai aucune envie de me montrer sévère à l'égard de Rosy, dit avec conviction M. Filigree, agitant les doigts vers le juge.

– Diriez-vous d'elle que c'est une méchante créature? demanda Sir Magnus.

– Méchante ! s'écria M. Filigree, devenant tout rouge à cette seule idée, Rosy méchante ! C'est l'éléphante la plus gentille que j'aie jamais vue.

– Merci, dit Sir Magnus. Et vous parlez, bien entendu, comme nous le savons tous, selon une grande expérience des éléphants.

Sir Augustus n'avait aucune envie de se livrer à un contre-interrogatoire, mais, ayant été forcé de laisser deux témoins lui glisser entre les doigts, il sentait qu'il lui fallait se donner de l'importance. Il se leva et regarda M. Filigree d'un air furieux.

– M. Filigree, demanda-t-il d'un ton coupant, ne diriez-vous pas que si nous ne partageons pas votre croyance en la réincarnation, le témoignage que vous avez donné est nul et non avenu ?

– Non, non, dit M. Filigree d'une voix flûtée et convaincue. Si vous ne croyez pas, vous n'y pouvez rien. J'ai, voyez-vous, des témoignages positifs. J'ai raconté à Adrian à propos de mon chat. C'est un très bon exemple.

– Sir Augustus, dit le juge, je ne sais comment vous vous débrouillez, mais chaque fois que vous vous levez pour interroger un témoin, vous réussissez à introduire un nouvel animal. Je trouve que tout cela prête à confusion.

– My lord, dit Sir Augustus, j'essayais simplement d'éclaircir…

– Eh bien, vous n'éclaircissez rien du tout, dit le juge d'un ton sec. Voici que nous avons maintenant un chat mêlé à l'affaire.

– C'est un très beau chat, dit M. Filigree. Il m'a reconnu sur-le-champ.

– Le chat n'a absolument rien de commun avec la cause, dit le juge. Votre méthode d'interroger est absolument hors de propos, Sir Augustus.

– Comme il plaira à Votre Seigneurie, dit Sir Augustus, l'air contraint. Je n'ai donc pas d'autres questions à poser.

Il s'assit et regarda d'un air furibond Sir Magnus, renversé sur son siège, les yeux clos et souriant béatement.

– Le témoin peut s'asseoir, dit le juge.

Il feuilleta ses notes et leva les yeux vers Sir Magnus.

– Avez-vous l'intention d'appeler d'autres témoins, Sir Magnus? demanda-t-il.

– Oui, my lord. J'en ai encore plusieurs.

Le juge consulta sa montre.

– Eh bien, je serais heureux que vous le fassiez aussi rapidement que possible.

Le témoin suivant que Sir Magnus fit introduire était Honoria et, à l'étonnement d'Adrian, dont le cœur s'était serré lorsque son nom avait été prononcé, elle se montra un témoin admirable. Adrian n'apprit que plus tard qu'une bouteille et demie de gin avait contribué à cette excellente exécution, mais, tandis qu'elle se tenait debout à la barre, sa poitrine magnifique se soulevant dans sa robe courte, tous les jurés la couvaient des yeux. Elle était tour à tour sentimentale et trépidante. Son panégyrique sur Rosy et son amitié avec elle fut un véritable chef-d'œuvre. Elle se dressait, haletant, à la barre, la tête fièrement levée, les larmes coulant abondamment sur ses joues tandis qu'elle décrivait comment elle – et elle seule – avait été responsable de la destruction du théâtre en faisant prendre du gin à Rosy. Lorsqu'elle eut fini, tous les jurés avaient les yeux humides et le juge lui-même dut se moucher vigoureusement avant de congédier Honoria.

Le témoin suivant fut Ethelbert. Il corrobora l'histoire d'Honoria et y ajouta quelques enjolivures de son cru. Il fut réprimandé en un certain point pour avoir appelé le juge «cher enfant», mais il était manifeste à tous que c'était un témoin honnête et enthousiaste.

Sir Magnus avait voulu appeler Samantha, mais Adrian s'y était formellement refusé. Il ne voulait pas voir Samantha à la barre des témoins, bombardée de questions par Sir Augustus. Ainsi qu'il apparut, il n'avait pas à se tourmenter, car Sir Augustus, après sa vaine tentative du contre-interrogatoire de M. Filigree, restait assis, la tête dans les épaules, pareil à un corbeau déprimé, et secouait négativement la tête chaque fois qu'on lui demandait s'il voulait procéder à un contre-interrogatoire.

– Maintenant, my lord, dit Sir Magnus lorsque Ethelbert eut quitté la barre, nous commençons à y voir clair.

– Je suppose que vous avez raison, Sir Magnus, dit le juge d'un air de doute.

– Je crois avoir démontré indubitablement que l'éléphant en question est l'un des animaux les plus charmants et les plus dociles de sa sorte. Dans les circonstances où il causa certains dommages, il est tout à fait évident que ce fut par inadvertance. On ne saurait donc l'en blâmer, pas plus que son propriétaire.

– Ce point a peut-être été éclairci à votre satisfaction, Sir Magnus, dit le juge, mais pas encore à la mienne.

– Très bien, my lord, dit Sir Magnus. Si je puis donc solliciter l'indulgence de la cour, je rappellerai Lord Fenneltree.

Lord Fenneltree revint aimablement à la barre, frotta son monocle, l'inséra dans son œil et jeta autour de lui un regard rayonnant.

– Voilà qui est réjouissant, remarqua-t-il. Je ne pensais pas être appelé ici deux fois.

– Lord Fenneltree, dit Sir Magnus, veuillez avoir la bonté de vous reporter à la soirée du 28 avril, la soirée du bal donné pour l'anniversaire de votre fille.

– Oui, oui, dit Lord Fenneltree. Je l'ai clairement en mémoire.

– Vous aviez décidé que vous-même et l'accusé entreriez dans la salle de bal avec l'éléphant, n'est-ce pas ?

– Sans aucun doute, dit Sa Seigneurie.

– Avant cette soirée, l'animal avait-il fait preuve de dispositions malfaisantes ?

– Quoi ! Cette vieille Rosy ? s'exclama Sa Seigneurie. Absolument pas. C'est une bête merveilleuse.

Sir Magnus eut un sourire de satisfaction tranquille.

– Mais le soir du bal, poursuivit-il, l'accusé a-t-il manifesté des pressentiments sur l'aventure projetée ?

– Des pressentiments ! dit Sa Seigneurie en riant. C'était un vrai paquet de nerfs. Il se tourmente trop, ce garçon. Je ne cesse de lui dire que c'est très fatigant.

– En d'autres termes, dit Sir Magnus, il vous a représenté qu'introduire l'éléphant dans la salle de bal était peut-être une manœuvre imprudente ?

– Souvent, dit Sa Seigneurie, dix fois par jour en moyenne.

– Pour quelle raison ? demanda Sir Magnus.

– Eh bien, il pensait que ma femme n'aimerait pas ça, dit Lord Fenneltree. Ma femme a cet effet sur certaines gens.

– Je puis très bien l'imaginer, dit sèchement Sir Magnus. Ainsi, avant le soir du bal, il avait fait plusieurs tentatives pour mettre fin à ce projet ?

– C'est tout à fait exact.

– Était-il encore angoissé le soir même du bal ?

– Angoissé est une expression modérée, dit Sa Seigneurie. Et, bien entendu, quand il a découvert qu'elle était soûle, j'ai dû faire tout ce que j'ai pu pour le persuader de réaliser notre plan.

– Je vois, dit suavement Sir Magnus. Alors, de fait, l'accusé voulait supprimer tout cela avant le bal et, le soir du bal, voyant que l'animal était ivre, il fit de sérieuses tentatives pour vous persuader de renoncer à ce projet.

– Oui, dit Lord Fenneltree.

– Donc, en d'autres termes, on pourrait dire véritablement que les dégâts causés au bal n'étaient ni la faute de l'animal qui était sous l'influence de l'alcool, ni celle de l'accusé, puisque vous étiez directement responsable.

Il y eut une pause pendant laquelle Lord Fenneltree médita là dessus. Ce rapprochement lui avait jusqu'ici échappé.

– En y réfléchissant, dit-il enfin, soufflant sur son monocle, le polissant et le vissant de nouveau dans son œil, vous avez parfaitement raison. Tout a été ma faute.

La voix de Lady Fenneltree retentit soudain comme un clairon :

– Rupert, fais attention à ce que tu dis !

– Qui a fait cette interruption ? demanda le juge, promenant autour de lui son regard de myope.

– Je crois que c'est la femme du témoin, dit Sir Magnus avec satisfaction.

– My lord, tonna Lady Fenneltree, on est en train d'induire mon mari en erreur.

– Madame, voudriez-vous rester tranquille ?

– Je ne resterai pas tranquille, hurla Lady Fenneltree. De ma vie, je n'ai vu juge plus inepte. Je ne vais pourtant pas rester tranquille et voir s'accomplir sous mon nez une erreur judiciaire !

– Allons, allons, ma chérie, cria Lord Fenneltree agitant la main vers elle pour l'apaiser, garde ton calme.

– Je ne garderai pas mon calme, vociféra Lady Fenneltree.

– Lady Fenneltree, dit le juge, cette affaire est assez embrouillée sans que vous ajoutiez à la confusion.

– C'est vous qui l'avez embrouillée, hurla Lady Fenneltree.

– Madame, dit le juge d'un ton glacial, si vous ne vous asseyez pas et ne restez pas tranquille, je vous ferai vider les lieux.

Lady Fenneltree empoigna l'ombrelle qu'elle tenait devant elle comme une lance.

– Ce sera à vos risques et périls, dit-elle.

– Qu'on fasse sortir cette femme, dit le juge, irrité.

Deux gros agents de police s'approchèrent de Lady Fenneltree, qui, montrant une agilité remarquable pour sa corpulence, fit trois pas en arrière, puis porta une botte avec son ombrelle, dont la pointe atteignit le plus gros des agents à un millimètre de l'ombilic, et il se plia en deux, complètement privé de souffle. Lady Fenneltree se retourna alors et frappa l'autre agent sur la nuque. Il fallut aux deux agents plusieurs minutes pour la maîtriser et la traîner ignominieusement hors de la salle, tandis que les jurés observaient la scène, le souffle coupé, fascinés. Tandis qu'on l'entraînait, son dernier cri de désespoir retentit : «Rupert, je te défends de dire quoi que ce soit !»

– Lord Fenneltree, dit le juge, veuillez m'excuser d'avoir dû traiter votre femme de cette façon.

– Mon cher ami, n'en parlons plus, dit Lord Fenneltree. Je suis confondu d'admiration. Pourrais-je avoir le nom de ces deux agents avant mon départ ?

– Après ce malheureux incident, puis-je poursuivre, my lord ? demanda Sir Magnus.

– Je vous en prie, dit le juge.

– Nous savons donc maintenant, dit Sir Magnus, regardant Lord Fenneltree, que vous êtes directement responsable de tous les dégâts causés par l'éléphant à votre bal.

– Oui, dit Lord Fenneltree, je ne crois pas qu'on puisse exprimer cela plus honnêtement et, quant à moi, je regrette seulement que le pauvre Adrian ait fini de cette façon. C'est un charmant jeune homme et l'éléphante est absolument délicieuse.

– Merci, Lord Fenneltree, dit Sir Magnus. Je n'ai pas d'autres questions à vous poser.

Il s'assit et, avec un air de jubilation, sortit sa tabatière, porta une prise à ses narines, fit un éternuement énorme et triomphant et regarda Sir Augustus avec un engageant sourire.

– Eh bien, hum… oui, dit le juge. Avez-vous quelque chose à dire, Sir Augustus?

Sir Augustus, qui avait l'air de plus en plus misérable, se leva, frémissant d'une indignation mal dissimulée.

– My lord, dit-il faiblement, je n'ai que peu de choses à ajouter à mon résumé précédent de l'affaire. A ce moment critique, je puis seulement dire que j'espère que l'introduction de mon savant ami de tant de témoins louches n'a en aucune façon nui à sa cause aux yeux des jurés. L'introduction de sorcières blanches, de comédiens ambulants de moralité douteuse et de gens qui croient en la réincarnation devrait, je crois, saper plus qu'étayer la cause de la défense.

Sir Magnus se leva.

– Si je puis faire une interruption d'un instant, dit-il, j'aimerais aussi faire remarquer à mon savant ami que parmi les sorcières blanches, les comédiens ambulants et les croyants en la réincarnation, il y avait Lord Fenneltree.

Il s'assit et Sir Augustus lui jeta un regard si féroce et si incendiaire qu'Adrian fut surpris de ne pas voir Sir Magnus disparaître en une petite bouffée de fumée noire.

– Il me semble, dit Sir Augustus, que le jury ne peut prononcer que ce seul verdict : l'accusé, Adrian Rookwhistle, est coupable.

Sir Magnus se leva.

– Je crois, my lord, messieurs les jurés, que j'ai plus que clairement exposé mon point de vue. J'ai le sentiment, selon les témoignages que nous avons entendus, d'avoir prouvé la bonne moralité de l'accusé et de la noble créature qui est sa compagne.

Le chef du jury, qui, depuis longtemps, ouvrait et refermait la bouche, se leva.

– Qu'y a-t-il ? Qu'y a-t-il ? demanda le juge avec humeur.

– Excusez-moi, Votre Honneur, dit le chef du jury, mais l'éléphante en question est-elle celle qui s'est promenée sur la plage la semaine dernière ?

– Oui, dit Sir Magnus. Elle aime beaucoup aller jusqu'à la plage et jouer avec les petits enfants.

Le chef des jurés s'assit et, à voix basse, tint un conciliabule avec le reste du jury. Sir Magnus les observait avec un sourire rayonnant et paternel.

– Je crois, my lord, dit-il calmement, que je puis compter sur le bon sens du jury pour rendre le verdict qui s'impose.

– Oui, oui, bon, dit le juge.

Et, feuilletant ses notes avec une certaine agitation :

– Si vous vouliez bien me prêter un peu d'attention et cesser de murmurer entre vous, j'en serais très heureux, dit-il aux jurés.

Le chef du jury se leva une fois de plus.

– Excusez-moi, my lord, dit-il, mais nous avons déjà arrêté le verdict.

– Vous avez... quoi? dit le juge avec irritation. Il faut que je résume l'affaire.

– Très bien, sir, dit le chef du jury, se rasseyant.

Le juge s'éclaircit la gorge, jeta un coup d'œil sur ses notes, se renversa dans son fauteuil et ferma les yeux.

– En principe, vous avez à vous prononcer sur la question de savoir si l'accusé, Adrian Rookwhistle, est coupable ou non.

Il ouvrit les yeux pour jeter sur le jury un regard de triomphe et poursuivit :

– C'est là, pourrait-on dire, le nœud de toute l'affaire. Toutefois, il y a certaines choses que vous devez examiner avant de vous prononcer définitivement sur la culpabilité ou la non-culpabilité de l'accusé. Nous avons entendu maints témoignages.

Il agita ses notes sans grande confiance.

– Maints témoignages, reprit-il, certains pour et certains contre. Il ne m'appartient pas de vous dire ce qu'il faut penser, mais seulement de vous guider dans la bonne voie. Vous êtes parfaitement libres de penser que l'accusé est coupable, même s'il ne l'est pas. D'autre part, vous pouvez également penser qu'il n'est pas coupable, même s'il l'est. C'est là la beauté de notre système légal. Je ne suis ici que pour agir comme guide à travers les complexités de la loi.

Il s'interrompit et toussa doucement pour lui-même pendant quelques secondes, agitant de nouveau ses notes, dont la plupart tombèrent de son bureau sur le sol.

– Or, vous avez entendu des témoignages prouvant de façon décisive qu'Adrian Rookwhistle, étant en possession de l'éléphant, dont il était censé assurer la surveillance, l'a laissé causer des dommages à des êtres humains et à leurs biens. Mais votre sagacité vous fera percevoir que ce témoignage peut être contrebalancé par un autre témoignage prouvant de façon décisive que l'animal en question n'était pas malintentionné et que l'accusé a été entraîné involontairement dans ces déplorables situations.

Le juge s'interrompit pour jeter un regard aigu au chef du jury.

– Suivez-vous ma méthode de raisonnement? demanda-t-il.

D'un signe de tête, les jurés acquiescèrent comme un seul homme.

– Il vous incombe maintenant, dit le juge, agitant un doigt vers eux, de rendre un verdict de non-culpabilité si vous croyez que l'accusé, Adrian Rookwhistle, n'est pas coupable. D'autre part, si vous le croyez coupable, vous ne devez montrer ni crainte ni favoritisme et rendre un verdict de culpabilité, prenant en considération, ainsi que je l'ai dit, tous les aspects de l'affaire. Il y a de nombreux points sur lesquels vous devriez réfléchir avec la plus grande attention, celui par exemple qui est, pour moi, loin d'être clair : les éléphants aiment-ils ou non le gin ? Vous pourriez également réfléchir sur ce que je considère comme un témoignage d'une importance vitale : le fait que l'éléphant a glissé sur le parquet. Or, une autorité légale de la notoriété de Sir Magnus nous assure que les éléphants peuvent glisser sur un parquet. En conséquence, si nous acceptons ce fait, nous sommes amenés à la conclusion que l'éléphante en question a glissé sur le parquet et, comme Sir Augustus l'a fait observer avec tant de pénétration, a causé de considérables dommages. Et puis il y a le témoignage de la roulotte. Vous pourriez vous demander, soit individuellement, soit collectivement, si l'éléphante s'est réellement grattée contre la roulotte ou si c'était de sa part une attaque non provoquée. Le fait que le témoin qui se trouvait à ce moment dans la roulotte n'a subi aucun dommage ne devrait vous influencer en aucune façon. Le témoin peut, en effet, avoir été victime d'une attaque non provoquée dont il ne s'est pas rendu compte, ou, comme il a été suggéré par la défense, l'éléphante ne faisait simplement que se gratter. Vous avez maintenant, messieurs les jurés une tâche solennelle à accomplir. Vous avez entendu et l'accusation et la défense et il vous appartient de rassembler tous les détails qui vous ont été dispensés et d'en faire un tout. Ma besogne consiste simplement à clarifier les choses pour vous. Je vous demanderai donc de vous retirer et d'examiner tranquillement tous les faits de l'affaire. Si vous prononcez un verdict de culpabilité, qui vous en blâmera? D'autre part, si dans votre sagesse et étant en possession de tous les faits, vous prononcez un verdict de non-culpabilité, personne ne vous condamnera. Pour terminer, je ne puis dire qu'une chose, c'est que j'espère vous avoir apporté une certaine aide pour prendre la bonne décision. Vous pouvez maintenant vous retirer pour préparer votre verdict.

Le chef du jury se leva.

– Nous avons décidé de ne pas nous retirer, Votre Seigneurie.

– C'est tout à fait irrégulier, dit le juge. Vous devriez prendre le temps de vous consulter et de réfléchir.

– Nous avons réfléchi, Votre Seigneurie, dit le chef du jury.

– Eh bien, dit le juge à contrecœur, quel est votre verdict?

– Avant d'annoncer notre verdict, nous aimerions qu'une chose soit pour nous tout à fait claire: l'éléphante en question est-elle bien celle qui a joué avec mes gosses sur la plage?

– Je crois, Sir Magnus, dit le juge, que vous êtes le plus qualifié pour répondre à cette question.

– Oui, dit Sir Magnus, si vous avez des enfants qui ont joué récemment sur la plage, c'est assurément avec l'éléphante en question qu'ils ont joué.

– Dans ce cas, dit le chef du jury, notre verdict est non coupable.

Des applaudissements éclatèrent dans la salle, auxquels le juge se joignit d'un air distrait. Quand le bruit se fut éteint, le juge s'éclaircit la gorge et dévisagea Adrian.

– Adrian Rookwhistle, dit-il. Vous avez été déclaré coupable des accusations portées contre vous.

– Je vous demande pardon, Votre Seigneurie, dit le chef du jury, mais nous l'avons trouvé non coupable.

– Oh, dit le juge, vraiment? Eh bien, vous avez été déclaré non coupable des accusations portées contre vous et il est donc de mon devoir de vous condamner…

Il s'interrompit pour rassembler ses idées.

– Il est donc de mon devoir de vous acquitter avec une réputation intacte.

Le juge considéra le jury.

– Vous avez été des jurés honnêtes et justes et vous avez fort bien rempli votre tâche. Je vous libère donc de vos charges de jurés pour l'année prochaine.

Il agita ses notes d'un air absent et se pencha vers le greffier.

– Y a-t-il d'autres affaires sur la liste? demanda-t-il à voix basse.

– Non, Votre Seigneurie, dit le greffier. C'est la dernière.

– Bien, dit le juge.

Il se redressa sur son siège et regarda Adrian.

– Un mot encore, dit-il. Je me demande si vous accéderiez à une petite requête?

– Certainement, my lord, dit Adrian.

– J'aimerais beaucoup voir l'éléphante en question, dit le juge.

Puis il ajouta timidement

– Voyez-vous, je n'ai jamais vu d'éléphant.

– Certainement, my lord, dit Adrian. Je vais aller lui dire tout de suite la bonne nouvelle. Votre Seigneurie veut-elle bien se joindre à moi ?

– Splendide ! s'écria le juge. Je vous rejoindrai dehors dans quelques minutes, M. Rookwhistle.

Tandis que se levait le tribunal, il bondit hors de son fauteuil et sortit précipitamment.

Chapitre XXI

Le verdict

Adrian quitta le banc des prévenus quelque peu étourdi et fut poussé hors de la salle sur une vague de bienveillance, Sir Magnus le tenant par un bras et Lord Fenneltree par l'autre, tandis que M. Filigree et Ethelbert dansaient autour de lui, empêchant tout le monde d'avancer. Ils finirent par se retrouver sur le trottoir, à l'extérieur du tribunal et, là, Samantha attendait.

– Je suis ravie que vous soyez acquitté, dit-elle.

– Vraiment ? demanda Adrian.

– Oui, dit-elle.

Adrian, le regard attaché sur les grands yeux verts mouchetés d'or se sentit rougir jusqu'à la racine des cheveux.

– Je… je suis content que vous soyez contente, dit-il bêtement.

Pour quelque raison, Samantha rougit, elle aussi.

– Oui, je suis très contente, dit-elle.

– Quand vous vous serez tout à fait entendus là-dessus, dit Sir Magnus, je suggère que nous allions tous chez moi prendre quelque chose pour célébrer l'événement.

– Sir Magnus, dit Samantha, nous vous sommes vraiment très reconnaissants d'avoir ainsi tiré de là Adrian et Rosy.

– Absurde, dit Sir Magnus, ce n'est qu'une bagatelle.

– Savez-vous, dit Lord Fenneltree, je ne puis m'empêcher d'avoir le sentiment que je n'ai pas beaucoup contribué à votre défense.

Ethelbert était si convulsé de rire qu'Honoria dut le soutenir.

– Je crois, mon cher ami, dit Lord Fenneltree, que, si vous le vouliez bien, je resterai quelques jours avec vous où que vous alliez. Cela laissera à ma femme un peu de temps pour retrouver son calme.

– Eh bien, moi, je sais où je vais, dit tout à coup Adrian avec décision, je retourne à *La Harpe et La Licorne*..., si ses propriétaires veulent de moi.

– Et Rosy ? demanda avec anxiété M. Filigree. Vous emmènerez Rosy, n'est-ce pas ?

– Si on me le permet, dit Adrian, regardant Samantha.

– Je crois que nous pourrions vous trouver de la place, dit Samantha.

– Ne vous serait-il pas possible de me trouver un petit coin que je pourrais occuper pour une courte période ? demanda Lord Fenneltree, regardant Samantha d'un air implorant à travers son monocle.

– J'ai une idée, dit M. Filigree d'une voix excitée. Pourquoi n'y pas aller tous ? Il y a de la place pour tout le monde et nous ferons une partie de plaisir.

– Quelle excellente idée ! dit Sir Magnus.

– *La Reine de Sploshport* doit partir bientôt, dit Lord Fenneltree. Nous la prendrons pour la traversée, j'emmènerai les dames dans mon landau et vous autres prendrez le train.

– Je ne crois pas qu'on prenne Rosy dans le train, dit Adrian. Vous irez tous en avant et je viendrai à pied avec Rosy.

– C'est idiot, mon garçon, dit Sir Magnus, agitant sa canne. Je suis en relations intimes avec le chef de gare. J'ai la conviction qu'il arrangera quelque chose pour Rosy, sinon dans un wagon de première classe, du moins dans quelque partie du train.

A ce moment, le juge, vêtu, à l'étonnement d'Adrian, d'un costume à carreaux tapageur, comme s'il s'y était introduit par erreur, les rejoignit. Adrian lui expliqua leur plan et le juge jeta à Samantha un clin d'œil pressant.

– Je me demande, Lord Turvey, dit Samantha avec tact, si vous n'aimeriez pas venir aussi à *La Harpe et La Licorne* ?

– Ma chère enfant, dit le juge, j'en serais absolument enchanté. Il se trouve que je n'ai pas à dispenser la justice pendant plusieurs jours et un peu de repos à la campagne me fera grand bien.

– Parfait, dit Sir Magnus, cela me donnera l'occasion de discuter avec vous la prochaine affaire.

– Je ne sais si ce sera très moral, dit le juge.

– Mais il n'y a guère de raison à votre venue si ce n'est pour discuter de l'affaire avec moi, dit Sir Magnus.

– En ce cas, dit le juge, je suppose que tout est bien ainsi.

Abandonnant à contrecœur Honoria, Nell la Noire et Samantha à Lord Fenneltree, Adrian, accompagné de Sir Magnus, Lord Turvey, M. Pucklehammer, Ethelbert et M. Filigree, retourna à la demeure de Sir Magnus.

Dès qu'ils y arrivèrent, Adrian se précipita vers l'écurie, où Rosy l'accueillit par un barrissement aigu.

– Eh bien, misérable créature, ivrognesse et destructrice, lui cria-t-il affectueusement lui jetant les bras autour de sa trompe et l'étreignant, nous nous en tirons indemnes !

Rosy, qui ne s'était pas tourmentée particulièrement pour l'issue de l'affaire, comprit cependant qu'Adrian était de bonne humeur, de sorte qu'elle agita les oreilles et barrit de nouveau.

– Fascinant, dit le juge, qui avait suivi Adrian dans l'écurie et, debout près de l'arrière-train de Rosy, le contemplait. Sir Magnus avait tout à fait raison, cette trompe n'aurait jamais pu atteindre le lustre.

– C'est la queue, dit Adrian. La trompe est à l'autre extrémité.

– Oh, dit le juge.

Il fouilla dans sa poche, en tira un lorgnon qu'il ajusta à ses yeux et examina avec beaucoup d'intérêt l'arrière-train de Rosy.

– Vous avez parfaitement raison, dit-il, il y a des poils au bout.

Après en avoir fait le tour, il vint se planter devant Rosy et la regarda à travers son lorgnon.

– Fascinant, dit-il, absolument fascinant.

– Allons, venez, dit Sir Magnus, s'affairant dans l'écurie avec impatience. Si nous ne partons pas tout de suite, nous allons manquer le bateau.

Adrian prit donc l'oreille de Rosy et, avec sa suite, la conduisit jusqu'au port. La traversée fut sans histoire, sauf les chansons de bord chantées par Sir Magnus et le juge. Lorsqu'ils atterrirent de l'autre côté, les dames furent laissées à Lord Fenneltree et les autres prirent en hâte le chemin de la gare.

Là, à force de rugissements et de cajoleries de la part de Sir Magnus, un fourgon découvert fut enfin accroché au train de 15 h 45 pour Monkspepper. Rosy y entra sans faire le moindre embarras.

– Maintenant, dit Sir Magnus, regardant le chef de gare, des chaises, Bert, des chaises !

– Des chaises, Sir Magnus ? dit le chef de gare, ahuri. Quelle sorte de chaises ?

– Des chaises, mon vieux, des chaises de la salle d'attente, dit Sir Magnus, des chaises pour s'asseoir.

– Mais n'allez-vous pas voyager dans un compartiment, Sir Magnus ? demanda le chef de gare.

– Mais non, dit Sir Magnus. Si ce fourgon est bon pour Rosy, il est bon aussi pour moi. Tout ce dont j'ai besoin, c'est une chaise pour m'asseoir.

Le chef de gare, effaré, fit apporter une banquette et deux chaises de la salle d'attente que l'on installa près de Rosy dans le fourgon. Ethelbert, M. Pucklehammer et Adrian s'assirent sur la banquette et Sir Magnus, fronçant le sourcil, s'assit sur une chaise et le juge sur l'autre. Sir Magnus s'octroya une énorme prise, éternua et dit au chef de gare :

Ça va, Bert, vous pouvez faire partir le train.

Le fait que le train avait déjà vingt minutes de retard et que la plupart des voyageurs étaient extrêmement nerveux avait apparemment échappé à son attention. Le chef de gare s'essuya le front et, avec un coup de sifflet chevrotant, agita son drapeau vert. A une allure traînante, cliquetant et oscillant, le train gagna la campagne.

C'était par une chaude et belle journée d'été. Tout était, partout, vert et or et le ciel était aussi bleu que les yeux d'un chat siamois. Adrian s'étonnait qu'ils pussent, en un court espace de deux heures, franchir comme un trait les fastidieux et nombreux milles qu'il avait parcourus avec Rosy. Ils descendirent à la petite gare campagnarde qui desservait le village de Parson's Farthing et longèrent deux kilomètres et demi de route poudreuse jusqu'à *La Harpe et La Licorne*.

– Mon cher enfant, dit Ethelbert, les yeux ronds, je ne m'étais jamais rendu compte que la campagne pût être aussi vaste. Et toutes ces centaines de feuilles!

– Les feuilles sont plus grandes en Papouasie, dit M. Filigree, beaucoup plus grandes.

Il allongea ses bras courts et potelés pour montrer à quel point les feuilles étaient énormes.

– Je ne sais ce qu'il en est pour vous, dit Sir Magnus à M. Pucklehammer, mais je sens qu'une bouteille d'ale viendrait à point.

– C'est toujours le cas pour moi, dit M. Pucklehammer. La vie m'a valu l'expérience que certaines choses viennent à point et d'autres non, mais une bouteille d'ale ne gâte jamais rien.

– Savez-vous, dit le juge, examinant Rosy, sans mes lunettes, j'ai encore du mal à dire de quelle extrémité je la regarde.

– L'extrémité de quoi? demanda Sir Magnus.

– De Rosy, dit le juge.

– J'espère, dit M. Filigree, dansant sur la route, les pieds tournés en dedans, que Samantha aura quelque chose à manger. Je sais que nous avons à boire.

– Bah, pourvu que nous ayons à boire, rien d'autre n'a d'importance. N'auriez-vous pas, par hasard, du cherry brandy ?

– Oh si, dit M. Filigree. De fait, nous en avons beaucoup. J'en ai commandé un jour trois fûts, mais, malheureusement, personne ne paraît l'aimer.

– Cela montre simplement, dit Sir Magnus, prenant une prise et éternuant, que les gens d'aujourd'hui manquent de goût.

Ils tournèrent enfin le dernier coin et *La Harpe et La Licorne* apparut, comme un chat blanc et noir accueillant accroupi sous son chapeau de chaume doré.

– Hourra ! hurla Ethelbert avec exubérance, l'air de la campagne lui étant visiblement monté à la tête. Nous sommes arrivés.

Au cri aigu d'Ethelbert, la porte de *La Harpe et La Licorne* s'ouvrit et Lord Fenneltree et Samantha parurent.

– Avez-vous fait bon voyage ? cria Sa Seigneurie.

– Splendide, beugla Sir Magnus, agitant sa canne en guise de salut. J'ai découvert qu'il est plus confortable de voyager en fourgon découvert avec un éléphant que dans un compartiment de première classe avec un tas de raseurs.

– Samantha, ma chérie, dit M. Filigree avec anxiété, avons-nous de quoi manger ?

– Oh, tu n'as pas à te tourmenter là-dessus, dit Samantha, Lord Fenneltree a été extrêmement généreux. Nous nous sommes arrêtés en route et il a insisté pour acheter un tas de victuailles. Elle les mena dans le pré derrière la maison et ils virent qu'une longue table à tréteaux avait été dressée et recouverte d'une nappe d'un blanc neigeux. Elle ployait sous le poids de la nourriture. Il y avait un plateau contenant des faisans rôtis, un autre des œufs de vanneau, des tas d'huîtres, un énorme jambon fumé et saupoudré de sucre glace caramélisé dont la chair était aussi délicatement tendre et rose qu'un nuage au coucher du soleil et une grande selle de rôti de bœuf froid qui devait venir du plus gros bouvillon de la région.

– C'est vraiment très gentil à vous, Lord Fenneltree, dit Adrian, étant donné que j'ai gagné la cause.

– Mon cher enfant, dit avec conviction Lord Fenneltree, je n'aurais pas ce plaisir si vous l'aviez perdue, mais j'ai pensé qu'un casse-croûte nous aiderait tous à nous remettre du voyage.

– Ma joie serait complète, dit indistinctement Sir Magnus, la bouche pleine d'huîtres et d'œufs de vanneau, si je pouvais avoir une petite goutte du cherry brandy dont M. Filigree nous a parlé.

– Certainement, certainement, dit M. Filigree, essuyant sur sa bouche des miettes de pâté.

Il alla jusqu'à la maison et en reparut avec un tonnelet qui fut bientôt ouvert. Sir Magnus monta la garde près du tonnelet.

L'ombre allait s'allongeant sur l'herbe vert émeraude et un sentiment de paix et de bonne volonté se répandit sur toute la compagnie. M. Pucklehammer, agitant en mesure un grand pot de bière, fredonnait doucement pour lui-même. Nell la Noire, qui venait de se remettre d'une crise aiguë de hoquet, faisait à Honoria les lignes de la main et lui prédisait une carrière future que Sarah Bernhardt elle-même eût enviée. Lord Fenneltree, couché dans l'herbe, apparemment en transe, regardait fixement le ciel en écoutant un cours de droit long et compliqué que lui faisait le juge. Adrian, assis en face de Samantha, regardait le soleil diffuser ses rayons à travers les feuilles et tacheter les cheveux cuivrés de la jeune fille. La vue de sa beauté en fut bientôt trop pour lui et il se leva sous le prétexte d'aller voir comment allait Rosy et se dirigea vers l'écurie.

Rosy s'était jointe à la compagnie pour quelques instants, mais, ayant découvert que les mets sur la table n'intéressaient pas son palais et qu'Adrian ne lui permettait que trois pintes de bière, elle avait regagné l'écurie pour se consoler avec un tas de carottes et de betteraves. Adrian entra dans l'écurie et contempla sa protégée grise et volumineuse. Elle lui jeta un vif regard de ses petits yeux pétillants de malice et lui fit un petit barrissement de bienvenue.

– Tout va bien pour toi, dit amèrement Adrian, parcourant fébrilement l'écurie de long en large. Tout va bien pour toi aussi longtemps que tu as suffisamment à manger et toute la boisson que tu veux. Tu es alors parfaitement heureuse. Mais moi? As-tu jamais pensé à moi?

Il s'interrompit pour regarder Rosy d'un air dramatique. L'estomac de Rosy gargouillait musicalement.

Elle allongea sa trompe et effleura délicatement les cheveux d'Adrian.

– Elle reste là, absolument insensible. Elle ne me donne aucun encouragement. Je ne crois vraiment pas que nous puissions rester, après tout.

Rosy poussa un long soupir. Adrian recommença à faire les cent pas.

– Bah, peut-être pourrons-nous rester ici un jour ou deux, dit-il, l'idée d'être de nouveau séparé de Samantha lui donnant la nausée. Je ne peux comprendre ce qu'elle a. On croirait que c'est moi qui t'ai entraînée dans tout ce fatras, alors que c'est le contraire. En tout cas, nous sommes libres, maintenant. Donc, à quoi bon tant d'embarras ?

Rosy avait déposé une grosse betterave sur le sol et la roulait délicatement du bout du pied, mais elle poussa un petit barrissement, juste pour montrer à Adrian qu'elle lui prêtait son attention.

– Non, dit fermement Adrian, si nous restons ici, il faut qu'il y ait une mise au point. Je ne veux pas être malmené par cette ingrate créature.

Rosy sentait la contrariété d'Adrian, mais elle comprenait qu'elle n'était pas dirigée contre elle et en était toute contente.

– Je serai ferme avec elle, continua Adrian, carrant les épaules et avançant le menton avec autorité. Je lui dirai qu'elle se conduit comme une enfant. Voilà ce que je ferai.

Il contempla Rosy d'un air triomphant et Rosy fit un autre petit barrissement en guise d'applaudissement.

– Il faut être ferme avec les femmes, dit Adrian. Vois Lady Fenneltree. La voilà, la façon dont il fallait la traiter. Elles sont très satisfaites d'elles.

Mais, même dans son désespoir, il ne pouvait trouver un seul point de ressemblance entre Lady Fenneltree et Samantha.

– Je vais aller maintenant, Rosy, dit-il, agitant un doigt vers elle, établir clairement notre position. Sinon, je n'ai pas l'intention de passer une nuit de plus sous ce toit.

La brusque détermination qui s'était emparée de lui était due principalement au fait qu'observant le visage de Samantha, la façon dont elle riait et flirtait avec Sir Magnus, ses dents luisantes aussi blanches que le lait et la chaude couleur de ses cheveux, il avait été si captivé qu'il avait avalé par inadvertance une pinte d'ale appartenant à Sir Magnus et grandement mêlée de cherry brandy.

– Je reviendrai bientôt avec ma décision, dit-il, allant à grands pas vers la porte et se retournant pour jeter à Rosy un regard furibond.

S'efforçant d'avoir l'air aussi féroce et implacable que Sir Magnus faisant subir un contre-interrogatoire à un témoin hostile, Adrian regagna la table à grandes enjambées. Nell la Noire était en train de dire à Honoria qu'elle la voyait mariée à un homme très riche et qu'elle aurait quatorze enfants. M. Filigree, à quatre pattes, conversait à voix basse avec un cerf-volant. Sir Magnus, le bras passé autour des épaules de M. Pucklehammer, joignait sa voix à la sienne pour chanter avec entrain *Soldats de la Reine*, air sur lequel Ethelbert exécutait ce qu'il imaginait naïvement être une danse du ventre orientale, et Lord Fenneltree, toujours étendu dans l'herbe, écoutait Lord Turvey.

– Où est Samantha? clama Adrian.

Du moins avait-il eu l'intention de clamer, mais il lui fallut s'éclaircir la gorge à plusieurs reprises avant de pouvoir articuler ces trois mots.

– Samantha? dit Honoria, surprise et regardant autour d'elle. Je suppose qu'elle est allée dans la maison.

– Bon, grogna Adrian.

Il gâta quelque peu l'effet de cette réponse martiale en manquant, dans sa marche vers *La Harpe et la Licorne*, de trébucher sur M. Filigree. Il entra dans la grande cuisine dallée avec ses poutres noires et son accueillante rangée de casseroles luisantes. Samantha, debout à une extrémité, regardait par la fenêtre. Adrian traversa la pièce et se tint derrière elle. Il s'éclaircit la gorge.

– Samantha, dit-il d'un ton tranchant, il faut que je vous parle.

– Vous pouvez la fermer! dit Samantha, furieuse.

– Allons, inutile d'adopter cette attitude autoritaire avec moi, dit Adrian, interdit. Il fourra sa main dans son veston d'un geste napoléonien.

– Si vous ne la fermez pas et si vous restez ici, dit Samantha, lui faisant face, le visage empourpré et les yeux étincelants, je ne serai pas responsable de mes actes.

– Allons, allons, dit Adrian, reculant un peu, vous vous conduisez comme un enfant.

– Et vous, dit aigrement Samantha, vous êtes soûl.

– Je ne suis pas soûl, dit Adrian, abasourdi, je suis aussi sobre que quiconque.

– Vous êtes soûl, dit Samantha d'une voix brève, sinon, vous n'auriez pas le courage de prendre avec moi ce ton autoritaire, comme si… comme si vous parliez à un cheval.

– Un cheval ? dit Adrian, stupéfait. Je ne vous ai jamais parlé comme si vous étiez un cheval.

– Si, dit Samantha, comme si j'étais un cheval très vieux et mal dressé.

Et, à l'intense consternation d'Adrian, elle éclata en larmes.

– Oh, non, ne pleurez pas, dit Adrian, angoissé. Je regrette… excusez-moi… mais ne pleurez pas, je vous en prie.

– Je ne pleure pas ! dit Samantha, les pleurs coulant sur ses joues.

– Eh bien, que faites-vous donc ? dit Adrian avec une jovialité désespérée, vous prenez un bain ?

Samantha parut légèrement déconcertée et, à l'étonnement d'Adrian, rit à travers ses larmes.

– Quel idiot vous faites ! dit-elle affectueusement.

Adrian eut l'impression qu'on lui avait enfoncé dans le cœur une brochette chauffée au rouge et qu'on la tournait.

– Oh, Samantha, dit-il, je vous aime tant !

Samantha le dévisagea.

– Ainsi, dit-elle enfin, cela fait un sentiment mutuel.

– Vous voulez dire, s'écria Adrian, incrédule, avec l'impression d'avoir été emporté dans la stratosphère par un ballon, vous voulez dire que je… que vous…, que vous et moi… que vous…

– Il vous a fallu bien du temps pour me le dire, déclara Samantha.

– Vous voulez dire, balbutia Adrian, que je… que vous…

– Savez-vous, dit Samantha, levant les yeux vers lui, si vous continuez à bégayer comme ça, nous n'arriverons jamais à la lune de miel.

Adrian l'attira dans ses bras et embrassa sa bouche tiède. Puis il embrassa les larmes (qui étaient sûrement les plus grosses et les plus belles que femme eût jamais versées) qui coulaient sur ses joues et il embrassa de nouveau sa bouche parce qu'il ne pouvait vraiment croire qu'elle était aussi douce et parfumée que des pétales de rose.

– Vous voulez dire que vous allez m'épouser? demanda-t-il d'une voix rauque.

– Eh bien, dit Samantha, c'est peut-être pour *vous* une nouvelle, mais j'ai décidé de vous épouser dès l'instant où je vous ai vu étendu sur le divan, le soir de votre arrivée, après cet accident de train.

Adrian la regarda, incrédule, puis l'embrassa de nouveau.

– Il faut que je le dise à quelqu'un! s'écria-t-il.

Il se précipita hors de la cuisine et de *La Harpe et la Licorne* par la porte de derrière.

– Ohé! hurla-t-il.

La compagnie tranquille et légèrement grise sous les chênes fut galvanisée. Lord Fenneltree lui-même se dressa sur son séant.

– Je vais épouser Samantha ! clama Adrian.

– Voulez-vous dire que vous venez seulement de le découvrir ? dit Sir Magnus avec dégoût.

– Mais… comment le saviez-vous ? demanda Adrian, intrigué.

– Je ne veux rien divulguer, dit Sir Magnus. Il y a certains secrets professionnels qu'il ne faut pas ébruiter.

– Vous épousez Sam ? dit M. Filigree, se levant d'un bond et oubliant complètement sa conversation avec le cerf-volant.

– Si vous consentez, dit Adrian.

– Si je consens ? Mais c'est tout simplement une nouvelle merveilleuse ! dit M. Filigree. Cela veut dire que Rosy sera une parente par alliance.

– N'auriez-vous pas du champagne, par hasard ? demanda Adrian, délirant.

– Excellente idée, dit Sir Magnus. Le champagne et le cherry brandy sont parfaits pour un toast.

Tous se rendirent en troupe dans la grande cuisine et, tandis que M. Filigree versait le champagne, qui était légèrement tiède, mais n'en était pas moins le bienvenu, Honoria et Nell la Noire embrassèrent Samantha avec enthousiasme et Honoria éclata en larmes.

– Pourquoi pleurez-vous ? demanda Ethelbert.

– Je pleure toujours à un mariage, sanglota Honoria avec dignité.

– Mais nous ne sommes pas à un mariage, fit observer Ethelbert.

– C'est presque un mariage, dit-elle.

Les verres emplis, Sir Magnus porta à l'heureux couple un toast auquel les autres se joignirent avec joie. Adrian était sur le point d'embrasser Samantha pour la quarantième fois lorsqu'il se rappela soudain Rosy.

– Grand Dieu ! s'écria-t-il. J'avais complètement oublié Rosy. Il faut qu'elle boive quelque chose pour célébrer l'événement.

– Je vais la chercher, la pauvre chérie, dit M. Filigree d'une voix flûtée.

De sa démarche onduleuse, il sortit.

– J'espère, dit Lord Fenneltree à Samantha, que, lorsque vous serez mariée, vous m'accorderez le privilège de vous rendre visite de temps à autre ?

– Vous serez toujours le bienvenu, dit Samantha. De fait, vous le serez tous.

– Oui, naturellement, dit Adrian.

C'est à ce moment que M. Filigree reparut, courant aussi vite que sa corpulence le lui permettait. Il était rouge, haletant, en sueur.

– Adrian, cria-t-il d'une voix aiguë, venez vite !

– Que se passe-t-il ? demanda Adrian, alarmé.

– C'est Rosy, dit M. Filigree. Pendant que nous n'y faisions pas attention, elle a chipé le cherry brandy et s'est sauvée avec le tonnelet.

– Oh, Dieu, pensa Adrian, voilà qu'elle recommence.

– Vite ! dit Sir Magnus, organisant la poursuite. Il faut la cerner avant qu'elle n'aille trop loin. En route !

Il se précipita au-dehors, les pans de son habit flottant derrière lui, suivi de près par Honoria, Nell la Noire,

Ethelbert, M. Pucklehammer et le juge, M. Filigree se dandinant à leur suite.

Adrian se retourna pour regarder Samantha.

– Êtes-vous bien sûre de vouloir m'épouser? demanda-t-il.

– Tout à fait sûre.

– Même malgré Rosy?

– Surtout à cause de Rosy, dit-elle en souriant.

Adrian l'embrassa rapidement.

– Bon, alors excusez-moi un instant. Il faut que j'aille capturer ma seule parente encore en vie.

Et il courut dans le soleil sur les traces des autres.

Communication de la Durrell Wildlife Conservation Trust

Le dernier mot de cet ouvrage n'est pas le dernier mot de l'histoire de Gerald Durrell. Les expériences dont vous venez de faire la lecture ont donné élan et inspiration à la mission de toute une existence : préserver la richesse et la diversité de la vie animale sur notre planète.

Malgré sa mort en 1995, les livres de Gerald Durrell continueront d'inciter en tous l'amour et le respect de ce qu'il appelait « ce monde magique ». Son œuvre perdure grâce aux efforts inlassables de la Durrell Wildlife Conservation Trust.

Nombreux sont les lecteurs de Gerald Durrell à avoir voulu prolonger d'eux-mêmes cette histoire en soutenant le travail de sa fondation. Nous espérons que ce sera aujourd'hui votre cas. Par ses livres et sa vie, Gerald Durrell nous a tous lancé un défi : « les animaux sont la grande majorité silencieuse et ignorée, ils ne peuvent survivre sans notre aide ».

Écrivez-nous aujourd'hui pour nous rejoindre dans notre mission : sauver les animaux de l'extinction.

Pour plus d'informations, ou nous faire parvenir un don, écrire à
Durrell Wildlife Conservation Trust
Les Augrès Manor / Jersey, Channel Islands, JE3 5BP / UK
www.durrell.org

Du même auteur, en français

Ma famille et autres animaux (Féeries dans l'île), 1956 ;
Un zoo dans mes bagages, 1960 ; *Un zoo dans ma maison*, 1964 ;
Un zoo pas comme les autres, 1972 ; *L'arche immobile*, 1976 ;
Le naturaliste en campagne, 1983 ; *Le aye-aye et moi*, 1992.

L'œuvre de Gerald Durrell, à l'exception de quelques titres, a paru initialement aux éditions Stock.

feuilles d'herbe

Else Lasker-Schüler, *Secrètement, à la nuit*

Panteleïmon Romanov, *Le droit de vivre ou le problème des sans-parti*

John Berger, *Pourquoi regarder les animaux?*

Grock raconté par Grock

Rose Ausländer, *Je compte les étoiles de mes mots*

Élisée et Élie Reclus, *L'homme des bois*

Ion Luca Caragiale, *L'effroyable suicide de la rue de la Fidélité*

Kurt Tucholsky, *Moment d'angoisse chez les riches*

Élisée Reclus, *Écrits sociaux*

Mon amie Rosy
dixième titre de la collection *feuilles d'herbe*
a été achevé d'imprimer en février 2013
par l'Imprimerie Floch, Mayenne.
L'impression de la couverture a été réalisée
par La Queue du Tigre
sur les presses de Noir sur noir, Genève ;
la mise en pages à l'atelier des éditions
Héros-Limite
par Gaia Biaggi et Georges Mishuga,
Genève.

N° d'impression : 84092
Dépôt légal : février 2013
Imprimé en France